猴有一个梦想

漳州作家丛书

陈燕松／主编

杨少衡／著

中国華僑出版社
·北京·

图书在版编目（CIP）数据

漳州作家丛书 / 陈燕松主编 .—北京：中国华侨出版社，2018. 10

ISBN 978-7-5113-7767-8

Ⅰ . ①漳… Ⅱ . ①陈… Ⅲ . ①中国文学—当代文学—作品综合集 Ⅳ . ① I217.1

中国版本图书馆 CIP 数据核字（2018）第 216910 号

漳州作家丛书：猴有一个梦想

主　　编 / 陈燕松
著　　者 / 杨少衡
责任编辑 / 文　心
责任校对 / 孙　丽
经　　销 / 新华书店
开　　本 / 670 毫米 ×960 毫米　1/16　印张 /324　字数 /4281 千字
印　　刷 / 三河市华润印刷有限公司
版　　次 / 2018 年 11 月第 1 版　2020 年 2 月第 2 次印刷
书　　号 / ISBN 978-7-5113-7767-8
定　　价 / 980.00 元（全 24 册）

中国华侨出版社　北京市朝阳区西坝河东里 77 号楼底商 5 号　邮编：100028
法律顾问：陈鹰律师事务所
编辑部：（010）64443056　　64443979
发行部：（010）64443051　　传真：（010）64439708
网　址：www.oveaschin.com
E-mail：oveaschin@sina.com

《漳州作家丛书》总序

漳州是中国历史文化名城，历史悠久，文化深厚。在文化的星空，群星璀璨，先后涌现出黄道周、林语堂、许地山、杨骚等文化名人，令我们引以为傲。

四十年改革开放，四十年风雨兼程。漳州土地，生机盎然，文学创作也迎来繁荣发展的春天。应是春风吹拂，应是文脉相承，一支包括了老、中、青三代作家的队伍正在悄然形成。2004年，漳州市委宣传部、漳州市文联编辑出版了第一套《漳州作家丛书》，有十二人，十二本。时隔十多年，在祖国改革开放四十周年的今天，漳州市委宣传部、漳州市文联再次编辑出版第二套《漳州作家丛书》，展现活跃在省内外文坛的二十四位当代作家的创作风采。十二到二十四，这不仅是作家作品数量的增加，更是漳州文学创作水平质的飞跃。

《漳州作家丛书》的出版，旨在展现漳州作家的创作成果和创造实力。以期让更多的人，通过这套丛书，了解漳州，关注漳州，热爱漳州。同时，我们也希望，通过这套丛书的出版，能够激发漳州作家深入生活，体验人生，潜心于文学创作，用更好的作品回馈家乡，回馈人民，回馈时代。

《漳州作家丛书》编委会

2018年10月1日

目／录

猴有一个梦想

1

侯文茂问:“彭小姐怎么又想念我了?”

彭红叶说侯文茂是不是不让想念?怕她为民除害?

侯文茂说这个不怕，欢迎为民除害。他问彭红叶此刻何在，到缅北金三角地区贩毒，还是中亚哪个旮旯里搞恐怖活动?彭红叶说她暂时跑不了那么远。秋天到了，满山的树叶都红了，她就想起了侯文茂。

“你现在干嘛?挺忙的?”她问，“忙着学雷锋，还是往上爬?”

侯文茂说还能忙些啥?好些日子没听到彭小姐的声音了，一接电话还真是惊喜不已。彭小姐都好吧，有事需要帮忙吗?彭红叶在电话里笑，说没事的，谢谢侯主任关怀。她就是忽然心血来潮想听听他的声音。侯文茂不必紧张，只管好好学习，天天向上，不要立刻想起报警打110等。侯文茂自我解嘲说那行，这还怕什么呢?

挂断电话后侯文茂赶紧查记录。来电记录表明彭红叶是用手机挂的电话，这就是说很难断定她是在哪里想念侯文茂，可能远在中亚，也可能就藏在路旁的某一幢民居里。彭小姐总是这么神出鬼没。

接电话时侯文茂正在开车，从市里赶往新店。这段路70公里，其中50公里高速公路，接下来是省道。省道正在维修，路边堆着沙石，路面狭窄坎坷。侯文茂把紧方向盘，车开得很慢。这天是星期五，上午时分，正常上班时间，难免有些例行事务，途中他接过几个电话，除了彭红叶这电话比较特别外，还有一个是黄老板打的。黄老板——非私营企业主，是市政府副市长黄坚，侯文茂的顶头上司，所谓“老板”为下属私下里胡叫，非标准称谓。黄老板在电话里追问侯文茂:“跑哪儿去了?”

“我在车上。”侯文茂说，“去省里。”

侯文茂解释说，省人大最近刚通过了本省新的《野生动物保护条例》，省里要求组织学习宣传。他到省城，打算联系几个这方面的专家到市里开讲座，可能要三四天时间。黄坚交代了一句："回来后找我。"

侯文茂松了口气。看来黄老板并无大事急事，否则侯主任只好中断此行，掉头返回。侯文茂在市里"依法办"当主任，依法办全称"依法治市办公室"，临时机构，却已存在多年，处理的事项很杂，凡跟法律沾边的事都可能跟他有涉，例如保护野生动物。但是他也不拥有任何法律赋予的权限，因此似乎也没啥大事非他不可。

一路上，对打电话追踪者，侯文茂口径一致，声称自己到省城去保护野生动物，以求穿山甲穿山乙们免遭人类捕杀，不必下锅做汤，能够继续孜孜不倦于各地钻洞。其实他在欺骗他人，没说实话，根本就是南辕北辙。省城在南边，新店在北边，他嘴巴朝南，车头向北，另有所谋。新店是一个小镇，毗邻一座大水库，属邻市辖区，不归侯文茂这个市管，那里几乎没人认识侯文茂，对他来说这样最好。

离镇区还有十来公里时出了件事：一个青年男子忽然从路旁沙石堆蹿出来，拼命往侯文茂的车头撞，高举双手，神态异常。侯文茂紧急动作，方向盘一打，车头一扭，从男子身边擦身而过。好在他警觉，破道上没敢开快，加上冷静镇定，反应及时，否则这冒冒失失的家伙已经沦为轮下之鬼。别的人碰到类似情况，可能会停车理论，至少臭骂该冒失鬼一顿，侯文茂没多费心思，他很平静，过了就过了，油门一加只管走路。已经开出十几米远，他忽然停下，再缓缓倒车，回到刚才险些出事的地点。

后来回忆，当时好像什么都没想，纯粹本能。

他是从后视镜里看到的。沙石堆边倒着辆自行车，地上坐着一个青年女子，灰头土脸掩面哭泣，却衣着鲜艳。

原来小伙子冲出来不是找死，也不是车匪路霸图谋劫道，他们出事了。

侯文茂按下车窗玻璃，问："怎么搞的？"

小伙子情绪激动，招手叫唤："帮帮忙！救命！救命！"

这是一对农家青年，坐一辆自行车到附近走亲戚，在公路上碰上了一辆货车。那段路面维修，到处沙石，他们闪避货车动作过大，自行车轮打滑，车子晃荡，坐在车后的女子给甩了下来。自行车速度慢，稍微摔一下，没让汽车轧着，没摔断胳膊腿，只擦破点皮，本没什么大不了，却不想该女子不一般，那是个孕妇，肚里孩子已有七个月，那一摔把孕妇摔坏了，直叫肚子痛，坐在地上站都站不起来。小伙子一看妻子大事不好，吓得面如土色，跑到公路上拦车，拦住了侯文茂。

侯文茂没多问："快点，抬上来。"他下了车，帮男子抬孕妇，把她放在轿车后排座位上。孕妇哼哼叫唤，痛苦不已，小伙子手足失措，唯靠侯文茂。侯文茂一边留心路况，紧盯前方，注意来车，小心翼翼绕开坎坷地段，视线一刻都不敢转移，一边他还得照顾后头，不断发布指令，让小伙子掐紧孕妇的虎口，再掐，换个手掐，以转移孕妇的注意，帮助止痛："别松手，狠点劲。"

就这样他把他们送进了新店镇卫生院。孕妇一路哭叫，却也没把孩子生在侯文茂的普桑轿车里。孕妇被抬进急诊室时，管事的医生开了张单子，让孕妇之夫先交押金 1000 元。小伙子急了，说此刻身上没那么多钱。医生说回去取吧，交了钱才能看病，这是规矩。

侯文茂对医生说："你看这病人能拖吗？不先处理？"

"你谁啊？干什么？"

侯文茂不自觉抓手机。这时他才记起新店这里归属另一个市，超出本依法办主任可以施加影响的地域。他转头问小伙子身上有多少钱？小伙子遍翻口袋，还好带着些钱，共计 620 元。侯文茂给了他 400 元，说："先垫上，去办手续。"

孕妇被推进产房，侯文茂即抽身离去。他没工夫再陪下去。估计后边的事已经用不着他见义勇为了，还好有赖他赞助的应急款项不算太大。

四天后，星期二，侯文茂回到本市。当天下午他就去见黄坚，因老板电话追踪过，不敢怠慢。不巧恰有人在向领导汇报工作，侯文茂在走廊上等。一个电话就在那时到来。还是彭红叶，彭小姐。

"侯主任害怕了？"她说，"这几天跑哪儿去了？"

侯文茂笑，说看来彭小姐查过岗了。他是藏起来了，唯恐彭小姐想念。

他还是追问彭红叶在哪儿打的电话，不是在金三角吧？彭红叶说远在天边近在眼前，她在车上，就在这座办公大楼楼下的停车场。

"你哪里藏得了啊。"她说，"我刚看见你走进大楼了。"

"真的？"

她笑道："听起来很惊喜？"

侯文茂说还真是有些惊喜不已。他说这会儿正好有事，领导召见走不掉，但是估计时间不会长。完事了他请彭红叶喝茶，难得彭小姐千里迢迢跑到这里如此想念，得找个清静地方聊聊。彭红叶不必在楼下守株待兔，尽管先走，到时候他自己送上门去。

"行啊，上哪儿呢？"她笑道，"彭主任家的厨房，还是卧室？"

侯文茂说欢迎做客，只是家里没有好茶。到温馨茶室吧。知道不？宾馆斜对面永辉大楼二楼。彭红叶说行，找得到的，名字听起来挺温馨。其实她更想跟侯主任喝点酒，不过茶也行。她让侯文茂赶紧来，别让她独守茶室，寡妇似的自己跟自己温馨。

"找领导干嘛呢？又想升官？"她问。

侯文茂纠正说，不是他找领导，是领导召见。

那时里边的人汇报结束，开门出来。轮到侯文茂去见黄副市长。黄坚没有询问侯文茂到省城何干，找了几个专家，准备保护几只野生动物。他的事情很简单：他从办公室的书柜里取出一个纸袋交给侯文茂。里边没什么，就几本书。

"对你可能有用。"领导交代说，"下点功夫。"

侯文茂感谢领导，他说，其他的不敢说，这个请领导放心，他一向学习努力。

没再多讲，彼此心照不宣。

半小时后侯文茂去了温馨茶室。彭红叶在一间雅座里独自喝茶，雅座正墙绘有大幅山水画，她就像是坐在画里。她的头发有点黄，是染的，穿得很正规，西装套裙，颇庄重，跟电话里那个彭小姐不像是一个人。她对侯文茂一笑，很灿烂，很俏，一如既往。她的上唇左角有一颗黑痣，那黑痣也在笑，似乎隐含嘲讽，也是一如既往。

"侯主任还是这么黑啊。"她说。

侯文茂说彭红叶比以前更漂亮了，看来是嫁人了？彭红叶说她是准备嫁人，首选当然是侯文茂。侯文茂扭头四顾做拟逃跑状，说彭小姐真要为民除害吗？两人大笑。侯文茂问彭红叶什么时候到的本市，她说有几天了。侯文茂问她开的是哪部车？楼下停车场那部黑色的奥迪吗？省城的车牌？

"还是那么仔细。"她当即表扬，同时说明，"牌是假的，车是偷的。"

“你还有这水平？”

彭红叶歪起脑袋，看着侯文茂笑。问侯主任是不是准备报警了？侯文茂说暂时还用不着，他是学什么的？法律。等证据确凿再叫警察不迟。

“看起来这些年过得不错？”侯文茂问。

“你怎么样？”她反问。

侯文茂说还能怎么样？认真学习，努力工作，有时候想念一下远方的朋友们，例如彭小姐，还有她的美人痣。

“其实你心里发蒙。”她笑道，“你现在一心就想搞清我干嘛来了，打算什么时候离开，所以你才会屈尊到这里跟我喝茶。”

“我的心理素质有那么差吗？我很坚强的，再好奇也得沉住气嘛。”侯文茂笑。

彭红叶让侯文茂不要担心。她说这半年来她在上海，前些天才跟一位朋友到省城这边，有点事。她忽然想起要见一见侯文茂，开着人家的车就跑来了。从这个茶室出去她就回省城，目前没打算破坏侯文茂的家庭，影响侯主任的升迁。

侯文茂问彭红叶怎么知道他现在这个手机号的？彭红叶从包里取出一张名片给他看，竟是侯文茂自己的名片。彭红叶说，前天在省城跟几位朋友聚会，提起侯文茂，有个朋友把这张片子给了她。她注意到侯文茂还在“依法办”，心想他怎么搞的，还待在这种地方。她用很长时间给他准备了一个惊喜，看来暂时还没机会奉献。

“发现你没给及时提拔上去。挺失望的。”她说。

侯文茂说很惭愧，这种事不太容易，不像偷车那么好学。所以彭小姐的惊喜可能只能留给自己，不必考虑奉献给他。

“不会吧？”彭红叶笑着问，“‘猴有一个梦想’，现在没了？”

侯文茂也笑，说不能连梦都不敢想啊。

他说这句话是名言，它有出处，跟猴子无关，与侯姓也无涉。这句话原始说法叫“我有一个梦想”，出自美国著名黑人领袖马丁·路德·金之口。此人得过诺贝尔和平奖，　后被刺身亡。20世纪60年代，这位先生在美国做过一次著名的演讲，题即“我有一个梦想”。侯文茂为什么把人家这句话拿来学习？因为他的皮肤长得黑，上大学时有个绰号叫“黑人”，所以他也学着梦想。

彭红叶嘲笑："你哪是黑人啊，你就一黑猴。"

侯文茂问彭红叶怎么样，是不是已经提拔了，当个部门经理或者公司副总之类？彭红叶说干嘛那么累？先提拔给侯文茂当二奶，然后毒死大奶，当主任夫人，这样好不好？侯文茂明确表态不行，因为法律不允许。二奶非野生动物，不受法律保护。

他们喝茶，一边东一句西一句开玩笑。雅座里就他们俩，电茶壶嘴呼呼吐气，搞得茶室里气氛格外温馨。彭红叶忽然把手伸过来，在侯文茂的下巴上摸了一下。侯文茂做躲闪状，自我解嘲说这一套程序感觉有些陌生了。

"大小都是个人物了嘛，咱们可能得注意一点影响。"他说。

彭红叶哈哈大笑。

2

当年他们相识的时候，侯文茂还是个小干部，彭红叶什么都不是，师大艺术系器乐专业大四女生，她的行当与侯文茂相去甚远，跟侯文茂很难发生瓜葛，把他们拉在一起的是钟声——侯文茂的大学同学，时为省电视台法制栏目的记者。

那年夏天，钟声带彭红叶到本市玩，给侯文茂打了个电话。听说老同学来了，侯文茂挺高兴，一下班骑上自行车赶到宾馆，才发现这小子还带了个女孩来。侯文茂有点尴尬，因为钟声的老婆也是他们同班同学，高干之女，钟声就是因为追上该老婆，毕业才留在省城进了电视台。这家伙居然不避嫌，摘朵野花四处招摇，还带到老同学面前，要让他老婆知道了，让侯文茂如何代为遮拦？

"这是小彭，云南姑娘。"钟声介绍说，"二胡拉得那个好，歌唱得那个棒。"

彭红叶让侯文茂印象特别。这云南姑娘挺漂亮，漂亮得不太对劲，有点邪。可能因为她上唇左角有一颗黑痣，看上去鲜明逼人。彭红叶个不高，小巧型，穿着入时，不像一般大学女生，可能因为是搞艺术的。这人有股傲气，侯文茂进门时，她只抬眼看看，点一下头，招呼都不打，自顾自坐在沙发上看一本时装杂志，两腿很随意地交叉，脚上套着宾馆客房提供的棉布拖鞋。

侯文茂注意到这是一个单间，一张双人大床。他在心里骂了一句他妈的。

钟声是邻市人，跟侯文茂属于同一个方言区，算得上老乡，进大学后一直住同一宿舍，彼此相当要好，脾性也清楚。这家伙长得帅，热情，很有女人缘，读大学那会儿跟多位女生有过故事。偏偏这人又浅薄，有爱炫耀的臭毛病，因此他跟各任女友交往的细节总搞得沸沸扬扬、人人皆知。侯文茂断定今天也这么回事，利用众小女生眼热的电视台从业人员身份，把这个学艺术的漂亮妞骗到手，锦衣夜行不够味啊，家妻野妞，都应当拿到老同学面前炫耀一下。

钟声不光向侯文茂炫耀彭红叶，他还向彭红叶炫耀侯文茂。他对姑娘说我这老同学体育那个好，书还读得那个棒。天天打球游泳，回回考试第一，这家伙特别全面。本就是高才生，高考时报的是北大，不凑巧那一年高分考生全挤在一块儿，挤爆了，他因为数学差了几分，给挤下来，才沦落到我们学校。毕业后省里几家有名的律师事务所要他，人家不干，回家乡当公务员，目标远大啊。

“他有一个梦想。”钟声说，“别看他长得黑。”

侯文茂笑，说算了吧，也就是没本事，走投无路，回家找口饭吃。

那时还没有“依法办”，侯文茂在市司法局宣传科，小小一个主任科员。他在宾馆里跟钟声坐了半个来小时就告辞。老同学来了，本应当尽地主之谊，请人家吃一顿饭，来两个菜一瓶啤酒，但是有一个彭红叶在侧，侯文茂不想找麻烦。他推说晚上恰好上边来客，要陪，得赶紧走。钟声挺不高兴，觉得侯文茂真不给面子。他说：“你小子怎么回事？没钱买单？我请你吃饭不行吗？”

侯文茂说不是钱的问题，真的有事。

钟声不再炫耀，他实施打击。他对彭红叶说，你看看这小子牛的，他有什么事啊！小公务员，上街贴几张标语，聚众开几个讲座，有事要做，没权可用，就他稀罕。一样的同学，当律师的开奔驰了，当记者的买别墅了，当法官检察官的跺个脚地板乱摇。就他，请个客还得自己掏钱，没人给他报销，他还什么屁事！

侯文茂笑道：“你小子真是一针见血。”

侯文茂执意要走，钟声也没办法，反正漂亮野妞请老同学隆重欣赏过了，算了，走吧。两人拍拍肩膀分手。那半小时里，彭红叶一心一意看她的时装杂志，很专注，很傲，很沉着，上唇角的黑痣似带嘲讽，一句话没有。

当天晚上，午夜1点，侯文茂被电话铃吵醒。那晚不巧，侯文茂的女儿感冒了，孩子才一岁，感冒鼻塞，又哭又闹，把侯文茂夫妇折腾得够呛，好不容易哄睡孩子，两人躺下来刚昏昏然入梦，电话铃就尖利而起。

是钟声来的电话。他惊慌失措，在电话里连喊救命。

侯文茂说："搞什么鬼你！"

"快来！求你了。"

那天晚上，大约12点来钟，钟记者一对儿下榻的宾馆总台接到住客投诉，称受到隔壁客人的噪音骚扰，时已午夜，隔壁客人还在看电视，音量开得很大，客房隔音效果不好，邻室客人休息大受影响。总台值班人员接投诉后即打电话给受投诉的客房，想提醒客人注意左邻右舍。不料电话怎么挂都没人接。值班人员赶紧报告，值班经理便带人前去了解处置，在走廊上一听，果然该室电视机声音很大，夜深人静之际尤显吵闹。经理敲门，不见响应，让服务员开门，里边却已挂上防盗链，进不了门。经理喊话，无人应答，担心客人出什么事了，赶紧打110报警。5分钟后警察赶到，里边的客人才把门打开。原来两个客人未出意外事故，均健在，一男一女，男的是钟声，女的是彭红叶。这两人怎么回事？他们在打架。他们扯掉了电话机线，用电视机的声音掩盖动静，然后把屋里的东西丢得到处都是，打得天昏地暗。

应当说这不是捉对儿厮打，是一攻一守。与一般男攻女守有异，这里进攻者是大学艺术女生彭红叶，招架者是电视台记者钟声。彭红叶用她擅长器乐演奏的指头和指甲为钟声抓出了一身的血痕，胸脯、腹部、大腿、脖子，连脸腮也没放过。她还用客房的水果刀扎钟声，直刺胸脯，还好宾馆提供的刀具虽为金属质地，却未开刃，削削果皮可以，杀人不行，否则钟声可能活不到向侯文茂大喊救命了。

彭红叶声称被钟声强奸。钟声则辩称不是，他说他俩是情人，一起到本市玩，玩罢才一起上床。起初女的没怎么样，任由摸弄，亲热间忽然闹起别扭，女的把钟声光屁股推下床，十个指甲一起上又抓又掐。钟声跑，招架，就这么打起来。由于彭红叶声称受到性侵害，钟声涉嫌性犯罪，警察把他们带到派出所做笔录。在那里钟声出示了工作证，说自己是省电视台记者，主管法制栏目，来历不一般。他还提到了侯文茂："你们问他。他是主任，搞司法的，他可以证明。傍晚他还专门来看过我们。"

于是侯文茂被卷进了本案。派出所的值班所长恰认识侯文茂，知道司法局宣传科确有一侯，尽管不是什么主任。都在一个地方工作，司法宣传事项与公安部门多有关联，难免彼此认识。一听抓住了侯文茂的一个老友，还是省电视台的，身份挺特殊，案子当然也要格外慎重办理。所以所长允许钟声给侯文茂打电话。还好机关宿舍离得不远，15 分钟后侯文茂就赶到了。

侯文茂证实了钟声的身份。钟声承认自己晚上多喝了点酒，与女友吵闹，不注意场合和时间，产生了恶劣的影响。在当场交出 200 元以抵赔宾馆客房受损财物后，警察同意其离去。时近凌晨，钟声即拦了辆出租车，立刻开溜。

侯文茂还得替他擦屁股。把钟声弄出去后侯文茂又到拘禁室见彭红叶。他告诉她钟声已经先走了，彭红叶也可以马上走人，但是有些情况得跟她说清楚：警察已经做了初步了解，证实彭红叶是跟钟声一起到达宾馆的，在总台登记房间时彭红叶拎着行李袋一直站在钟声的身边。她知道钟声只登记了一个单间，她没有提出异议，显然认可他们俩今晚将同居一室。这种情况下指控钟声强奸显系勉强。相比起来，如果钟声投诉她打人伤人甚至杀人未遂，倒还证据充足一些。

"你赶紧走吧。"他说，"有架你们回去打，别在这闹。"

彭红叶忽然开口骂了一句："王八蛋。"

"你骂谁了？"

"你。"

侯文茂没吭声，起身离去。

两天后，有人挂本市公用电话找侯文茂，是个女子。侯文茂一接电话就听出是彭红叶，那时他止不住吃惊：迄今为止，他只听彭红叶说过两句话，一句是"王八蛋"，一句是"你"。他怎么凭这个就记住了她的口音？另外他也觉得惊讶：这人怎么还在本市，干什么呢？

"我的身份证还被他们扣着。"彭红叶说，"请你帮我要一下。"

侯文茂问："你谁呀？"

她说她是彭红叶。侯文茂说他不认识哪个彭红叶。他不知道她是干什么的，不知道她的身份证怎么回事。这种事该找谁找谁，不行找王八蛋去，不要找他。

“你不就是王八蛋吗？”

侯文茂把电话挂断。

他不想理这姑娘，主要还不是因为她出口伤人。那晚在派出所，他就明确告诉所长，钟声是他大学同学，他了解。彭红叶是什么人他并不知道，不认识，以前没见过，也无从知道钟声介绍的情况准确与否。侯文茂本能地不想跟彭红叶有什么瓜葛，特别在那个时候，他有自己的理由。

不久，有一个星期天，侯文茂奉命组织一个宣传活动，带一群中学生在闹市街头演普法小节目，附近派出所派警员维持秩序，带警察到场的恰是当晚处理钟声案的所长。侯文茂跟所长闲聊，忽然想起彭红叶，他告诉所长彭红叶曾打电话请他帮忙要身份证，他没理她。所长说他们确实把彭红叶的身份证扣了几天，因为出事那晚，钟声曾在警察面前骂彭红叶是“婊子”，说这种大学女生跟暗娼没什么区别，他带彭红叶下馆子，到处玩，给她买衣服，买化妆品，要什么给什么，花了好多钱，哪想婊子说翻脸就翻脸，抓起刀子一把捅了过来。警察因此对彭红叶有怀疑。他们留下她的身份证，经查核没有发现她卖淫杀人等犯罪的纪录，他们才通知她取走了证件。

大约过了半年，有一天晚间，侯文茂在市区的春华酒楼请客，跟几位朋友一起喝酒。当时侯文茂刚被任命为科长，虽然级别未提，却是重要一步。这职位得来不易，拖了很长时间。钟声携彭红叶前来那回，侯文茂为什么特别不愿意卷入麻烦？就因为那时局里正考虑是否用他，关口上最怕无事生非。此刻终于上了，如愿以偿，朋友们不免要说话，让侯文茂别只顾自己高兴，得请客。侯文茂说惭愧得很，素质这么优秀，学习这么认真，工作这么努力，也就一个小科长，哪有脸请客啊。话虽这么说，客还是要请的，光谦虚怎么行呢，于是大家就聚到了春华酒楼。春华酒楼位置略偏一点，属中低档消费地点，侯文茂自我解嘲，说该酒楼跟他侯科长档次相当，基本上可称物美价廉。以后如果有幸还能提拔，梦想成真，再考虑提拔酒楼的档次。

忽然有一个年轻姑娘笑眯眯闯了进来。一头黑发梳得千姿百态，头上挂着套耳麦，像电视歌会上蹦蹦跳跳声嘶力竭的女歌手。这人穿绿小褂，红短套裙，涂脂抹粉，非常性感，还非常漂亮。

“老板点什么酒水吗？”

侯文茂正在点菜，一听话音不禁抬头，他一眼就认出来了：彭红叶。上唇左角一颗美人痣鲜明逼人。彭红叶穿的那件短裙边别着一个标志，是售酒小姐，在酒楼各包间窜来窜去推销某品牌葡萄酒，并根据推销业绩提成获得收入的业务人员。

彭红叶朝侯文茂咧嘴一笑，显然也是一眼认出了个黑皮王八蛋。

两人都没多嘴。座中有人摆手让彭红叶出去，上别处推销，说：“我们自己带酒了，你的免了。”彭红叶是那么好打发的吗？她笑眯眯不走，说老板您别着急，听我介绍一下我们的产品。我这么漂亮都豁出去了，您还舍不得多看两眼？

她站在门边，绘声绘色介绍她的葡萄酒。眼睛带笑，不看别个，一动不动紧盯着侯文茂。侯文茂感觉到她笑意中的一股寒冷。

他不慌不忙，举起双手比了个暂停的动作，和颜悦色请小姐数数屋里有几位客人。彭红叶说不用数，5 位。侯文茂说行了，要 5 瓶。彭红叶说：“不把我也算进去？”侯文茂立刻点头：“行。6 瓶。”

座中人哄笑，说侯文茂完了，升官还没发财，只一下就让这漂亮小姐弄破产了。

彭红叶即用耳麦叫酒，一眨眼工夫 6 瓶葡萄酒送到包厢。她让服务生立刻打开一瓶，倒在大玻璃杯里，满满倒了 3 杯。她一杯杯端起来，不声不响，全部喝光。

“谢谢老板。”

走了。

包间里这才啧啧有声。有人评论道：“这小姐邪了。疯。”

侯文茂不动声色，心知此事没完。果然，第二天彭红叶把电话打到了他的办公室。

“侯科长还不打算认识我吗？”

侯文茂说：“非得认识你吗？”

她说当然。

“行，你来吧。”

半小时后她进了侯文茂的办公室。

侯文茂这才读懂了她笑容里的那股寒意。

这人已经离开了她的大学，非正常离去。她读到大四，成绩不错，并无劣迹。本打算顺利完成学业，回云南老家找一份工作，结婚嫁人。却不料公安部门来调查她的犯罪记录，了解其是否暗娼，是否一边学习一边卖淫？她和某电视台记者在外地于夜半被拘往派出所的故事因此沸沸扬扬。校里系里要她说明情况，全校师生员工看她的眼神全都十分另类。她实在受不了，一气之下自行退学离开。出了这种事，不敢回云南，也不敢告诉家人，得想办法谋生。推销葡萄酒是她近日从事的谋生手段之一。

“你不帮我。”她说，“是你把我害了。”

侯文茂说这事挺遗憾，挺痛心，他能理解。但是冤有主债有头，赖不到他头上。

“你说钟声？他王八蛋都够不上，就是狗屎。”她说。

她告诉侯文茂，她跟钟声交往大约有半年，钟声说有办法安排她到电视台工作，给她送花，买衣服，百般追求，天天想把她拉上床，甚至说到要跟老婆离婚娶她。她知道这人靠不住，总不让他遂愿。那天在宾馆里钟声保证不动她，只要跟她睡一块儿，感觉一点浪漫。她没拒绝，让他爬上床，睡着瞧。起初这家伙还老实，只在床上翻来翻去感觉浪漫，半夜里终于熬不住了，急不可耐，扑过来动手动脚，硬干，两人才打起来。结果还真是挺浪漫的。

“我不明白你怎么回事。”侯文茂说，“第一次？”

“不管一次还是一百次，”她说，“这一次我不愿意。”

侯文茂问她接下来有什么打算，她说走到哪里算哪里吧。侯文茂说省城那边机会多，发展空间大，消费水平高，找个专业对口的活不难，干嘛捡芝麻丢西瓜跑这里来推销葡萄酒？她说有些东西她腻透了。到此地卖酒，是因为这个城市很让她难忘。

“特别是这里的王八蛋。”

侯文茂忍住了，没发火。只说：“留个电话给我吧。”

几天后侯文茂给彭红叶打了个电话。他说，他有个朋友在本市的国际旅行社当头头，他们那家旅行社常有涉外导游事项，需要高级导游人才，长相要好，文化素质要高，才艺要强，干得好的话，收入不会低。他觉得彭红叶挺合适，想推荐她去。不知道彭红叶愿意不？彭红叶没有回答，好一阵才问：“你想干什么？”

“不干什么。学雷锋。”侯文茂说。

他让彭红叶自己考虑，想去的话给他打电话，不想去就不用打，算了。

她说：“我去。”

3

侯文茂意外地与自己邂逅于省报。

早上上班时，侯文茂在办公室匆匆浏览省市报纸。意外地在省报群众来信栏看到一封短信，题目直白通俗：《救命司机你在哪里》，写信者称自己是一位农家青年，上星期五上午骑自行车送妻子回娘家，在公路上与一辆货车交会时遭遇意外，自行车倒地，妻子摔伤。其妻已有七月身孕，受伤后情况万分危急，他跑到公路上拦车，曾拦住两部轿车一辆货车，均不予帮助。幸亏后来有一轿车开过，司机发现路边有人受伤，凑上来施以援手，帮助他把妻子送到医院。由于事发意外，他身上没有足够的钱交押金，救命司机还拿出400元现金垫付，然后离开，未留名姓。写信者说幸亏救命司机帮助及时，其妻入院后经医生抢救脱险，并生下一个儿子，现母子平安。当时忙于照料妻子，没顾上招呼救命恩人，连一声谢谢都没说，现在想来非常内疚。这人给市里和省城报纸分别写了信件，盼能借报纸一角感谢救命恩人，也希望救命司机本人或者知情者看到了能跟他联系，让他有机会一表感激之情。

侯文茂不觉大笑。他没想到自己竟会用这种方式在报纸上露脸。看来那小伙子不错，颇真诚，不像时下许多人吃了亏一个劲大叫，占了便宜就不吭不声。侯文茂觉得挺值得，那天其实他也是顺道，举手之劳，400元于他也不算什么大数，换来这份报纸还真是不错。侯文茂当然不会举起一只胳膊声称该信有误，救人者不是司机，是个官员，即本人。如此招领美名不光可笑，可能还别有麻烦。那天侯文茂不是声称到省城去了吗？他怎么会跑到新店去救一个孕妇？难道是存心欺骗黄老板和广大人民群众？还有侯文茂大小是个领导干部，怎么不用司机，自行驾车出游？他干什么不可告人的勾当去了？因此对小伙子的情意侯文茂只能心领。

侯文茂不想让旁人发现他有任何异样。那些日子里他非常低调，成天蒙着一张黑脸，该上班上班，该开会开会，认认真真依法治市，实际上他异常紧张地忙活不止，包括虚晃一枪跑到新店不声不响一待数日。他忙什么呢？读书学习，临阵磨枪。

那会儿省里发布消息，公开招考官员，为省直单位招考20余名副厅级干部，副处任职四年以上者可报。侯文茂恰好够格。侯文茂没有表现出过度热心，负责部门开过几次动员会，他无动于衷。报名截止前一天，侯文茂特意到组织部去送一份报告，那里有位副部长随口问他报名应考了没有，他说没报，不敢做梦。该部长即吩咐科长拿表来，让侯文茂当场填写，批评说："你怕什么？考砸了又不撤职，没勇气。"

于是侯文茂鼓起勇气上阵，其实他只是在制造被动而上的假象。侯文茂格外努力学习已经有些时日，因为招考信息早有风传，听到消息后他就不为人察觉地悄悄干，搜集资料，排定计划，埋头努力，像当年准备高考一般。那些日子里侯文茂每晚读书必至深夜，上班开会也没落下。他特别热衷开会，在会场上晃来晃去，表明自己坚守工作岗位，没有躲到哪里一枕黄粱做痴心升官梦，同时充分利用了时间。主席台上诸领导发表重要讲话，会场上的大小官员不便东张西望交头接耳，也无电话干扰，环境优于办公室，可容侯文茂在笔记本认真写写画画，安静而认真地自搞一套。侯文茂所任职的"依法办"没有什么权力，因此饭局不多，应酬较少，业余时间略显空闲，但是依法治市又与许多事情搭界，例如保护野生动物，所以需要列席的会议很多，老天爷如此慷慨地馈赠时间，对侯文茂表示厚爱，似乎早有预谋。

侯文茂的老同学钟声是新店镇人，毗邻本市，该狗屎记者常驻省城，却在老家乡下风景区拥有一幢别墅，朋友们开玩笑，说他有"别野"，影射好色之徒买屋乡野，以利与各种来历不明的女子野合。钟声的"别野"位于一座大水库附近，靠山面水，环境幽雅，平日无人，很安静。侯文茂向钟声临时借用，数次悄悄来去，关门读书，避开单位家庭各杂事干扰，独自学习备考，不搞野合，做的是正经事，他却不想为人所知。侯文茂报考的职位是省司法厅副厅长，他是学法律的，在市司法局当过科长，眼下所在的"依法办"机构挂政府之名，编制在市司法局之下，因此所报最为对口。他没张扬，只向分管副市长黄坚报告过，黄坚一向对他不错，知道情况后特地召见，给几本书让他认真学习，那天在市长办公室里他们说的就是这个。

省里来了个检查团，检查的是精神文明建设事项，涉及依法治市内容。政府办通知侯文茂列席汇报会。一进会场，侯文茂就意识到天赐良机，今天不能太珍惜时间，得认真对待。因为检查团里有个人姓刘，是省司法厅的研究室主任，侯文茂认识。

刘主任年纪与侯文茂相仿，三十大几，年轻能干，是厅里的大笔杆。这天晚上恰检查组没有公务安排，侯文茂请刘主任走出宾馆，继续其检查工作，采取微服私访方式，深入体验本市精神文明建设成果。小刘主任喜欢唱歌，侯文茂便请朋友小蒋代为安排歌厅，以投刘主任所好。小蒋在市人民银行任职，擅长交际，诸事都通，不像侯文茂不常出入类似场合，情况不熟。侯文茂请小蒋找一家高档点的，正规点的歌厅，预定一个包间。小蒋推荐“小雅歌厅”，称这家不错，环境很好，服务上乘，缺点是距离稍远，在市郊，离市区近10公里，得用车。对侯文茂来说这不是什么问题。他没叫司机，自己开车带刘主任前去，一路交谈，悄悄了解情况。

这位刘主任知道本厅职位招考的若干内情。类似招考通常要由相关部门提出一些业务考题，供招考部门取舍参考，刘主任所在的研究室在厅里管大材料，提出参考考题任务非研究室莫属。虽然最终出现在考卷上的不一定就是他们提供的业务考题，其出题方向和思路肯定有所相关，侯文茂认为应当抓住机会略加打探。

这样他们就到了小雅歌厅。小雅歌厅原为一家工厂库房，外观其貌不扬，内装修却相当奢华，尚新，大艳大俗，其雅果然嫌小。侯文茂带刘主任直接进了定好的包间，小蒋已经在里边安排果点。刚坐下，门一开忽啦啦进来一排小姐，在客人坐的沙发前一排站好，请君挑选。小姐们个个穿得很少，露得很多，披头散发，涂脂抹粉，眼影在暗淡灯光下闪烁，暧昧不已。

小蒋果然老手，花丛中游刃有余。他把手一摆：“叫你们经理来。”

服务小姐跑出去喊人。小蒋对两位客人论及讲究质量。他说有的小姐只知道往客人身上蹭，皮肉发黏，嗓子发干，拿起话筒调都找不到，唱起歌跟锯木头似的，听来受罪。歌唱得好加年轻漂亮的大都跑到电视屏幕里跳来跳去，歌厅里还真不好找，得请经理友情安排。经理他认识，叫安丽，不是洗洁精，是歌星，这人厉害，漂亮能干，一般不唱，一唱举座皆惊。

经理笑盈盈推门走进了包间。侯文茂一看不对，什么安丽什么洗洁精，都不是，这人上唇左角一颗黑痣，分明就是不久前跟他一起在茶座里喝过茶的彭红叶。原来她不在金三角倒腾毒品，也不如她声称的是到省城那边办事，她是藏在这里冒充洗洁精了。如此邂逅，竟恍若当年与售酒小姐的意外相逢。

侯文茂一声不响。彭红叶没有丝毫慌乱，笑盈盈直视侯文茂。

“我们这些小姐是最棒的，样样都行。”她笑，“老板中意哪一个？”

侯文茂问：“安经理看得出我们是干什么的吗？”

彭红叶说好像不是做生意的，那就是当领导的啦？年轻有为，可能官还不小？侯文茂说看我们像不像扫黄办的？彭红叶说欢迎扫啊，脱了衣服看看谁黄。身边人笑，都以为他们是在幽默。

彭红叶推荐了两位小姐陪客人唱歌，然后告罪，说歌厅里还有事要打理，即掩门离去。两位小姐果然秀色可餐加歌喉不错，足见有关人才尚未被电视台一网打尽。刘主任那天唱得很尽兴。毕竟公务人员，且第二天还要检查精神文明，放松亦不宜太过，10 点来钟大家即离开小雅，乘车返回宾馆。

侯文茂没有马上回家，他把车停在车库，坐在车上打电话，挂彭红叶的手机。很顺利，一接就通。

“跟我说你怎么回事。”他说。

她笑：“口气好一点嘛。是不是想一起喝一杯，共度良宵？”

“你没讲真话。”

她说她这种人怎么会讲真话呢？她从来都是谎话连篇。侯主任准备拿彭小姐怎么办？杀了煲汤，王八炖鸡？

侯文茂把手机翻盖合上。只几秒，手机嘀的一响，一条信息来了，是彭红叶。

“别生气。明天找你自首。”

第二天她来了，到侯文茂的办公室，打扮得清楚整齐，端庄得有如电信局服务窗口阳光灿烂的柜台领班，看模样真跟什么大俗大艳的“小雅歌厅”无法联系，出入政府机关不显异常。

她来之前，侯文茂已经掌握了一些情况。小雅歌厅在本市登记开业已有半年，安丽经理在开业不久就应聘来到本市。数年前她在国旅当导游时叫彭红叶，现在改名了，知道她就是彭红叶的人肯定有，应当不太多。

彭红叶对有关情节供认不讳。凡侯文茂已经掌握的，她的说法基本相符，没撒谎。但是有很多情况侯文茂并未掌握，那就不辨真伪了。

她说这几年她有过很多故事。导游当腻了，做过车模，卖过衣服，在北京跟一个歌手同居过，到广东给一个快没牙的老台商当过几天二奶，在一家大夜总会做过经理，手下有过四五十个服务小姐。混来混去，渐渐有了些钱，日子过得好像也行，比上不足，比下有余，有房有车有哈巴狗，却总是找不到感觉，于是什么都先放下来，跑到本市应聘落脚，为了谁呢？侯文茂，谁让侯文茂皮这么黑，让她印象这么深刻。她为侯文茂准备了一份惊喜，总想适时奉献。但是知道猴有一个梦想，不喜欢她在眼前招摇，怕她破坏安定稳定大好局面，因此近半年时间里她只是躲在一边近距离观察，热烈关心，没想现身。不久前那一次造访是实在想得不行，悄悄冒了回头，她自己觉得并没有给侯文茂太多不必要的压力。昨天晚上不怪他，怪侯文茂自己，她清楚侯文茂很谨慎，通常不上歌厅的，干嘛上了，还大老远跑到小雅陪客唱歌？这回不是彭小姐骚扰侯主任，是侯主任骚扰彭小姐了。

“真没想这么快让你知道的。”她说。

“又说谎吧。”

她说是真的，躲在暗处看明处某个人，有时忽然冒出来吓他一吓，小孩子捉迷藏似的，很好玩，感觉很不一样。

“你的事情我可打听了不少。”她说，“你想象不到的多。”

侯文茂说恐怕没听到什么太恐怖的吧？彭红叶说怎么侯文茂一下子就想到了恐怖？

“快考试了吧？梦想就要实现了？”她问。

“你说那个呀，我没当回事。”侯文茂说，“那是做梦，不是梦想。”

“骗不了我。”她大笑。

侯文茂心里挺吃惊，想不到她还注意到公考官员这件事。他问彭红叶待在本城有什么打算？想做什么？彭红叶说她不知道。喜欢哪儿就到哪儿，喜欢谁就盯住谁，其他的不管。她发现耐心等待可能很有意思，本来勇敢做梦，撑死了只敢梦到黏住一个主任，现在不得了，没准可以黏上一个厅长。人要出头，那真是天大的石头都压不住。

“行了，别胡扯。”侯文茂道，“听我跟你说。”

他说，彭红叶待在本市不好，她在这里有不良纪录，有不少人认识她，一旦出事挺麻烦的。彭红叶应当尽快离开这里，回云南老家，或者到北京上海，走得越远越好。不管多远，需要的话，他可以为她提供一张单程机票。

“这就想把我打发啦？”

“你还打算多要点？”

她说她一分钱不要，只要一个王八蛋。

侯文茂笑道：“感情这么深吗？”

她说比天高比海深的。

“要是这人一不留神高中了，调走了，你怎么办？”

她说跟。别说只是到省城，就是到天涯海角，她也自费购买机票跟从，不管打不打折。这回她一定死死看住，随时做好准备，抓住机会就上，像蟒蛇一样紧紧缠住。

“吓死了没有？”她笑，“世界末日到了？”

侯文茂说彭小姐知道的，他心理素质很好，很坚强，因为“猴有一个梦想”。开玩笑归开玩笑，实话说他很为她担心。以他观察，小雅歌厅情况不是太正常，名声也够大了，运行已经半年多，有关方面不会总注意不到，别以为执法部门只知道睡觉。

“侯主任是在恐吓？叫警察来吧。”彭红叶说，“我还想投案自首呢。警察问什么我答什么。我特别要主动坦白对侯主任的感情，争取立功受奖，这样行吗？”

侯文茂说可以，打电话吧，叫110。

彭红叶笑得打起嗝来。

她说她得走了，在这里待太久影响不好，也干扰侯文茂学习，要是考砸了梦想破灭，还不得活活吃掉她？她还是赶紧回歌厅吧，收拾一点东西，随时准备跟警察走。到时候她要请求警察允许她随身携带一瓶酒，她现在离了酒不行，会疯的。

侯文茂点头，说很好。他为她开办公室门，穿过走廊送她到电梯旁。电梯关门之前他们相视一笑，含义很丰富。

“好好考虑我说的，”侯文茂说，“那样会好一些。”

“不用考虑，你让他们来。”她发狠，“我一进派出所准给你打电话。”

没有再来电话，侯文茂也没跟她联系。只过了一星期多点时间，周末上午，市执法部门召开联席会议，侯文茂列席，会间听到了一条最新消息：小雅歌厅于昨夜被查封，歌厅老板因涉嫌开设秘密赌场聚赌，并容留妇女卖淫被拘。一起被拘的歌厅从业人员和暗娼共有20余人。据传与案子有牵连的包括本市一些中低层干部。

他不动声色，但是心头一颤。

4

当年，侯文茂介绍彭红叶到国旅当导游后不久，恰省里开会，他在省城跟钟声见过一面。闲谈时提起彭红叶，钟声脸色发白。

"侯文茂你小心，这小妞很恐怖，疯狂。"

彭红叶被学校以自动退学处理时给钟声打过一个电话，说自己这一辈子全完了，钟声得承担责任。钟声扔了电话不予理会。那次出事后，两人各走各的没再联系，钟声以为事情完了，没想彭红叶找上门来了。此时两人地位悬殊，一个是刚刚退学走人在本地举目无亲的云南小姑娘，一个是省电视台法制栏目名记，彭红叶还能拿他怎么样？因此钟声不理她，很强硬。几天后彭红叶给钟声寄来一份诉状，用的是法院文书格式。彭红叶告钟声强奸，提供当晚所居宾馆房卡纸签复印件，以及处理该案的派出所名称地址，还有包括侯文茂在内的有关证人名单，请求法院调查，依法做出公正裁决，使罪犯得到惩处并让她得到应有赔偿。彭红叶附来一封信，称她已经走投无路，只有破釜沉舟，这份诉状将在一周后提交给相关法院，除非钟声主动跟她联系，提出她能够接受的解决办法。钟声想起出事当晚彭红叶用水果刀扎他的情形，只觉大汗淋漓。他断定此刻彭红叶确实什么都干得出来，钟声是学法律的，知道彭红叶不能提供足够的证据把他告倒，但是也知道只要她豁出去闹，自己肯定身败名裂。以彭红叶的遭遇论，她有足够的理由豁出去。

因此只好寻求妥协。彭红叶疯狂，却没太狠。钟声提出给6万元，不叫赔偿或补偿，叫自愿赞助金，以帮助彭红叶自谋职业。彭红叶同意了，没计较其名堂。这笔钱彭红叶也没拿，由钟声直接汇到云南她父母的名下，而后彭红叶把她的诉状撕掉，让钟声滚开，两人的浪漫故事到此结束。

“亏你是省城名记，还是法律专业出身，怎么就让一个小姑娘收拾成这样。”侯文茂批评，“还好你有钱，这个数对你不是大事。要我有个屁。”

钟声说他是想息事宁人，人还是要一个面子的，这事如果闹到他老婆那里没法受。小姑娘知道他怕。他跟彭红叶说了，两人拜拜，互不相欠，彭红叶不得开第二次口，要有第二次就有第三次，没完没了谁受得了，他只能告她敲诈，大家一起完吧。

“你留神，别让这疯妞黏上。”钟声警告。

侯文茂说不怕，他没欠她。

不久，侯文茂接到彭红叶一个电话。彭红叶说自己带一个团去浙江千岛湖，刚回来。到旅行社工作后，感觉不错。收入不是很高，但是稳定，到处跑长见识，也有点意思。她很感激侯文茂帮她介绍的这份工作，想请他吃一顿饭，能赏光吗？

侯文茂说：“干嘛请我？你谁啊？”

“我彭红叶啊！”

侯文茂说他不知道彭红叶是谁，他从来没认识过一个叫彭红叶的人。彭红叶在电话那头一声不响，好一会儿，蹦出一句话。

“王八蛋。”

从此再没电话，这个人看来头脑清楚，并非无理智，会骂人，但是没疯。

后来有一次，侯文茂碰上梁平，梁平是彭红叶他们旅行社的老总，是侯文茂的老友，原为副总，刚刚扶正，推荐彭红叶当导游，侯文茂找的就他。梁平提起彭红叶，说这姑娘素质挺好，长得漂亮，口齿清楚，歌唱得好，特别受游客欢迎。侯文茂说：“你得多给人家开工资，别光会表扬，口惠实不至。”

梁平笑，说给不少了。有侯文茂这句交代，再加。

“她一个外地女孩，挺不容易的，你可别欺负她。”侯文茂说。

梁平叫，说欺负谁也不能欺负她呀，否则跟侯文茂怎么交代？

“你老弟跟小彭什么什么啦也得跟我说清楚嘛。”梁平追问，“我问过小彭，人家死活不肯交代。”

“那我还能交代吗？”侯文茂大笑，“你老兄就饶了她吧。”

后来彭红叶又来了一个电话。她说感谢侯科长关照，但是很纳闷，不明白他这人怎么回事。侯文茂说他没关照谁，他不认识彭红叶，从来不知道有这个人，就这样。

他们没再联系。彭红叶很知趣。

那段时间侯文茂很小心，很努力，却很痛苦。市里为加强依法治市工作，成立了相关领导小组，下设办公室，从几个单位抽人充任办公室人员处理日常事务，侯文茂被抽来当科长，为老二，上有主任一名，下有工作人员四个。从“依法办”开张之日起，侯文茂就是骨干人员，他年轻，搞过司法宣传，还是唯一一个国民教育法律本科出来的，能者多劳，主任把大小事情全都交他操办，侯文茂任劳任怨。努力了大半年，主任意外出事，在体检中发现身体长癌，即住院治疗，此后本办实际工作完全交由侯文茂处理，竟做得比主任健在时还出彩，更比其有声有色。那时上上下下就有议论，都说这年轻人行，别看脸皮长得黑，还能依法治市。

有一天晚间，副市长黄坚找侯文茂谈话。黄老板对侯文茂的工作情况很了解，一直挺赏识。领导很亲切，请侯文茂喝茶，跟他谈心，选择的切入点就是他的肤色。黄副市长问侯文茂是不是很喜欢户外锻炼？侯文茂说他在中学打排球，上大学后打篮球。他还游泳，至今坚持冷水洗浴。他觉得身体强健对学习和工作都大有好处。但是他的皮肤黑主要不是因为户外锻炼，是因为遗传，他生下来就这肤色。

“除了体格强健，心理素质也要好。”领导说。

领导还说，无论遇到什么，都应当站高一点，看远一些，经得起考验。有些东西就那么回事，做一个什么样的人最重要。

几天后侯文茂才明白了黄坚话里的音韵：患病的老主任下了，机会却没给侯文茂，政府办一位年轻科长被提拔来接手这一块工作。新主任当过某领导秘书，并无法律专业修养。于是就需要侯文茂表现一下心理素质。黄坚找他谈话显然是预做工作，让他有所准备。新主任到位不久，一次会上黄副市长见到侯文茂，问怎么样，是不是坚持洗冷水澡？天气冷了，受得了吗？侯文茂咬紧牙关说谢谢领导，没有问题。

那时他心里实际痛苦无比。但是他依然坚强。

星期六上午，侯文茂搭车，与几个朋友一起到本市清涧中心郊游。清涧位居山间，离市区 60 余公里，有一个漂流运动训练中心，亦提供旅游服务。时为冬季，水冷，训练中心内外萧条。侯文茂说这样最好，清静。

他们坐小汽艇在清涧小水库的湖面上兜圈。冬天里山风大，吹得人身上发冷，侯文茂却嫌不够，他向主人要小橡皮艇，让人家开闸放水，供其划艇漂流，顺水库泄水溪道而下，那是漂流运动员训练、比赛的通道。主人说不行，这不是夏天，水冷，运动员训练都停了呢。侯文茂说别担心，他冬泳，不怕这个。

结果他穿条泳裤，套件救生衣真的下水去了。那天朋友们拉他到清涧略有慰问之意，大家都知道这人嘴上无话，心里其实挺郁闷。“依法办”本就没多大意思，难得他那般努力，大小事情做得头头是道，有条有理，还津津有味。机会到了，该他出头了，却不料煮熟的鸭子飞进别人的碗里，剩下他没的吃还要冲凉水。因此没拦他，让他漂去吧。侯文茂漂了一个多小时。毕竟非专业人员，驾驶技术略差，所乘橡皮艇下水不久，即让水库下泄的急流推着撞上涧中礁石，弄了个翻船落水。他在水中挣扎，抓住橡皮艇翻正，湿淋淋哆嗦嗦爬上艇继续，直到漂完全程。

上岸后他脸色发青，嘴角打战，与彭红叶意外相逢。

那天的休闲活动是梁平安排的，他搞旅游，跟漂流中心有瓜葛。梁平临时有事，迟数小时才赶来，走之前看到彭红叶，一招手把她也一起叫上了。梁平不知道侯文茂不准备认识彭红叶，只当他们什么什么啦，因此叫来给侯文茂个惊喜。结果侯科长没表现出惊喜，也没表现出失意，神态正常。彭红叶跟他打招呼，他一边跺脚驱寒一边点头。梁平在侧，不好再说不认识，毕竟所事依法治市，得尊重事实。

晚间他们在中心食堂吃饭。山野去处，食物新鲜，土鸡番鸭，都是四处放养，类同野生动物，很绿色，好吃，加上郊游体力消耗多，真是吃什么什么香。主人很热情，从食品柜里拿出几瓶白酒盛情相邀：“喝！喝！喝！”于是喝酒。这种时候酒是好东西，杯子一碰，脖子一仰，体温和气氛一下子都上去了，然后大家便一起完了蛋。

后来分析，主人那酒的出处肯定有问题，不是劣质酒偷换，就是工业酒精勾兑，只酒瓶是真的，否则哪有那么大的杀伤力。座中几位男子都有些酒量，但不会就一起醉个人事不省。幸好那酒虽假虽劣，尚非毒酒，要不事就大了。

那天六位同饮者倒了五个，四男一女，只一人无恙，那就是彭红叶。彭小姐似有先见之明。她在从事推销葡萄酒业务时已经表现出酒量，那天却不喝，说嗓子痛，因此躲过一劫。大家尽数倒地之后，彭红叶承担收拾残局的重任，她找来训练中心的保安，把醉者一一抬入客房。别的男女得到足够的尊重，不受骚扰，脱了鞋子往床上一扔盖上被子了事，侯文茂却不能轻饶。她把侯文茂拖进卫生间，推他跪在抽水马桶前，用不锈钢汤匙柄使劲撬开他咬紧的牙关，抠他的舌根儿让他呕吐，然后灌温茶水，再让他吐，不停虐待，直到他不再叫唤，沉沉睡去。

她说这是洗胃，得自家传，其母曾为其父如此服务。要是今晚碰巧喝的是毒酒，估计此法有效。其他人一命呜呼算了，侯文茂不能死，因为“猴有一个梦想”。

事后她问侯文茂对当晚的情形是否有些记忆？侯文茂说什么都想不起来。

“你发表演说，用英语。”她说，“强调不是‘猴有’，是‘我有’一个梦想。”

当年在大学，某次班级活动，侯文茂表演英文节目，学的是马丁·路德·金的著名演说。他的“黑人”绰号因此确立。当晚迷醉之中，他可能确实回了趟校园，否则彭红叶怎么知道他曾以英文演讲？当然，也不能排除是她当初和钟声在床上“浪漫”并遭所谓强奸前知道了这个。

“你还哭，说不公平，咒骂，凶恶极了。”彭红叶说，“刺激很深的嘛。”

侯文茂说不可能。他不是那种心理素质。彭红叶说这要看什么情况，喝醉了呢？中毒了呢？她说侯文茂在醉中愤怒抨击任人唯亲，悲叹自己没有背景，不甘堕落，因此总是与机会失之交臂。这还什么“做一个什么样的人最重要！”他发誓坚持不懈，不达目的决不罢休，到时候“依法办”主任还算个鸟！

侯文茂摇头，说他很坚强，不会这样失态。

“你把人家的胳膊都卸了。记得吗？”

“什么话！”

她说是真的。被侯文茂卸胳膊的竟是请他们品尝恶酒的训练中心主人。此人待客过于热情，当晚第一个醉。在尚未倒地之前，他纠缠彭红叶，说大家都喝，彭小姐怎么可以不赏脸。他要彭红叶跟他喝“贴胸酒”，请梁平批准。梁平那时也不太行了，没有表错态，话却已经不雅。他说不敢强迫。彭小姐愿意的话，别说贴胸脯喝酒，贴鸡巴都行。彭小姐不愿意就谁都不得欺负，因为侯科长在这依法治市呢。主人转而攻打侯文茂，请侯科长批准彭小姐跟他贴。侯文茂也醉了，却还坚持原则，说彭小姐不是未成年人，有完全责任能力，做这种事不用他人批准。彭红叶听后很生气，当众刺激侯文茂，说有的人一向就是王八蛋，只想自己出人头地，不顾别人死活，还一套一套法律。不就这点事吗，批准同意又怎么啦？她保证照办，紧贴着喝。醉汉一听大喜，恨不得立刻把彭红叶抱住吃掉。侯文茂不能不管了，他没让醉汉再闹腾，扳住其右胳膊只一拽，那胳膊当即脱臼。醉汉不知痛，只叫唤，说怎么怎么抬不起来了？侯文茂用力又是一下对上那胳膊，说行了吧？别碰这小姐，咱们喝。

“你还真厉害！”彭红叶由衷惊叹，“哪儿学的手艺？”

侯文茂不禁发愣。现在他信了，如果真没发生，彭红叶不可能编造出这种细节，很少有谁知道侯文茂会这个。侯文茂从小在乡镇卫生院长大，父亲是接骨师出身的土医生，早年曾打算让侯文茂子承父业，为乡人料理跌打损伤，以此谋生，所以侯文茂学有几手。要不是后来他不听他父亲的非要自己拿主意，哪会轮到今日来依法治市。

这时他才知道，当晚彭红叶彻夜未眠，始终守护在他的身边。

5

“小雅”歌厅出事后，侯文茂平心静气，坚定不移，不说不问不打听。他心里却有一种忐忑，总觉得接下来可能要有大的麻烦。

彭红叶没有电话。她曾经声称一进派出所就会找他，这是说一旦出事她准备让警察分享她和侯主任间恩怨难辩的情感交往。如此声明的潜台词很多，含钳制要挟侯文茂的意味，难说纯为笑谈。这个人没有电话颇意味深长，暂时不想还是警察不让她打电话？她在警察手里吗？也许她漏网了，远远逃遁，例如去了中亚？如果是这样，似乎没有什么能够妨碍她跟侯文茂联系，继续其缠绵与想念，包括表达其仇恨。警察捣毁小雅歌厅之前他们有过一次意外重逢和交谈，很巧，也可以说很不巧。彭红叶可能因此认为警察的行动与侯文茂有关，她准备报复吗？是不是打算如她含蓄影射过的那样，把侯文茂跟她一起拖进泥沼？

此刻泥沼的污水也许正在漫上侯文茂的脚踝。

侯文茂不吭不声坚守岗位。“依法办”的各项工作有条不紊地进行，没有谁注意到侯文茂已在暗中进入冲刺。他在办公室随意翻阅报纸，在各种会场上认真记录领导讲话，其实他眼睛里看的全是自己精心准备的东西。下班回家，侯文茂把门一关，诸事不管，只顾看书，每夜只睡4小时左右，用尽量多的时间努力学习，同时尽量做得不为人察觉。他还悄悄再次避居新店钟氏“别野”备考，当时招考笔试时间已经逼近。

有两件事接踵而至。

市政府办公室通知，副市长黄坚要侯文茂于当天下午3时到宾馆会议中心一楼会客室见他，有一项急迫工作要谈。黄坚让司机开车送，在规定时间赶到宾馆。小会客室里已经有人先到，两个，一为市文化局局长，一为市水土保持办公室的副主任。黄坚不在会客室里，他在一旁会议室，那里另有个会。

他们三人坐在会客室等待。都在市直机关工作，彼此都熟，不免互相打听一下。结果都一样，没有哪个知道黄老板找他们有何公干。侯文茂觉得挺蹊跷，三个人里，只他这个“依法办”归属黄坚分管，另两位跟黄老板似无瓜葛。黄不管文化，也不管农林水，此间三人三部门彼此搭界的事不多，黄坚把他们拢一块干嘛呢？

等了有10分钟，黄坚从会议室出来，进了会客室。

“都到了？”他问，“情况怎么样？”

三人面面相觑，不知道他问的是什么。

黄坚说，这几天他一直考虑，觉得要考虑一点新的办法。省人大刚刚修改了野生动物保护条例，文化部门能不能找几个人，给条例编几个小节目，或者写几首歌？让大家都来唱保护穿山甲，让电视台播，这样才能扩大宣传范围。水土保持办公室也可以提供一点素材，禁止捕杀大蟒蛇有助灭鼠，也有利于水土保持嘛。可以考虑一些观点，提供一些典型事例，这样来弄，推动法律宣传，有利依法治市。

三人都没搭腔。黄领导一番重要指示挺怪，使人云里雾里。

“走吧，跟我到一号楼，有份材料给你们。”他说。

黄坚领他们三人走出会议中心大门，下了台阶。宾馆一号楼在会议中心斜对面，六七十米距离，中间隔着小停车场和一片绿地。黄坚走在前边，三位下属尾随其后，以不规则队形行进。途中黄坚回头看了侯文茂一眼，当时太阳直照，侯文茂戴上一副墨镜。黄坚伸手指：“我看看你这东西。”

侯文茂把墨镜摘下来递给他。黄坚并没有试戴或遮阳的意思，他把该墨镜抓在手中，领着一行人进了一号楼大堂，然后把墨镜还给侯文茂。

他给他们各一份材料，是《依法整治市区人力三轮车的几条措施》讨论稿。这是市交通部门的一份会议材料，今天下午该会报到，地点就在本楼大堂。黄坚说材料拿回去看，有什么意见再说，现在可以走了。

三个下属站在那里看他离去，彼此瞅瞅，都觉得挺意外，尤其是那两个人。依法整治市区人力三轮车，与文化事业与水土保持实在关系勉强。水土保持办主任年龄与侯文茂相仿，不似文化局长城府深，他当即扭头问侯文茂：“黄市长今年多大了？”

侯文茂说有五十六七吧。

“他是不是老糊涂了？”

侯文茂说怎么会呢。

他们走开。侯文茂心里已经大体有数。

他们从会议中心走到一号楼途经一个小停车场。侯文茂在那时曾稍加留意，注意到停车场紧靠道路的这一侧停着一辆白色面包车，车场里车不少，一辆挤一辆，一部普通面包车挤在里边不显山不露水，不留心还真注意不到。这车挂的是警务牌，车里隐约有人。黄副市长领他们步行的路线紧挨停车场，恰从该面包车旁经过。

侯文茂猜测今天的事情与野生动物无关，可能纯为一个指认过程，接受指认者为侯文茂等三人。这三人都是本市中层领导干部，警察认识诸位，无须费神相辨。车上负责指认者不是警察，是警察掌控下的人，多半是某类涉嫌犯罪者，他们与警察合作，要从走过去的人员中指认出相关人士，多半也是涉嫌者。警察当然不会大海捞针，把全市四五百万人一一叫来在宾馆一号楼门外停车场列队走过，只有已经进入警方视线者才会获此殊荣，这是常识。今天接受指认的几人都具有相当职别和身份，情况尚未明朗，不便如一般涉嫌者直接传唤到某地点接受指认，得用另外的方式安排。黄坚亲自出面，说明所牵涉案件绝非鸡鸣狗盗一类，是市里上层领导直接过问的要案，黄坚在政府里分管政法，所以由他出面安排今天的指认行动。

侯文茂明白自己麻烦来了。他肯定是涉嫌者，否则不会被请来在此散步，并摘下遮阳墨镜以除伪装。是不是彭红叶终于想起他了，给了他这个惊喜？也许她就在车上？准备指认侯主任。她都跟警察说些什么了？侯文茂左思右想，觉得眼下除开展依法治市相关工作，他还没有什么需要与警方特别配合的事项，他能不知道法律意义上何事可行何事不可行吗？陪客人到小雅歌厅唱歌并不触犯法律，与某位冒用名牌洗洁精名字的彭小姐交往，法律一时还管不到。他一向很警觉，没做过其他什么，把他列入受指认者行列中有些奇怪，必有缘故。

侯文茂回到自己的车上，让驾驶员小陈开车回单位。这时他碰上了另一件事：办公室打来电话，说公安局通知让小陈马上去一下。

“你跟公安局怎么啦？”侯文茂问驾驶员。

小陈茫然，他说前些时候他小舅子跟一个邻居闹纠纷，打架，让警察拘留过。该不是这个事？这种事也找不到他头上嘛。侯文茂摆摆手说一会儿你去吧。

他声音平静，镇定。但是心中似有所动：怎么回事？连自己的司机也给牵涉到了？也要让谁认一认吗？车到政府办公大楼停下，侯文茂一看后边又一辆轿车过来了，却是黄坚副市长的车。侯文茂赶紧过去按住电梯钮，等黄坚到来。那时附近没有其他人，黄坚看了侯文茂一眼。

“有些奇怪，是不是？”他说，“以后我会告诉你。”

侯文茂点头，什么也不问了。这件事如果现在可以说，黄老板会告诉他。该领导公道正派，一向对他不错。当年“依法办”老主任因病去职时，黄坚就曾建议提侯文茂接任，未成，结果提了别人，当时黄坚一边找侯文茂谈心，要他坚持洗冷水澡，沉住气，“有些东西就那么回事，做一个什么样的人最重要”，另一边他还多方努力帮助，终使侯文茂得到一个助理调研员待遇。一年后主任另有高就，黄坚力主用侯文茂，这才有了侯文茂的今天。

侯文茂决定沉住气，走着瞧。当天深夜，一个电话打到侯文茂的家里，却是今天三位同案之一，市水土保持办的那位。该同志性急，比较沉不住气。

“你说这他妈什么事啊！”他在电话里骂，“你听到什么了没有？”

他告诉侯文茂，他已经想办法打听到了一些情况。这些日子市里挺不平静的，因为小雅歌厅，事情闹得很大，已有十数个干部受到牵连，主要是涉嫌参与赌博，以及嫖娼。小雅歌厅设有一排高档房间，对外称棋牌室，实为秘密赌场，一些有钱老板常在此聚集豪赌，亦有官员混迹其间，由某利益有关的老板请到这里打牌，赌，“玩玩”。输了有老板兜着，赢了全数带走。据说市交通局一位副局长曾一次赢得30余万，陪赌的为一个施工队包工头。该局长不止玩钱，他还玩小姐，小雅歌厅备有数间装修豪华的休息室以供其用，由包工头安排并付嫖资。歌厅出事后，涉案老板和小姐交代出一些情况，提到了一些官员，案情已惊动省市领导，市办案部门悄悄安排指认涉嫌官员，今天他们碰到的就是这个。

“怎么他妈的弄到我头上了，”那人说，“我也就是去唱过几次歌。”

侯文茂开玩笑：“你唱就唱了，怎么把身份头衔名字也唱了出来？没请哪个小姐跟你一起调研，关到小房间里退耕还林搞水土保持？”

“我傻瓜吗？”那人说，“也不知是谁胡扯。我没干那些事，不怕小姐认我。”

侯文茂说小姐们很糊涂的。她们过夜生活，喝酒，纵欲，眼神可能特别不好，加上那地方光线也暧昧：“你不怕她们搞误会了，抱的是别个，指的是你？”

“你家伙怎么搞的！”那人叫，“非让我死吗？”

侯文茂不禁笑。那人反过来问侯文茂怎么回事，是不是也去过小雅？侯文茂说陪省里客人去过一次，唱唱歌，10点来钟就走了，没干其他。“依法办”不掌握什么权力，无从权钱交易，赌博嫖娼没有老板帮助买单，客观条件不具备，主观上清楚知法不能犯法，所以又清又白跟小葱拌豆腐似的。因此他觉得不是那回事。他正在认真研究《依法整治市区人力三轮车的几条措施》，准备按黄副市长要求，写一点意见呈交领导，促进依法治市。小雅歌厅的案子听起来挺严重，想来跟他没什么关系。

其实他心头发紧，因为今日之遇确属指认且与小雅相关，猜测得到了证实。

当晚他彻夜未眠，什么都丢在一边，不想，埋头学习。他的心理素质一向很好。

第二天上午，驾驶员小陈带着一男一女两个陌生人走进侯文茂的办公室。侯文茂忽然记起昨日，把小陈叫到公安局去的是这两人吗？他们干嘛？警察，着便衣？

却不是。来客出示了一份材料复印件，竟是那报纸：《救命司机你在哪里》。

原来是记者，来自省城。他们很客气，说他们到本市核实一件事情，请当地公安部门配合，昨天找驾驶员了解了一些情况，今天特意登门拜访。他们给侯文茂看的那份复印材料上边有几行批示，他们因此而来。

原来事情闹出名堂了。省报登出的群众来信得到了一位省领导的注意，批示说这件事不大，反映出一种好精神，应当找一找这位好司机，宣传一下，提倡学习。媒体人士很敏感，觉得可做文章，便组织力量寻找该救命司机。新店那位青年农人有些稀里糊涂，当时光记得着急老婆要生孩子，没头绪留心其他，他告诉记者的线索只两条：救命司机开的是一辆白色小车，车牌尾号好像是“32”。记者们通过公安部门帮助，在新店一带找这辆车，无果。他们有办法，居然调阅了附近国道收费站相关时间段的过往车辆录像记录，一辆一辆核对，找到了数辆尾号相符的白色小车。侯文茂开的普桑赫然在册。记者们查到本市，通过公安交警部门核对，得知所查轿车为“依法办”公用车辆。他们把司机小陈找去，得知那个时段小陈未往新店。录像上明明有，怎么又说没有？往细里一问，才知道原是司机在家睡觉，主任亲自开车。他们一听该主任的情况即兴致大起，因为青年农人夫妇提供的救命司机长相很模糊，却有一个印象很清晰很一致：“那个人脸皮很黑。”

现在侯文茂插翅难逃。说来有趣，这边是警察和小姐认人，那边是记者和农民追踪，两伙人联手进攻，从不同方向一起打，天网恢恢疏而不漏，侯文茂还往哪里跑。

他说明了情况，彻底坦白。救人的确实是他，小事一件，应当做的。两记者欣喜不已，说要立刻向上汇报，组织报道。侯文茂说谢谢，到此为止吧，他不想出这个名。记者说侯主任高风亮节，侯主任的意见他们一定如实反映。不过这件事已经受到领导高度重视，现在他们说了不算，侯主任说了也不算，听领导的吧。侯文茂沉吟许久，提了条建议，说记者们的敬业精神让他很感动，这件事本来很小，已经过去了，实在没有必要做什么文章，特别是他本人一向低调，忽然碰上这种事很不适应，感觉尴尬。但是如果上级和媒体从大局着眼，打算借此促进社会风气向好，他本人愿意尽量努力，加以配合。只是他希望别太急，这些日子他比较忙，忙过了之后再来从容面对，可不可以？拖个半个来月，20多天，行吧？在此之前对外不提，怎么样？记者即表态，说这个好办，没问题，一个宣传活动，策划实施也需要一点时间。

侯文茂几乎感觉到某种天意。早先那天，他从后视镜上看到一个人冲出公路旁的沙堆求助时，他倒车，出于本能，没有考虑其他。那时哪会想到没多久会有一个礼物从天而降，在他可能需要特别防备，又特别需要为人注意的时刻。猴有一个梦想，梦想成真需要坚持不懈，也需要天助，尤其是在要害关头却有不祥风波突起之际。

几天后侯文茂前往省城参加考试，耗时两日，参与者黑压压一片共计二千余。走进考场和走出考场时侯文茂都对自己满怀信心。为这个机会他等待并准备很久了。对他而言这一回极其重要，没能破格提升，鱼跃龙门，至少也应引起特别注意以待来日。

在从省城返回本市的路上，一个电话挂到他的手机上，号码很陌生。

“预祝一下。考题凶恶吗？”

是彭红叶。安丽经理。她终于冒出来了。

“你在哪里？”侯文茂问。

“还能在哪儿？警察手里嘛。”

车上有驾驶员，说话得注意。侯文茂没吱声。彭红叶在电话那头笑了，说侯主任放心，她不会害他。当年侯主任为了当上侯科长，唯恐招惹是非，无情地拒绝一个无助女生的求援，让该女生从此坠入地狱。这位女生完全有理由报复，将侯主任拖住陪斩，为民除害，不知为什么她改主意了，决定帮侯主任进入天堂。这几天非常非常想念，但是女生忍住了，没有骚扰，唯恐影响侯主任的情绪，导致考场败北。

侯文茂笑，表情像是刚获得提拔。

“放心，我很坚强，心理素质很好，但是还要谢谢。”他说，“到哪儿找你呢？”

他断定安丽经理漏网了，否则不可能在电话里如此亲切。为什么别人被拘而她能逃脱？也许就因为侯文茂曾经发出过警告，“依法办”主任，说话只当开玩笑吗？因此她格外留心，如其自嘲早早收拾好东西，不是准备跟警察走，而是准备开溜，所谓机会总是青睐有准备的人就这意思。一朝风吹草动，别人傻了，她屁股一拍从容离去。尽管跑是跑了，安丽经理想继续守在本市想念侯主任却已经不再现实，小雅歌厅的种种作为肯定让她进入了警方的视线。所以她现在一定得考虑往中亚跑，或者更远。

"侯主任一定很纳闷，不知道自己怎么也会让警察怀疑了，是不是？"

"有这事吗？"

"别装。"她发笑，恋人发嗲似的，"蒋老板已经被警察抓了。"

就是人民银行的小蒋。那一天安排侯文茂和省厅刘主任到小雅唱歌的就是他。此人原是小雅常客，小姐里好几个跟他有过事，其中有的唱歌跟锯木头似的，但是床上功夫很好。他被指认了。彭红叶说蒋老板品质不好，有拖欠小姐小费的劣迹，但是把侯文茂拖进案子的不是他，因为那天侯主任在小雅很规矩，连小姐都没摸，无懈可击。

"谢谢夸奖。"

她大笑，说侯文茂涉案全怪她。对付警察突然袭击她本来挺有经验的，去年她在四川碰到过一次，挺吓人的，但是她全身而出，然后才跑到这里。不过那天在小雅她有点大意，一些重要名片没顾上带，丢给警察了，其中有官员有老板，包括侯主任。

侯文茂点头："原来是这样。"

彭红叶说她心里很过意不去。她本来是想给侯文茂一个惊喜的，不是羞辱和麻烦。为了表达自己的歉意，她决定登门检讨。昨天晚上，赶在侯文茂返回之前，她特意乔装打扮，上门拜访了侯文茂的妻子和女儿，致以亲切问候，侯文茂说过欢迎做客的嘛。她对她们印象很好，当然还有些羡慕。

"你瞎扯吧。"侯文茂说。

她让侯文茂回家后问一下。她给侯家送去一瓶五粮液，声称自己从四川来，因为一件事被人欺负了，找到侯主任的"依法办"，得到了侯主任的帮助。特意感谢。她提醒侯文茂给那瓶酒做个记号，别喝。该瓶原装物已经让她喝掉了，灌的是劣质酒精。

"我跟侯夫人说我叫马丁。"她笑，"马丁小姐。"

侯文茂啪地用力关上电话翻盖。

6

当年，侯文茂一行数人在清涧漂流训练中心被假酒放倒，幸未出大事。约半年后，他们再次光临清涧，还是那几个人，包括彭红叶。

侯文茂升职了。本来煮熟的鸭子已经展翅飞翔，丢下侯文茂悻悻然洗冷水澡加强心理素质，哪想忽有贵人相助，半空中又落下了若干鸭肋鸭爪。难得黄副市长关怀，助理调研员虽不算领导，却有级别，也算提拔。当初侯文茂很郁闷，朋友们拉他到清涧郊游并误食毒酒，或假酒。此酒看来效果不错，侯文茂大难不死，真有后福。升职后朋友们要他请客，他一口应允，说再去漂流吧，还那些人，一个不多一个不少。

时已入夏，气温水温适宜，漂流运动吸引许多游客，溪流里餐厅中到处都是人，乱哄哄的，不似冬日那般萧条，却也不如冬日那样清静。那一回被侯文茂于醉中卸下胳膊再予重装的主人还在，此人不计前嫌，见到侯助理一行特别高兴，盛情准备了晚餐，包括酒水。因为有过教训，这一回客人们自带酒水，每一瓶酒都有可靠出处，以免再次全体休克，劳累美丽的彭小姐竭尽全力奋抬活尸。

那天大家玩得比较节制，包括饮酒。侯文茂这类人总这样，郁闷时比较放松，得意时比较拘谨。此刻需要注意影响，所以那顿饭实不如当初假酒好吃。大家都比上一次喝得少，只彭红叶例外，当初她没喝贴胸酒，今天没人请她贴胸，她喝得很自觉。这人有酒量，会来事，她带来一把二胡，席间数度应邀自拉自唱，毕竟专业出身，水平很高，场上气氛因她生动了许多。

饭后，主人在训练中心大楼前的场地上摆几张靠背椅，让大家喝茶、聊天、乘凉，天气很好，星空灿烂，山野晚风习习，特别凉爽惬意。侯文茂跟彭红叶聊，忽然提出一个建议。他说彭红叶可以考虑找大一点的空间。彭红叶这样的素质和悟性，有了这么一段从业经验和积累，待在本地挺屈才。本市旅游业基础弱，身量小，条件尚差，机会也比较少。就本省论，省城那边机遇多得多，但是要跟彭红叶的老家云南比又不是一个档次了。云南是旅游大省，得天独厚，其机会和天地与这边不可同日而语。

彭红叶笑笑，说侯助理什么意思啊？官升了，胆小了，赶我打道回府？

侯文茂说也不是这样。彭红叶真是回去的好。愿意的话，他可以帮助想点办法。

“说实在的我早想走了。”

“那就走嘛。”

“就是有些东西割舍不下。”她说,“侯助理像是希望我走，很迫切？”

侯文茂说也没什么迫切的，随便说说，为彭小姐谋划未来。

“恐怕是为侯助理自己谋划未来吧？”

“也是。”

那会儿一行几个人都挤到广场另一头，凑一块儿讲段子，哈哈哈一片笑声，广场这边就剩他俩聊天，不必防备哪个偷听，可容他们耳语般密谋未来。侯文茂对彭红叶说，今夜真美好，跟彭小姐一块儿聊天真是愉快。但是他如芒在背，就是说像刺扎在背上。上回在这里误食假酒，被彭红叶强制洗胃并彻夜照料，那以后就不好了，他总是时不时想起美丽而危险的彭小姐，搞得心神不宁，惶惶然不可终日。

“有那么严重吗？”

“稍微夸张了点。”他笑道。

他跟彭红叶讲起自己的父亲。他父亲在乡镇卫生院当医生，因为是接骨师出身，非科班，地位很低。侯文茂为什么不愿子承父业学医接骨？因为他痛感父亲的卑微，他曾亲眼见到自己的父亲遭受一个年轻小子训斥，就像儿子被老子训斥一样。那年轻人毫无本事，就因为有背景当了卫生院副院长。侯文茂因此发誓要出人头地，当领导掌实权，管住院长副院长这类小子，绝对不像父亲一样屈辱。所以他不学医学法律，不当律师当公务员。父亲对他很不理解，当年父子俩曾大吵过几场。

“明白吧？‘猴有一个梦想’从这里来。”侯文茂对彭红叶说，“早先的想法其实很幼稚，如今现实多了。像我这样的人想出头不太容易，先天不足，后天不利，呕心沥血，事倍功半，有时想来很丧气，真不如跟老头子给人接骨去。毕竟欲罢不能，已经走上这条路，不走下去不就前功尽弃了吗？”

彭红叶笑道：“说得好可怜。最大限度争得同情？”

侯文茂点头，说可不是，他曾反复思忖过怎么才能感动彭小姐，这很重要。他的情形有时想来真是挺丧气，但是他从不放弃，总是坚持不懈，不管前景如何模糊。因为他知道一旦放弃自己就真完了，什么都没有了。经过多年努力，他在一片混沌中似乎看到了一线希望，遇上了黄老板，贵人，好领导，差强人意的他有了一个新起点。但是这很脆弱，一不留神就会化成泡影。眼下他很为彭红叶担忧，出于过去那些事他对彭红叶怀有内疚，又怀有感激，他发觉自己在越陷越深。这样下去恐怕不行。

“其实没这回事。”彭红叶说，“你这人我早看透了。”

他大笑，说他倾诉衷肠，这么强烈这么有冲击力，效果这么差啊。

当晚一行人再次留宿训练中心客房，同上回一样，只是缺了毒酒的魅力，显得比较平淡、比较乏味。半夜里彭红叶敲侯文茂的房门，说她睡不着觉，在这个美好的夜晚，特别想听侯助理继续倾诉衷肠，他太有冲击力了。侯文茂还没上床，在看电视，他说看起来咱们彼此想念的程度差不多。夜深人静，那几个都睡得跟死猪一样，神不知鬼不觉，咱们不做点什么怎么行，哪再找这样的机会呢！

彭红叶穿一条新裙子。她说这是法国名牌时装，问侯文茂她穿这裙子漂亮吗？侯文茂说应当是裙子因人而漂亮。彭红叶让他猜，她裙子里边还穿着什么？侯文茂说这个问题很好猜，但是猜起来压力很大。彭红叶问他怕什么了？他说主要是经费比较困难。他一向惧内，每月工资尽数交妻子掌管，养家糊口，所余不多。他的单位有事没权，不来钱，所以他私藏无几。估计个人小金库满打满算至多能有两千。

“到时候你向我要 6 万元，我上哪儿找去？找钟声？”

彭红叶说：“你还真以为啊？”

她把裙摆一掀，里边并非一丝不挂，也不是什么意大利名牌透明女内裤，却是今天她一整天都穿着的牛仔短外裤。她是故意把新裙子直接套在外边的。她说侯助理挺意外的吧？自尊心有些伤害？自作多情了？王八蛋。

不多久她离开本市，消失不见。

她没跟侯文茂说。她离去的消息是梁平告诉侯文茂的。梁平到市政府办事，找侯文茂喝茶。侯文茂注意到老友情绪不佳，似有烦恼。问他怎么回事，他竟语出惊人。

“人真不能陷进去。他妈的。”

这家伙陷进去了。陷哪儿了？彭红叶的裙子下边。侯文茂不是早交代过，让他别欺负她，他还真没欺负她，但是喜欢上了。这姑娘要淑女很淑女，要疯很疯，处事干净利落，场面上流光溢彩，傲慢时拒人于千里，来事时风情万种，让人无法不心动。她唇角那个小黑点不是什么美人痣，那就是个迷魂豆。

梁平说他这些天吃不下睡不着，快崩溃了。侯文茂这才知道彭红叶突然辞职离去。她特别交代别跟侯文茂说，称自会跟侯文茂解释。彭红叶的辞职缘由是父亲病重，可能不久于人世，她离家多年，欠父母养育之恩，现在得尽一尽孝道。梁平说，彭红叶父亲病重是真的，前些时候还曾请假回云南看护过两星期，她为尽孝而辞职却是托词。本来没听说她要走的，不知为什么突然就辞职了。梁平估计她可能是去了广东，半年前她带一个旅游团组到泰国，在酒店里偶遇一个 50 多岁的香港商人，老家伙竟被她弄得神魂颠倒的，此后极力纠缠，提出用重金包她，让她跟他到广东，他在东莞有工厂。梁平估计她是投奔老家伙去了。当初得知老家伙追她时，他曾极力劝说彭红叶不要与之来往，彭红叶说来往怎么啦？“我家里要钱，老总能给我多少？”

彭红叶家居滇北一个偏远县城，父母都供职于县剧团，父亲拉二胡，母亲是演员，生有一男一女，彭红叶是老大，从小聪明伶俐，备得父母之宠。这些年地方演出团体不景气，父母收入很低，还得供彭红叶的弟弟上学，家境颇艰难。不幸其父嗜酒，患肝病，前些年动过一次大手术，家中负债累累。彭红叶在外任性叛逆，没有她不敢做的，在家却是孝女，对父母最放不下，曾说世界上只父母对她真好。

梁平问侯文茂是否知道彭红叶家里的情况？侯文茂说他没问过。他把这姑娘推荐给梁平是受朋友之托，姑娘身上有些东西让他捉摸不定，因此他比较小心。

“如果她跟你联系，拜托你告诉她，让她给我一个电话。”梁平说。

侯文茂道：“你还是把她忘了好。”

侯文茂不吭不声给钟声打了个电话，询问彭红叶的家庭地址。钟声曾被迫给她父母汇过 6 万现款，凭据应当还握在手中，他学法律，知道保留证据之重要。侯文茂告诉钟声这姑娘已经离开本市不知去向，却有一些未了事宜需要与其联系。钟声即叫：“你让她敲上了？”侯文茂笑，说看起来他还是漏网了，很惭愧。

他给彭红叶的父母汇去一笔钱，不多不少，两千元，他曾声称自己可支配的就这么多。寄款人栏里他填了“马丁”，灵感来自“我有一个梦想”。请马丁先生代为致意，聊表慰问，谢谢彭小姐善解侯助理心意，远远遁走。他不欠她，为她做了很多了，本来他可以什么都不做的。彭小姐应当心里清楚，今后各自珍重，不必彼此想念了。

数月之后梁平落马。一次例行财务检查发现他的旅行社有大额款项去向不明，梁平无法做出合理解释，被停职，后被逮捕。梁平供认自己挪用大笔公款，先后为数位情妇购买高级时装、化妆品和钻戒首饰以其讨欢心，并曾携情妇到东南亚各国游玩，一起观看色情表演，出入赌场一掷千金。其情妇之一就是彭红叶。

警方曾试图找彭红叶取证，没有找到。这并不妨碍梁平挪用公款事实的认定。最后梁平被判 15 年徒刑。

然后侯文茂收到了一张汇款单，两千元，从四川来，汇款人马丁。过了两天，销声匿迹深潜多时的彭红叶浮出水面，履行其诺，亲自给侯文茂打来了一个电话。

她问侯文茂是否收到了汇回的款项？她说，谢谢侯文茂破产助人。知恩图报，她现在有钱了，本想给侯文茂汇 6 万元以表感激，也聊补侯文茂的经费困难，让他考虑跟小姐上床时后顾无忧，不必太坚强。但担心这会让侯文茂感到尴尬，只好作罢。她知道梁平已经判刑，警察已经不再找她，这种时候给侯文茂打电话，应该不会让他为难。

她提到梁平，说梁总很吃亏的。他好色，与多位女子有染，打她主意很久了，一直想方设法对她示好。她对梁平说她喜欢领导，但是不跟领导上床，因为抱住自己的领导挺别扭的，怎么想怎么怪。而且不好向侯文茂交代。事实上她对梁平的情况有些了解，担心他和公司可能会出事，要不是另有牵挂，她早离开了。梁平对她很有耐心，可能认为下属好玩，迟早是他的，哪想突然让她给跑了。

“实话说我对他没兴趣。那边我只喜欢一个王八蛋。”

侯文茂问她情况怎么样，在云南？四川？还是广东？她说到处跑，现在在四川，跟几个朋友一起搞旅游公司，情况不错。这里天地很大。

“只是很想你啊。”她说，“侯助理总在我梦里。”

侯文茂笑道：“欢迎彭小姐常打电话。但是别回来刺激警方，依法忠告。”

“你就这样让我报答你吗？”

侯文茂说没什么需要报答的，不记仇就行了。

后来他们时有联系。彭红叶过得好像不错，经历和交往都很丰富。她父亲已经过世，母亲跟她一起生活，其他情况不明。

这年深秋，侯文茂到重庆参加一个业务会议，这时他已任市“依法办”主任。有天黄昏他在客房接到彭红叶的电话，两人东拉西扯。彭红叶忽然问侯文茂此刻在哪儿？忙些什么？侯文茂说他下乡，依法开展村民自治组织选举。彭红叶说听声音好像不对，骗人吧？侯文茂说哪会呢，他对自己的心理素质很有把握，说什么听起来都绝对正常。

有人敲门。侯文茂抓着手机过去开门。门外站个人，竟是彭红叶。

她大笑，美人痣雀跃不已。她说这叫于作案现场捕获。捉住时还没穿上裤子。

那回也巧，彭红叶往侯文茂办公室挂电话，得知他出差去了重庆。其时她恰带团在重庆。这人厉害，打几个电话就搞清了侯文茂所居酒店，然后找上门来。她故意先在走廊上用电话试探，断定侯文茂不会告知行踪，果然，弄得侯文茂一脸的尴尬。

“难道我真有那么可怕？”她问。

侯文茂说一年多没见，彭小姐是更漂亮了，哪会更可怕呢？他没说实话只是不想让彭小姐费心操劳。彭红叶说如此看来侯主任很勇敢，没害怕，挺好。因为业务的关系，重庆她常来常往，顶半个主人。难得重逢，她要尽地主之谊，免费为侯文茂当一回导游，陪他玩几天，不叫报答，叫随缘。侯文茂说好极了，只是他这个会已经差不多开完了，明天主办方安排参观游览，他已经买了后天的机票离开。所以感谢彭小姐热情相邀，以后吧，来日必有机会。彭红叶说喜欢侯主任怎么这么费劲？这一次是天作之合，跑不掉的。跟着大队人马走没意思，她为侯文茂单独安排。机票就更改一下吧，她来办，她搞旅游，这种事小菜一碟。她带的那个团已经登机走人，有几天空闲可用。侯文茂说他得考虑一下劳累彭小姐是否有悖法律精神。彭红叶说那些事情回去以后再考虑，这里有人认得猴子，没人认得侯主任。别总做贼似的担心有谁在后边盯着，尽管放松玩，侯主任一生中这样的机会不可能太多。

“你看我立刻就动心了。”侯文茂做无限向往状，“可是单位有事得赶回去的。”

她说：“少来这一套。得让我高兴，别让我恨你。”

她说小心她为民除害。侯文茂年轻能干，身强力壮，心理素质好，还有一个梦想一心往上爬，因此坚强无比，不惜让他人蒙受伤害，真是黑。今后不知道还有多少人要被他伤害？他要爬到顶了肯定什么都敢，祸国殃民，所以应予除掉。侯主任以为逃之夭夭就行了？尽管走，她立刻就去买机票，跟到他的“依法办”去为民除害。

于是相携一游。彭红叶借来部轿车，崭新的宝马，用那车带侯文茂游览山城。她说车是一个老板的，她朋友，列于相好人士名单中。那天他们走了很多个点，彭小姐果然专业，情况了如指掌，解说驾轻就熟，饭也吃得格外有特色。黄昏时他们在一个温泉村的餐厅吃豆腐脑，彭红叶一招手，佐料一摆一桌，几十个小碟，样样精巧别致，侯文茂说奇了，彭小姐简直是妖怪。吃饭间下雨了，雨声哗哗，彭红叶说情调真好。

他们撑一把雨伞走过温泉村鹅卵石铺砌的小道，侯文茂打伞，彭红叶拎着两人的包，紧偎着他躲雨。这个时段里客人不多，彭红叶带侯文茂四处观赏，看了温泉泳池，健身浴房，来到一个豪华洗浴区，这里一幢幢单体建筑造型各异，内为浴池，外边绿竹连片。他们走进竹林中的一座木屋，彭红叶说侯主任今天跑累了，洗个温泉澡吧。侯主任喜欢游泳，总在冷水里游，温泉里游过吗？

侯文茂说看看行了。知道怎么回事了，走吧。

彭红叶突然出手猛推，侯文茂猝不及防，和衣被推入温泉池中。

她真疯。她大笑，把两个包往躺椅一丢，衣服也不脱，扑通一下跟着跃入水里。

第二天侯文茂未按计划返回。

7

招考笔试情况公布于省报，各职位笔试前10名者入选，公布时以姓氏笔画为序。侯文茂在所报职位中排第五。当天就有消息灵通者告诉侯文茂，说你这家伙厉害，总分第一，状元！你是怎么考的！

侯文茂说肯定是搞错了，哪有那本事啊。本不想凑热闹，经动员报了名。报了就得考，凑合着找几本书看看。这一段事情不少，依法治市，连野生动物都得保护，有心好好学习，没空认真看书，因此挺发愁的，怕考太差丢面子，让领导有看法。报纸上名单一出来，第一个感觉就是笑话大了，可能是搞错了。

其实他心里最清楚。心血没有白费，他要的就是这效果，不声不响，一鸣惊人。笔试过了还要面试，面试靠什么？心理素质。这是他的强项。只要不出意外，进入面试前三名当有把握。此后的程序是考核，查查侯某人表现怎么样，8 小时以内是否尽职，8 小时以外有无劣迹，这一方面本无烦恼，但偏偏冒出个安丽，加上个小雅，情况变得格外复杂，足见他这样的人做做梦可以，真要想不易，难度超乎常人，得特别坚强，特别坚持不懈，最大限度经受考验。所幸老天爷也不纯粹找碴儿，人家另有厚爱。

侯文茂给省报记者打电话，说本周星期六他恰有时间，可以到新店镇去一下，看看那对农家夫妇，还有他们的孩子。那几天记者跟他不断联系，说找到救命司机的事项已经告知农家夫妇，他们迫切希望登门感谢。侯文茂猜想记者们也许还别有目的，就是让当事者来亲眼确认一下，万一搞错了，让这位黑皮侯主任欺世盗名，笑话真就闹大了。侯文茂只说别急，他来安排时间。现在时机成熟了，可以安排见面，请他们在报纸上说说他的故事了。梦想有时需要故事，必须说得恰是时候。早的话没把握，如果他在笔试败北，没戏了，再多的故事有什么用？晚的话黄花菜凉了，要它干啥？

前往新店的前一天，星期五下午，侯文茂到市宾馆会议中心开会，会中悄悄离座，乘出租车到了市东郊的鑫悦住宅小区。时有细雨，他却戴上太阳镜。鑫悦小区人称富人区，有大片绿化地和数幢高层住宅。小区外有条小街，开有各类店面。侯文茂在一间卤品店买了些熟食，进小区上了南侧一座高楼，直上 15 楼，敲开一座住宅房门。

彭红叶藏匿于此。该住宅的登记主人为某公司老板，目前归彭红叶使用，具体情况不详。她在这里不叫彭红叶，也不叫安丽，没有人知道她的来历。这些日子里彭小姐紧锁门户，关闭手机，除了某一夜忽然乔装出门去给侯主任家送假酒，行事有如疯子外，她天天躲在屋里吃方便面，举止正常。这天下午她用住宅电话找侯文茂，想要几根鸭脖子，是卤品店的那种。她说下雨了，很想念重庆温泉村里的豆腐脑。

侯文茂知道她又在独自喝酒，方便面不下酒，不如卤鸭脖子味道好。

侯文茂给她送来了一袋卤品，还有一串钥匙。侯文茂说，一切都安排好了，明天下午动身。明天他到新店办事，陪省里两位记者。出发前他会给彭红叶挂电话，途经小区时他会让驾驶员在大门外暂停片刻，买矿泉水，然后再走。彭红叶开她的车尾随，全程约70公里，其中50公里高速。到新店后，他的车会在别墅区大门外再暂停片刻，示意目的地。彭红叶尽管从大门口进去，找相关别墅，有车库，钥匙都在。

彭红叶歪着脖子看他，唇角小痣全是讪笑："侯主任你就是这样依法治市？"

侯文茂说这个好解释。他不清楚彭小姐是否涉嫌违法犯罪，如果是，他建议彭小姐自行投案自首，与警察合作，争取从宽处理。如果她仅因为受聘小雅歌厅，有些牵连，不想招惹麻烦，只要执法部门未确定她为嫌犯并通缉她，她藏在这里啃鸭脖子并不违法。当然她要走得远远的最好，至少别在本市地盘上晃悠。从以往的记录看，让她走开，肯定有利于净化本市法制环境，让本市执法部门和人民群众少点麻烦。

她大笑，说难得侯主任还能说得这么法律，这么有道理，这么一本正经。她觉得自己极有成就感，因为能够挽着这么大一个"依法办"主任一起游走在法律的边缘。

事情就这么确定下来了。彭红叶离开这里，避居新店，安丽经理可以充分享受自由，那里没人知道小雅歌厅。彭红叶没到过新店，需要侯文茂带路，侯文茂专程向导太引人注目，他特意安排到新店办事，不知不觉不声不响这么捎上最好。别墅那边很安静，什么都有，包括酒，环境很好，住个十天半月没有问题，不会有人打搅。该别墅常有彭红叶这样的青年女子出入，周边人见惯了，不会多管闲事。

彭红叶大为惊讶："是个风流窝？你行啊！"

侯文茂说不是，他是临时借用数月。别墅主人是钟声。

"狗屎？"

"他是新店人。"

"我不去狗屎窝。"

这人就这样，感情用事，疯，不讲理，没逻辑。本来说好了，一听别墅主人是钟声，她不干了。侯文茂说这有什么呢？难道是旧情难忘？不走还留这里干什么？准备见警察？彭红叶又是那句话：打电话，叫警察来吧。

"我第一个字就卖你，提供确凿证据。"她笑，"让你的梦想到此为止。"

侯文茂也笑，说这句话挺刺激，特别在眼下这个时候。他自己有时想来也觉得特别有意思，真是机会与挑战并存，机会越大挑战越大，什么都凑一块了。好在他心理素质不错，很坚强，因为猴有一个梦想。梦想使人坚强，梦想还使人坚持不懈。轮别个早就垮了，他不会垮，克服一切困难奋勇前进，还能走几步就再走几步，坚持到底，直到彭小姐用确凿证据把他卖掉，走不下去了为止。

彭红叶说侯主任别那么悲壮。多伟大啊？其实充其量那就一个猴的梦想。猴的梦想是什么？当猴王，威风凛凛掌管猴群。侯主任就这回事，跟他用英文学着演说过的东西不一样的。马丁什么金先生虽然长得黑，人家的梦想倒跟猴子相去甚远。人家想些什么？让黑人与白人有如兄弟姐妹，实现人人平等。

侯文茂说彭小姐真是酒一喝脑子就特别好。人确实应当跟猴有些区别，但是人其实也是猴子，人的梦想与猴的梦想之间有何关联？这课题很大，很深奥，很复杂。彭小姐还是先把东西准备一下，新店很安静，特别有利于思考。那里不远，比较隐秘，他很快地就会找时间去看望她，一起探讨类似课题。那里很好，不必戴太阳镜。

但是不行，无论怎么说，彭红叶都咬定了不走。她说她决定就跟侯文茂过不去，看他有多坚强。侯文茂力气再大，能把她胳膊腿卸下来扛去狗屎窝吗？侯文茂说过“如芒在背”，她发现自己最喜欢的其实就是这个，让侯文茂如芒在背。她真是爱上了。

“你那个家庭多幸福啊。坐沙发上陪客人说话的为什么不是我？你太太比我高，可有我漂亮吗？你女儿多阳光啊，为什么我女儿不该这样阳光？”她说。

侯文茂说彭小姐首先应当考虑找一个正经人家把自己嫁了，然后才能考虑生一个女儿。彭红叶即冷笑：“你怎么知道我没个女儿？你太太能为你生，我就不能了？”

侯文茂站起身往外走，说行了。明天下午动身，到时候会先打电话来的。

彭红叶大叫：“你站住！我要喊了！”

侯文茂问她怎么了，喝多了吗？变出个女儿不够，再骗称一个儿子？她一声不响走到桌前，打开抽屉拿出一样东西，递给了侯文茂。

是一张照片，一个女孩的大头像，很漂亮，有一岁多模样。

她说女孩变不出来，只能生出来。侯文茂不觉得女孩跟他有些相像吗？她为什么忽然会从四川跑来找侯文茂？因为这孩子，她想奉献给侯文茂的就是这个惊喜。重庆那几天没白费劲，当时她忽然想要个孩子，她母亲总要她嫁人，生一个。她知道自己心理素质不行，她的孩子不能再有这个缺点。所以要侯文茂，她真是爱他的。要是不够惊喜，可以做DNA 检查，保证证据确凿，足以为民除害，让侯主任身败名裂。

“胡扯。”侯文茂道，“当时你说安全，吃药了。”

“骗你的。不能让你压力太大，你一怕又会变成个王八蛋。”

“我才不信。”

侯文茂抬手一撕，当场把照片撕成两半，再撕成四片，丢在沙发上，什么都没说，掉头走开。没等他走到门边，彭红叶就从身后扑过来，侯文茂只觉右肩一麻，赶紧回身抵挡。彭红叶手中抓着把水果刀，用那刀子刺侯文茂，有如当年她刀扎钟声。不同的是宾馆的水果刀很钝，眼下这把刀开过刃，足以杀人。侯文茂忍痛抢刀，右手抓紧一别，把彭红叶的手掌和刀扭到身后，但是刀没夺下，因为右臂伤处痛，无力。彭红叶大声喊叫，抬脚往后踢，侯文茂左胳膊一勾勒住她的脖子，这胳膊未受伤，强劲有力，得益于多年的运动锻炼。彭红叶拼命挣扎，指甲如猫爪深深掐进他的小臂。

“家得！家得！”她嘶嘶叫唤。

忽然她的刀子掉了。侯文茂手一松，她整个儿瘫在地上。

好一会儿侯文茂才明白发生了什么。

他在屋里静静坐了许久，眼睛看着窗外。地上的彭红叶已经僵硬。

他起身离去，当时夜幕初起。他在地下车库里找到了彭红叶的奥迪车，开着车出门。半个小时后他把车开回了停车场，从后座上提下一个大旅行袋。里边是他在超市里买的东西，包括钢锯、刀子、牛皮纸、编织绳、橡胶手套、洗涤剂等物品。他悄悄回到15层的那套住宅，一直待到深夜。午夜前他开车出了小区，出城往南，迅速开上高速公路。奥迪车的后排上迭放着大小不一长长短短几个厚重纸包，都用牛皮纸仔细包好，外衬数层防水厚塑料纸，整整齐齐捆扎着编织绳。

这是彭红叶。准确点说是前彭红叶的各有效组成部分，它们已被适当分解并分别包装，该活动工作量很大，备需技巧和体力，不像写小说那般简单。侯文茂做得紧张有序，整个操作过程周密细致。数小时忙碌期间，他强使自己不想其他，片刻不停，有条不紊，直到结束。没有恶心。当年他家境很贫寒，住卫生院后排一间黑屋子，旁边就是停尸间，他从小看过许多死人，包括超生人流的死孩子。因为种种原因他从小熟悉人体结构，他见过实习医生解剖死尸，在他家旁边卫生院后院的一个小厅里。

他采用了最快捷的处置方式。远远驶出本市地段后，他开始丢弃车载纸包，选择地点均为高速公路跨越河流的桥梁。他在桥上停车，看准前后无车时迅速行动，开车门弃物件。每一条河流扔一个，准确扔入水中。纸包分别系有重物，可保证一段时间里该物件沉于水下。黎明时分他到达省城，纸包尽弃，神不知鬼不觉。

他在一个路边店略事休息，打开彭红叶的手机查看她的短信记录，挑出其中几个联络频繁者的号码，用彭红叶的口吻发去一条短信，说歌厅这边有麻烦，她不待了，现在正在机场，跟朋友一起到哈尔滨去。可能有一段时间不能联系。发完短信后他立刻关机，返回途中把那手机扔进一条河流里。在省城他还去了一家邮局，把彭红叶身上钱包里的现金给她母亲寄去，共计 5000 元。他让一位在邮局寄特快专递的学生姑娘看他右手上缠着的“一贴好”的胶布，说自己手上有伤，抓不住笔，烦请姑娘帮他填写汇款单，并以彭红叶的名义留言，说她到东北后再跟家里联系。出邮局时他忽然发蒙，在那门口呆立了好一会儿，怅然若失。

他想起彭红叶说的女孩。他还想彭红叶最后嘶叫的那句话：“家得！家得！”她在叫谁？或者她想告诉他什么？一路上他一直想着这个，在邮局门外他突然意识到自己可能听错了，彭红叶不是在呼唤谁，她可能是在说：“假的！假的！”没有那个孩子，没有所谓的惊喜。在最后的关头，她竭力想告诉他的就是这个。

后来他才知道彭红叶果然没有孩子，她弟弟有一女孩，时近两岁。

他驱车赶回本市。他没想到自己还要遭遇又一重惊险：出省城不久，有一辆高速行驶的越野车在他前方因超车失控，撞到路中护栏，弹到路旁，翻倒在路坡上。侯文茂赶到出事车辆旁，里边的人已经爬出来了，两个人，满头满脸的血，坐在地上向他招手。侯文茂本能地踩刹车，把车停在路边。

他抓起手机，赶紧开机报警。今日情况特殊，无法多帮忙，报警后他即驶离。

除了这个意外，没有碰上更激动人心的事项，后来的一切都按计划进行。赶回本市，悄悄把奥迪车停回原处，戴着太阳镜走出小区。省城的两位记者在约定时刻到达。下午一起前往新店，“救命司机”被青年农人夫妇一眼认出，场面相当感人。

只有一个插曲稍显意外：记者让侯文茂抱抱青年夫妇的男婴，想为救助人和得救者拍一张照片。侯文茂伸出胳膊，又缩了回去。他举起右手，示意手指头上的“一贴好”胶布。他说前天宰鱼，意外被鱼刺刺伤，现在有些痛。他担心伤处感染了某种病菌或者病毒，不能用它碰孩子，婴儿多可爱，人之初纯洁无瑕，别让他的手给污染了。

他在那时忽又发愣，呆了片刻，怅然若失。记者问他怎么啦？他摇摇头，说得很含糊，表情很无奈：“哎呀，那手机。”

这时他才意识到自己犯了致命失误，无可挽回。数小时前他决心一搏，力争抹掉痕迹，逃避法律制裁，于万中求一，尽管知道成功可能很渺茫，却不甘心如此了结。不到最后怎么能够放弃？还应坚持不懈。他在省城与本市间来回，开着来历不明的奥迪车拼命跑了趟马拉松，没露出什么马脚。他细心而有效地采取各种隐蔽手段，似乎这段时间里他哪儿都没去，只待在自己的城市等待记者从省城前来会合，然后一起前往新店。一切做得天衣无缝，他却在急切中疏忽大意，自己暴露了行踪：一出门他即关闭了手机，在省城外围突遇车祸伤员求助时他想都没想，凭一种本能开机报警，有如不久前他在新店为他人提供救助。他的行踪已经被准确存留于移动公司的记录里。

他明白自己可能将需要解释这一记录。一旦如此，他差不多已经无可逃遁。也许他还需要解释另一些更为复杂的问题，他是一个人，还是一个猴？诸如此类。

侯文茂咬紧牙关，一直坚持到最后，如他跟彭红叶说过的一样。他去参加了面试，成绩没有预料的理想，排在本职位第三，分数与第二位离得较远，与第四位非常接近，差一点在此环节被淘汰出局，不过还是入了围。考虑到他做下的大案和他对自己结局的忧虑，如此成绩已属不易，他的意志果然坚强，心理素质确实不错。

在非常接近目标的时候，他看到警察向他走来。

喀纳斯水怪

1

事后分析，不说袁传杰蓄谋已久，至少也属精心策划。

那天上午，他于9点45分到达中国美术馆，由本市驻京办主任陪同。这天是星期五，一位著名画家的画展于中国美术馆开展，袁传杰专程前来参加。这位画家近年声名鹊起，很受关注，他工作、生活于北京，却是本市籍人，跟家乡联系颇多，他的画展在首都隆重举办，家乡各有关方面自然十分重视。袁传杰在政府里本不分管文化事务，当时恰逢分管副市长离职学习，相关公务暂时交袁传杰代管，所以由他代表市政府前来参加开展仪式。

当时袁传杰表现正常，一如既往地沉着，很严肃，没什么笑容，话不多，比较闷，但是该握手握手，该讲话讲话，一一得体。开幕式上他代表市政府致辞，别的发言者多手持一纸，在话筒前抑扬顿挫念稿，他不要，挺胸背手，面对众人说话，不慌不忙，从头到尾，一字不漏，声调平稳，一气说完，居然把稿子都背了下来。

驻京办主任及时跟进，一下场即拍马屁，说袁副市长真有水平，果然名不虚传。袁传杰看着他，好一会儿不吭不声，居然一点反应没有，有如听到一声羊叫，搞得主任尴尬不已。然后袁传杰忽然意识过来了，他说走吧，还有事。

他们回到办事处，主任问市长还有什么指示？袁传杰说没指示，让主任忙自己的，他有份文件要处理，完了再出去联系些事情。主任忙问是否需要他做点服务？例如安排车辆？袁传杰说需要的话他会叫的。于是主任告辞离开。

其实那时袁传杰已经在着手实施其计划，他得把身边无关者都撵走，尽可能地堵塞耳目与口舌。市长们经常是需要服务的，但是此刻已经不需要了。袁传杰把自己关在房间里，没处理什么文件，就是收拾东西。他随身带的东西不多，一个行李箱，一只公文包，桌上一个不锈钢旅行水壶，洗手间里一条毛巾。他把水壶毛巾收到包里，检查一下，确定没落下什么，即悄悄开门，拉出行李箱拉杆，把公文包放在箱上，拖着走。过走廊，进电梯，下楼，几分钟就出了办事处大门。

他没叫办事处的轿车，在门外拦辆出租，上车就走。办事处附近有几个住宅小区，出租车来去频繁，不必在路边等候太久。事前他从房间窗子往下观察过，知道不必担心在这个环节上过多地为人注意。办事处的车当然是不能用的，否则他的行踪就会在第一时间里为人所知。

他直奔机场。一小时后到达航站楼，再一小时后登机。没等上机他就掏出手机，不用正常关机方式，他直接卸下电池，强制关机，一举抹去自己与本信息社会关联的直通线索。其时还在候机厅里，并没有空中小姐在机舱里来去巡回，提示旅客们关闭手提电子设备，袁传杰处理手机与飞行安全无关。

当天下午6时许，他所乘坐的飞机到达乌鲁木齐机场。这里与北京相差两个时区，此刻阳光灿烂，依然天地明亮。袁传杰拉着他的行李箱走过机场到达厅通道，通道两侧站着一些人，均着工作服戴身份牌，他们争相动作，向刚刚下机的旅客派发各种单子。袁传杰个高，瘦，神色警觉，衣着整洁，行李箱和公文包均为皮质，看起来档次不低，模样不像本地人，消费能力应当还行，守候在通道边的那些人对他很注意，单子一件件往他手里塞。袁传杰一声不响，来者不拒，谁派的都收，一会儿工夫，满手抓的都是单子，大小不一。这里边有的状如名片，为提供预订机票服务的联络卡，有的则是一大张，正面印有新疆或乌鲁木齐地图，背面详细介绍各景点和旅行线路安排，以及各种联系方式。

袁传杰出了机场，上了一辆出租车。

“客人到哪儿？”

司机是个年轻人，人高马大，络腮胡，普通话带当地口音。

袁传杰说到昌吉。

司机发动车子，快速离开机场。

“第一次到新疆吧？”司机发问，像是有意与客人攀谈。

袁传杰一声不吭，像没听到一般。

司机不发话了，闷头开车。这人车技不错，一路开得飞快。袁传杰坐后排，一手紧紧抓着车门上的把子，自始至终没有放开过。

袁传杰没到过新疆，但是他知道该怎么走。他研究过地图，知道乌鲁木齐机场位于乌市之西，昌吉州政府所在地昌吉市就在机场近侧。昌吉州是回族自治州，从乌市西行要经昌吉，所以如果在乌市无事，不如下飞机直接到昌吉，来日西去省点路途。

出租车走高速很快，不到半小时就有大面路牌标示：昌吉。

司机问："到哪儿啊？"

袁传杰还是没吱声。好一会儿，司机有点恼了。

"我说，你到底上哪儿？"

袁传杰说："有哪家好点的宾馆？"

司机猛一踩刹车，车轮擦过地面，"吱吱"有声。他也不说话，只是打方向，转弯，拐上了一条林荫道。

几分钟后他把袁传杰送到城市近郊的园林宾馆。该宾馆占地不小，四周绿树成荫，大堂宽敞堂皇，张灯结彩，看起来相当气派。

袁传杰办了入住手续，要了一个标间。大堂小姐说，眼下是六月初，旅游旺季即将到来，此刻还好。再等一些日子，没有预订，散客可能就安排不了了。

"先生有重要物品寄存吗？"

袁传杰没有吭声，抓起行李箱走开。

他进了房间，稍微整理一下，没多耽搁，立刻翻阅在机场接收的那些单子，仔细研究了旅游图背后那些解说文字。他让总台给本房间电话开启长途功能，用它与乌鲁木齐的一家旅行社取得了联系。这是他从手中那些单子里选定的。

他询问了前往北疆阿勒泰地区的旅行安排。他说，他看到了一些资料，注意到该旅行社的一条乘车 4 日游线路。但是他要赶时间，对旅游线路中的一些点也无兴趣。不知道旅行社能否为他提供单独旅行安排？旅行社服务人员仔细询问了袁传杰的要求，说他们知道了，客人不想与其他游客掺杂，要包一辆车，请一位导游，根据自己的喜好，有的景点看，有的景点不看，自由行动，单独旅行。这种旅行方式固然不错，但花费会大些。实不如参加他们旅行社的组团游，用的是中巴车，一车10来人，路上热闹着呢。他们安排的每一个景点都很好，很受游客欢迎，价格也合理。

袁传杰没多听，当即挂断电话。随后再找一家。他在机场接的单子多，大有选择余地。他打的第三个电话解决了问题，那家旅行社称他们可以提供袁传杰需要的服务。但是希望能够当面商定有关细节。

“怎么跟先生联系呢？”

袁传杰说此刻他在昌吉，不在乌鲁木齐。

“没问题，请告知您住的酒店和房间。”

该旅行社在昌吉设有分支机构。他们反应很快，不过半小时，有人按了门铃。袁传杰过去开门，门外格外明亮，亭亭玉立站着两位年轻姑娘。

“您是袁先生？”

袁传杰没有说话，转身把她们让进屋里。

两位姑娘一高一矮，都训练有素，她们给袁传杰递名片，其中一位留短发者为业务经理，姓王，个儿高，模样精干。另一位姓黄，脑后晃一束马尾巴，个儿小，活泼，形象可人，袖珍型美女，这是业务人员、助手。两人似有分工，高个儿王姑娘主谈，商量细节，计较锱铢，小个儿黄姑娘插嘴，开玩笑调节气氛，东问西探，打听虚实。

“袁先生哪里人啊？”小个儿黄姑娘问话时侧脑袋，甩头发，表情很天真。

袁传杰说，他从北京来。

王姑娘说，旅行社可以为袁传杰包一辆车，有数种车型可供挑选，不同车型的报价不同，彼此差别不小。她推荐上海通用的一款新型别克车，说这种车跑起来平稳，空调也好。袁传杰摇头，说眼下这种天气，用得着空调吗？他要了一辆普桑，说这就行了。姓黄的小个儿姑娘即哎呀一声，说怎么可以呢。

“袁先生一看就是成功人士，用的车得相称啊。”

袁传杰说他不是什么成功人士。他是因为不喜欢跟三教九流的一堆人挤在一块儿乱哄哄四处走，所以才想多花点钱，自己行动。

“袁先生怎么看怎么像个领导，”小黄姑娘说，“不会是个大领导吧？”

袁传杰说有这样的领导吗？身边没个人跟着？

小黄姑娘咯咯笑，说领导就不会碰着情况吗？领导碰上情况时很不一样的。

袁传杰说那可能吧。

旅行的有关细节一一探讨完毕，包括费用。费用不低，比旅行社提供的团组游报价高出许多，袁传杰把理由一一问明，即点点头，不再表示异议。王姑娘出示一份标准合同书，把双方商定的内容填写在条款的空格里。她说她们旅行社管理很规范。

"袁先生可以再慎重考虑一下。"她说。

考虑什么呢？她做了进一步解释。她说前往北疆的旅行有数种选择，既可乘车，又可乘机。乘车花的钱相对少，耗时较多，比较累人。乘机则是由乌鲁木齐直飞阿勒泰，再从那里换乘车辆走，时间省很多，当然价格也要高一些。如果按双方刚商定的这种方式旅行，花的钱不比乘飞机少，耗的时间却要多。这些情况，她有责任向客人解释清楚，以供客人最后选择。

袁传杰说他一向不喜欢坐飞机，不到万不得已不坐，因为他特别担心安全问题。他还对王姑娘加以称赞，说不错，你们对顾客这样解释是负责任的。

小黄姑娘又在一边叫，说哎呀袁先生肯定是领导，说起话来就不一样。

袁传杰说他领导谁呢？鱼。他是研究员，在一家大公司工作，他们公司总部在北京，主营水产品，鱼虾蟹贝，紫菜海参，都搞。生产，加工，销售，出口。他在公司里搞一点养殖研究，也处理部分批发业务，手头上经过的鱼货很多，或者说，领导过很多鱼，不以斤论，以十万吨、百万吨计。

两位姑娘都笑，特别是小黄，咯咯咯乐坏了。她说袁先生还真逗。难道袁先生这回是来干这个的？到北疆研究鱼，然后批发，拿去出口？

袁传杰说真是有点逗。搞不搞出口不好说，这回真是来研究鱼的。这去的北疆哪里？阿勒泰地区，阿勒泰最有名的去处是哪里？喀纳斯湖。他就是特地往喀纳斯湖去的。那儿有一条大鱼，特大，就在喀纳斯湖水里。

小黄姑娘说不对的，那不是鱼，是喀纳斯水怪。

袁传杰说这是一种通俗说法，或者说只是一种被媒体不断炒作因而广为人知的传说，其准确性有待研究。人们所说的喀纳斯湖水怪应当就是湖水里生长的大鱼，俗称大红鱼，学名哲罗鲑。他亲自研究过。

小黄姑娘大笑，她说袁先生这么有把握啊？听说水怪怪可怕的，爬上岸能吃牛吃羊，人当然也吃得下去。它藏得可深了，多少人到那里去找它，至今还没有谁真正看到过。据说有一年人们运去几条大船，在喀纳斯湖里撒大网捞它，网全破了，却没见到个水怪的影子。还有一回人们把十几架电视摄像机放到水下守候，想把它拍下来，结果机器全都进水啦，水怪还是一个影都不现。

袁传杰干巴巴道，他知道它在哪里。

“我是研究员。”他说。

袁传杰按对方要求出示了身份证，让两位姑娘将证上的号码记录于合同书上。他签了字，按照双方约定立刻交纳部分款项，并得到小黄姑娘开具的一纸收据。他说行了就这样吧，明天一早动身。

他提了个要求，请旅行社给他安排一位合适的导游，会不会捉鱼不计较，有一个先决条件，那必须是男性。

“我这人很无趣。”他说，“别给我找多嘴的，太好奇的也不要。”

两位姑娘顿时不自在了，她们面面相觑。

“袁先生，您是，这是……”

袁传杰一声不吭。

2

袁传杰在消失的第三天才引起人们注意。

袁传杰精心策划了自己的这一次消失，其要点是不让人及时注意到。他选择的机会很特别，以前往北京参加活动为由离开。行前他依例向市长齐斌报告，说自己参加画展开幕式后要利用一点时间，到国家几个部委联系工作，因此得晚几天回来。市长想也没想就满口应允。副市长们到首都出差，通常都不会只办一件事情，袁传杰买一张机票，千里迢迢赶赴首都，只到中国美术馆挺胸背手去背诵一段讲稿，未免成本太高，顺便多办一些事情符合提高行政效率精神。谁能想到袁传杰是另有图谋。应当说袁传杰机会挑选得很准确，如果他在本市忽然不见，不出几小时就会满城声响，因为身边尽是眼睛。去了北京就不一样了，那里的眼睛比这里多得多，但是有的看天，有的看地，少有看着他的。袁传杰选择的时间也颇见匠心：他消失的那一天是星期五，接下来是双休日，不上班，一般不找人，找不着一般也不会大惊小怪。

但是也有意外。星期日下午，有人找他了。

那一天市长齐斌在省里开会，他从省城挂来电话，要政府办公室主任张耀急找袁传杰，让袁赶紧给他回个电话，有事相商。

“他可能还在北京办事，跟我说过的。”齐斌说，“也不知道怎么搞的，手机就挂不通。奇怪，难道是手机丢了？”

市长以为袁传杰在北京碰上了双休日，办不了事情，因此滞留不归。问题是再怎么有事，联络渠道也应当保持畅通。如今街上走来走去捡破烂儿的都知道在腰间别支手机，下载几条彩铃，以备开展业务。袁传杰身为副市长，担任一定职务，负有一定责任，分管的工作不少，找他的人很多，下级有难题要请示，上级有指示要下达，都需要联系。这人以往一向很注意，除进入一些规定必须关机，或者手机信号给屏蔽掉的重要场合外，手机总是开着，半夜三更亦不例外。这回让市长找不着，还真是挺奇怪。

政府办主任张耀不敢误事，赶紧亲自打电话联系，这一联系即让他目瞪口呆：袁传杰果真不见了，消失得无影无踪。

从本市驻京办得到了袁传杰的最后踪迹，那是一个电话。上周五上午，袁传杰从中国美术馆返回后不久就自行离开驻京办，没有谁看到他。但是并非不告而别，他给该办主任打了一个电话，说自己已经动身，有重要事情要处理，就此离开，不回来了，驻京办不必再操心安排他的各项事务。主任不禁发急，说市长去哪儿呢？司机还在这待命呐。袁传杰说不用了，有车，现在就在车上。主任猜想袁副市长办的事可能比较敏感，因而叫了北京哪个朋友或单位的车用，这种事主任当然就不好多问了。

袁传杰这个电话非常有必要。一声不吭悄悄消失掉可不行，驻京办立时就会闹腾开来。所以这个电话也属精心策划。此后袁传杰再无音讯。

张耀询问了可能知道袁传杰行踪的每一个人，包括政府办负责处理袁副市长工作事务的副主任、相关科长和袁的秘书，每一个人都知道袁副市长去了北京，行前均有若干工作交代，却没人知道他此刻何在。张耀给袁传杰的妻子打了电话，小心翼翼地询问袁副市长可能什么时候回来？副市长夫人在本市教育局工作，她对其夫行踪也不清楚。她说袁传杰星期五上午来过一个电话，问了儿子学习的一些情况，他们的儿子今年读初三，下个月将参加中考，袁传杰挺留心这事，怕儿子不认真学习，偷偷玩电子游戏。袁传杰告诉其妻，他在北京还得待几天，有一个重要会议。他让妻子不必给他打电话，因为会议比较特别，手机不能开，开也没用，信号全都屏蔽掉了，联系不上。等可以联系了，他就会打电话告知情况。

“你管好儿子。”他说，“其他的别操心。”

市长夫人显然还是有点操心的，没人问起可能不注意，政府办主任一打电话，除了问袁副市长什么时候回来，还打听他电话里都说了些啥，问得太细致太过头了，不比平常。市长夫人有些不安了，她在电话里询问说，袁传杰到北京开的什么会议？牵涉国家机密？是不是临时通知的？怎么原先只听他讲过画展，没讲还有会议？

张耀支支吾吾，只说是啊是啊，很重要的。他打电话也没什么大事，就因为市长有个批示要办理，想知道袁副市长什么时候回来。

张耀把情况急报市长齐斌。齐斌还在省城，听完主任报告，他在电话那头好一阵不出一声。

事情挺棘手。袁传杰不是一般人物，一个设区市的副市长，重要官员。这样一个官员突然找不到了，这可比一个初中男生挨老爹一掌后拿了几块钱离家出走要复杂得多。袁传杰这一级别干部是省管干部，如确实意外失踪，无论疑为何故，都应当立刻向上级报告，否则万一有事，责任就大了。但是如果他只是由于出差在外，遇到一些特殊情况无法及时联络，这时候匆忙报告就属极不慎重。袁传杰是去北京联系工作的，北京是首都，大地方，大领导多，会不会还真是碰上了某个特殊事情要处理？要是他在那边忙碌，这边报称失踪，笑话就大了。类似消息只要一传出去，立刻就会沸沸扬扬、传闻满天，人们马上会问他怎么啦？被犯罪分子劫为人质，还是自己犯事了？如今报纸上常有类似报道，某腐败官员在落网之前听到风声，远渡重洋逃之夭夭，警方通过国际刑警组织发布红色通缉令。等等。袁传杰来的是这一手吗？他犯的案子一定够大了，是单纯的经济案吗？有没有女人掺杂其间？也许还不止一个女人？

所以齐斌会在电话里沉吟，说不出一个字来。

老半天，他问了件事："你找过安办刘志华没有？"

张耀说没有，不敢惊动太多人。

"问他。包括台风前后的情况，让他想一想，袁副市长是不是说过些什么。"

张耀说好的，立刻就办。

齐斌让张耀迅速搞清情况，内紧外松，千万不要弄得到处声响。等情况明朗些，比较有把握了再决定如何处置。

"记住了，"他特别强调，"安办，还有台风。马上给我搞清楚。"

市长齐斌为何如此关注安办？这有原因。安办即"安全生产委员会办公室"，同时挂安监局牌子，为市政府辖下处理相关安全事务的工作机构。该办职能范围很宽，任何地方发生大宗矿难，在第一时间赶到现场的，一定有该机构的官员。其他如重大车祸、厂房倒塌、锅炉爆炸，甚至歌厅失火伤人之类事件，他们均参与处置。此刻袁传杰虽失去踪迹，却未发现涉嫌重大伤亡，尚未牵扯哪条人命，包括他自己，为什么找他要查至安办？原来袁传杰在本市管这摊，他是分管安全工作的副市长。

本市安办主任叫刘志华，跟其他相关人员一样，他对袁传杰行踪一无所知。但是他提供了一些情况，比较特别。

"感觉有点异常。"他说，"台风来之前，跟以往就不太一样。"

他说袁传杰。袁传杰哪里让他感觉异常呢？交谈，还有情绪。

半个月前，本市经历了一次意外的台风袭扰。说其意外，是因为来得特别早。本市地处沿海，难免受台风眷顾，每年都得迎接几场。历年侵扰本市的台风多在 7 月之后上岸，今年奇怪了，5 月中旬，台风就从太平洋直跑过来。气象台预报台风可能袭击本市之初，几乎没人相信，都觉得那些再世诸葛一向"狼来了"，这狼远在太平洋里，哪一年都一样，得在那里头使劲扑腾扑腾游一阵子，哪可能"早上好"说来就来。因此一些领导层层开电话会议，发声明传电报，极其严肃地部署防风抗灾，调门很高，其实心里大多没太在意，只因气象部门"狼来了"，再怎么也得跟着一起喊喊。袁传杰却不同，他没太吭声，但是脸色变了。

“真是，”他说，“妈的。”

细论起来，台风、地震、洪水之类都属天灾，归老天爷直接安排，袁传杰够不着的。虽然他管安全，台风惹的祸性质略有不同，不像矿难等重大责任事故多属人为，这一点袁传杰比谁都清楚。但是他却骂娘，极不高兴。袁传杰为人比较沉，笑容不多，平时却很克制，很少有人听他骂过娘。

他叫了安办的刘志华，还有数位相关官员去了东屿湾。东屿湾位于本市北部四都河的入海处，海湾宽阔，两侧丘陵环抱，外海有东屿等小岛和礁盘耸立，断断续续连为一线，组成天然屏障遮挡风浪，湾内水深潮缓，水质优良，是一个极好的渔场。东屿湾北侧为邻市的辖区，不归袁传杰操心。南侧则分属本市两个辖县，为全市范围内最大的海水养殖区，沿岸渔排延绵，网箱相接，纵横数里，有“海上渔村”之称。

袁传杰说，这种地方最薄弱，全是木头房子，绑在泡沫浮子上。这里水下网箱里养的鱼可能以数十万数百万计，水上木头房子里少说住着几千个渔工，有的拖家带口，连同他们的家当和狗一起漂在水面。渔排上连歌厅饭馆都有，够热闹的，却都像胶水粘的一样，最经不起台风。用不着十二级，有个八九级就一塌糊涂了。

“咱们让台风别往这边来，别那么大，做得到吗？”他说，“无能为力。”

“袁市长放心，没有问题。”

林和明郑重表态。说他们绝不会掉以轻心，全县上下已经做好准备，严阵以待，一定把灾害损失减到最小程度。林和明是副县长，个儿瘦小，模样精干，也就三十出头。他们这个县占据了东屿湾最好的几片海域，渔排最多。他在县里分管安全，袁传杰是他的顶头上司，他专程从县里赶来陪同袁传杰做防灾检查。袁传杰一行驾到那天，炎阳高照，天气闷热，气温很高，不像通常的五月天。袁传杰说这天气不大对头。

“最怕的不是天气不对头。”他说，“怕人不对头。”

林和明说袁市长指示非常重要。他们已经开过动员会了，从上到下，县乡村层层动员，县里提出口号，叫作“高度重视，紧急行动，厉兵秣马，全力以赴。”不容许有丝毫的懈怠。他们制定了几套应急预案，把东屿湾这一带的抗灾作为全县重点，要确保渔排和渔船上人员的安全。台风不来便罢，一旦来袭，紧急处置机制马上就会启动，渔排和渔船上的人员会立刻撤离，各项安全救援措施会一一落实到位。

袁传杰在镇上开了个短会，听了县里、镇里的汇报。其他不议，就讲渔排人员安全。林和明以及县里镇里有关头头，包括该县公安、卫生、交通、渔业部门的领导一一介绍了情况。场上基本都是负责官员，见多识广，水平不低，经验很丰富，表达很清楚，有关措施考虑得相当细，有措施有保障，讲得都不错。

林和明说："袁市长给我们指示一下？"

袁传杰睁着眼睛盯着与会者，一声不吭，就像没听到一样。

"市长，袁市长。"

袁传杰这才回过神来。

他说了句话："咱们受不起的。"

没有指示。他说走吧，看看去。

袁传杰在众人面前颇显失态。离开会场后，袁传杰带着县里镇里六七位官员，上了停在码头边的一条快艇，是当地公安边防水上派出所的警务艇。靠码头这一侧有大批渔排，袁传杰却不看，他让警务艇离开渔排，往外海方向远远开去，有如准备远遁。

海上泊着几条船，是运输船，载运养殖饲料的。袁传杰说："靠上去。"

那时候海上没有风浪，水面平稳。但是毕竟是在水中，两船相靠也不容易。驾驶快艇的警员减速，倒车，侧身，小心翼翼往运输船舷上挨。袁传杰在那时问了句话："有麻烦时，你们怎么要求这些船只人员撤离？"

镇里书记、镇长立刻报告，说他们研究了多条具体措施，老办法之外有新办法，例如采用现代通信手段，用手机群发短信。

警务艇靠上运输船，袁传杰说过去看看，随行的几个官员一起拦他。警务艇与运输船间有高差，把一条长踏板搭在警务艇上部和运输船舷间，有如一条天桥可容通行，但是船身在水里晃，天桥不过一板，如此狭窄，让人看了头昏，哪里敢走。副县长林和明说不行，太危险了，市长不能动，有什么事把船老大叫过来问问就行了。

袁传杰不听，非上那船不可。他说："你们不知道我干什么出身的？"

于是无话。袁传杰抓着绳索，走过踏板，上了那运输船。

他的动作很熟练，相当平稳。袁传杰自称“研究员”，那不是瞎话，他真有职称，就叫研究员。袁传杰是学水产出身的，水院出来后到中科院属下一家海洋研究所读研，毕业留所工作，搞海水养殖项目。后来到本往市挂职，末了留了下来。袁传杰在本市干过海洋渔业局长，当年经常来往于东屿湾，本地网箱养鱼的发展跟他莫大相关。所以台风的消息一出，他手一摆就往海边渔排这里跑，很自然，不奇怪。袁传杰当年常来去于海上，此刻船间行走依然从容。随同的几位官员比较麻烦，他们都没在海上养过鱼，类似动作未曾练习过，压力很大。但是市长走在前边了，硬着头皮他们也得跟。幸好那会儿风平浪静，有惊无险，大家鱼贯而过，倒也平安无事。

袁传杰查看了运输船的各项设施，询问船老大做了什么防风准备。他对如何通知人员撤离格外关注，提出要看看船老大的手机。船老大说这里没信号，用不上的。

站在袁传杰身边的林和明不禁脸色一沉，回头喝问跟在身边的镇里头头：“怎么回事？你们怎么说的！”

镇书记和镇长面面相觑，支支吾吾。他们说信号嘛应当是有的，可能弱一点，因为机站会远一些。除了手机，也还有其他这个那个办法。

袁传杰把手一摆，厉声：“别说了。”

当下气氛为之一变。袁传杰也不说话，掉头离开运输船，顺船间踏板返回。众官员知道袁传杰抓住把柄了，不高兴了，免不了个个尴尬，小心翼翼，跟在后边鱼贯而出，没人敢说话。眼看着袁传杰走得还是刚才那般平稳从容，却不料有一个小浪掀动，船只轻轻一晃，幅度很小，别人没怎么样，袁传杰竟然不行了。他走了神，猝不及防中脚下一绊，身子一歪，径直从天桥掉下来。还好那时他已经走到警务艇这头，守候在艇舷的一位警员身手敏捷，眼明手快一拽，刚好把他拉住。

众目睽睽之下，袁传杰差一点掉到海里，成为落汤市长。让身边人惊讶的是他居然不吭不声，摔下来那会儿只是大睁眼睛，连本能的一声惊叫都没有。情形十足异常。

回到码头，袁传杰也不多说，对林和明下了道命令。

“台风到的时候，你必须在这里。”

林和明说：“市长放心，我亲自坐镇。”

袁传杰说，他管安全，每天晚上，半夜三更，最怕的是电话或者手机突然响铃，那肯定是大事。现在他最怕的是到时候没有一点声音。说是什么都考虑到了，准备好了，群发短信，万无一失。事到临头才突然发现原来海上根本就没有手机信号！

林和明说他立刻彻检，切实落实市长指示，保证杜绝一切隐患。

袁传杰还是那句话："你知道咱们受不起的。"

3

旅行社给袁传杰派来了一个导游，安排并陪同他在新疆旅行。如袁传杰所要求，他们派来的是个男子。这人叫陈江南，身材瘦小，模样沉稳，约三十出头，两个眼睛挺大，有神，很灵活，在袁传杰身上转来转去，一副精明模样，挺开朗。按照约定，陈江南一早来到园林宾馆，带着一辆普桑车，还有一位司机。这人不像昨晚的小黄姑娘那样表现出强烈的好奇心，他不追问袁传杰为何到喀纳斯湖研究水怪，是不是准备买鱼并图谋出口，不显得特别多嘴，但是一出场就跟袁传杰闹了个不愉快。

他说喀纳斯去不成了："袁先生早晨看新闻了吗？"

袁传杰当即沉下脸来，追问怎么回事。陈江南告诉他，新疆电视台早间播了一条新闻，是北疆首府阿勒泰突发洪水。近日阿勒泰地区气温偏高，融雪加快，这四五天里又接连降雨，引发山洪。昨日洪水漫出河床，阿勒泰市区数处淹水，电视新闻里播了城中水患画面，相当严重，当地正在组织抗洪抢险。

袁传杰异常恼火："怎么这也闹灾！"

陈江南说老天爷的事，咱们管不着啊。

这还有什么话说？

陈江南说袁先生咱们现在怎么办？只能改变方案了。或者就在昌吉州里走走？这一带其实很有看的。附近的吉木萨尔县是唐时北庭都护府故地，当年边塞诗人岑参在那里写了"忽如一夜春风来，千树万树梨花开"，千古传唱。还有宋时的西大寺，壁画非常独特。阜康市境内，东天山主峰博格达峰下的天池，传说更悠久了，据说就是上古穆天子西行时，跟王母娘娘约会的瑶池。古时候男女领导约会，挑的当然是好地方，咱们去感受一下？

袁传杰摇头。他说不行，不能就这么了事。要的就那地方，喀纳斯。

“发洪水呀！”陈江南大睁眼睛道，“过不去的。”

袁传杰牙齿一咬，下了决心。他说它发它的洪水，咱们走咱们的。赶得早不如赶得巧，这么巧还有什么说的？赶上了就上。

陈江南反对。他说不行，这种情况没法安排。他们得为游客的安全负责。袁传杰说没让旅行社管那么多，走，抓紧。昨晚双方已经商定了，确定的事情就得执行，不能违约。陈江南强调他们没有违约，他们也不希望改变计划，但是碰上了不可抗因素。天灾属不可抗因素，因不可抗因素改变行程不属违约。情况就是这样，确实没有办法，他们无能为力。袁传杰不听。

“讲那么多干什么。”他说，“别浪费时间。”

他警告，说不要以为一句“无能为力”就可以把什么都搪塞掉。陈江南再拖延，他会立刻向其公司投诉，如果公司决定违约，他决不会放过，直至诉诸法律。

陈江南只得起身，跑到外头去打手机。这电话打了老久。

末了他回来了，脸上极不情愿：“走吧，袁先生。”

他没多说，不讲这走去哪里。袁传杰也一句不问。

他们上了车。旅行社提供的是一部老式上海桑塔纳车，车门的玻璃窗没有电控升降装置，靠摇把上下。车况老旧，显然已经接近报废，看模样还能跑，作为旅行专车，跟所谓“成功人士”倒也确实不甚相配。其好处除了费用相对便宜，应当还有一条，就是格外不显眼。开车的驾驶员姓苏，小苏，年轻小伙子，个头高大，模样朴实。

袁传杰坐上车后排。陈江南坐前排助手位。普桑车启动，“轰”一下朝前一蹿，车身到处咯咯发响，袁传杰抓紧手把，看着轿车快速驶离园林宾馆。不一会儿车子上了通往奎屯的高速公路，往西疾行，朝向北疆。

这天天气很适宜行车，阴天，没太阳，气温不高不低。公路顺天山北坡蜿蜒，沿准噶尔盆地南缘行进。天地开阔，苍茫辽远，雄山大漠间景色万千。袁传杰置身其中，那么多景致可供欣赏，他竟浑然不觉。车驶上高速公路后，他就把身子歪在后排座椅上，一眨眼间打起了瞌睡，很快就在车身的持续摇晃中沉沉入睡。无尽风光尽在梦外，如此旅游。

他醒来时车停在路边，那时已经不在高速公路上了，前排位子空无一人。司机小苏下车解手，陈江南跑到前边打电话。袁传杰看到他把右手举到空中，一边打电话一边比手势，动作幅度不大，但是很投入，面部表情丰富。

这人表面上笑模笑样，其实很警觉。他不在车上打电话，尽管袁传杰睡得犹如失去知觉一般，他依然小心留意，走得足够远，不让袁传杰听到他跟人通话的内容。

回到车上时，看到袁传杰已经醒了，陈江南主动招呼，问袁传杰是不是昨晚没睡好？袁传杰说他是床上难眠，车上能睡，不管多晃。所以要车而不要飞机。

陈江南笑："趁这时间，给袁先生介绍一下情况可好？"

袁传杰点头。

陈江南开始其导游事项。他对袁传杰说，从昌吉到喀纳斯有几条路线可供选择。通常是先到布尔津，然后再往喀纳斯。近期因途中修路，不好走，得另选一条，兜个小圈，先到阿勒泰，从另一侧进布尔津再往喀纳斯。这样走路程长一点，路况好一些。但是现在能不能走到阿勒泰都成问题了。他刚用手机了解过情况，那一带确实突发洪水，看来挺严重。

袁传杰问："有没有人员伤亡情况？"

陈江南说不清楚。

"道路桥梁怎么样？"

陈江南还说不知道。

袁传杰即批评，说看陈江南不停地打电话，都干什么了？跟王母娘娘谈恋爱？没掌握住情况嘛。陈江南不禁发笑，说袁先生真是有点脾气。如果袁先生来当他们老板，他可就完蛋了。其实袁先生不用管那么多，考虑自己就可以了。这么闹洪水，还干嘛去？难道是视察灾情，像那些领导似的？

袁传杰说此地灾情不归他视察。他到这里不研究这个。

他们继续前进。越过克拉玛依油田，穿行大片荒漠。陈江南向袁传杰推荐途中的魔鬼城，说那是一种风蚀景观。大漠里风沙大，飞沙走石，大漠里的山岭石头常年受风，数亿数千万年下来，就被风沙雕刻得奇形怪状，有的像人头，有的像蘑菇，有的像树，还有的像房子村落，一簇簇一片片，真叫鬼斧神工。袁先生想不想顺道欣赏一下？袁传杰看着窗外一声不响，对陈江南的话充耳不闻。

陈江南很知趣，当即闭嘴。袁传杰却说话了。

“这时候喀纳斯湖水温大约几度？”他问。

陈江南摇头，他说估计水温相当低。喀纳斯在北疆，欧亚大陆的深处，中国版图的最西北角，纬度高，气温低。喀纳斯湖海拔1300多米，是个高山湖泊，冬天里湖面结的冰有几米厚，封冻期长达四五个月，眼下化冻开湖没多久，冰峰雪水汇到湖里，湖水肯定冰凉。

“是友谊峰下来的雪水吗？”

陈江南说不光友谊峰。那儿有好几座山，友谊峰是主峰。喀纳斯湖与友谊峰还有一段距离，到友谊峰就到国界了，中国、俄罗斯和蒙古以它为界。

袁传杰还讲水温。说估计那条鱼的皮一定挺厚，否则不能耐寒。陈江南问是哪条鱼？袁传杰说就人们所传的喀纳斯水怪，它其实是鱼。

陈江南说这东西的皮肯定厚，它有几百岁上千岁了吧？眼下大家兴致勃勃，都在找它，有的可能出于好奇，研究研究，有的可能觉得它好吃，或者还能拿去出口卖一个天价？所以它得藏到喀纳斯湖最深的地方去。

袁传杰说它藏得了吗？不会无能为力吧？

中午，他们在路边找了一家饭馆，一人吃了一碗拉条子。现拉的面条，煮熟后汆凉水，拌菜吃，风味很特别。袁传杰吃着面，忽然把筷子一放，起身走出饭馆。他从饭馆旁的小路拐到房后，沿一片篱笆走上一个坡坎。这时后边传出声响，扭头一看，是陈江南跟了出来，紧随不放。

“袁先生内急？”他说，“乡下地方，找个背人处就行了。”

袁传杰不答话，也不解手，掉头走回饭馆，接着吃那碗面。

原来陈江南的好奇心也挺强。同时他也多嘴。他在饭馆里向袁传杰介绍自己的来历。他说袁先生一定听出点口音了。他不是新疆本地人，老家在山东。十多年前他在山东一所师范专科学校读书，毕业后恰有个机会，报名支边到新疆工作。后来娶妻生子，定居此地。他并不是专职导游，在旅行社主要搞策划和项目推介，由于袁传杰要求的导游必须是男性，他们那里此刻可供派遣的只剩几位小姐，因此就由陈江南跑这一趟。实际上他搞旅游是后来的事，之前他做什么？很少有人能够猜到：他当过多年警察，在公安局的办公室从事过文秘，还干过刑侦。有一次追捕嫌犯，开枪时有误，伤了路旁的群众，不好再干警察了，才改行从事旅游。

“我练过柔道，”他笑道，“水平一般。但是擒拿格斗基本功还行。我带团特别注意安全。袁先生咱们多合作，我可不想出什么事。”

颇有些弦外之音。袁传杰没有管他。

吃完饭继续前进，袁传杰还那样，一路睡觉。他们的普桑车驶出大漠，经福海，绕过乌伦古湖，该湖蓝色湖水波光粼粼，直接云天，俨然一个大湖。行进整整一个白天，傍晚前轿车越上一道山岭，司机小苏说，阿勒泰就在前方，藏在两条山岭之间的谷地里。陈江南给袁传杰解释名词，说阿勒泰地区属哈萨克自治地方，阿勒泰这个地名出自蒙语，意为“金山”。当年成吉思汗的大军曾经经过这里，远征中亚、欧洲。也有人说阿勒泰其实为“冬窝子”之意，是古时冬季牧人及其牛羊驻留之所。

袁传杰问：“洪水在哪里？”

陈江南一时语塞。

他们进了阿勒泰市区。到了预定的宾馆，陈江南在大堂办理入住手续时，第一句话就打听：“昨天阿勒泰没发大水？”

还真是发了。服务员说洪水从河里漫上来，哗哗哗好大，卡车都给冲走了，吓人得很，城里低洼路段被水淹没。好在来得快去得也快，今天上午水就退下去了。

“布尔津那边咋样？”

服务员说布尔津不能去，这些天都下雨，洪水比这边更大，路都给冲坏了。这边旅行社的喀纳斯游已经全部叫停。

陈江南掉头看袁传杰。袁传杰越发脸臭。他们都没说话。

他们去宾馆餐厅吃晚饭。这家宾馆环境优雅，绿树满园，一片一片，挺拔高大，长的都是白桦树。初夏时节，嫩叶满树，晚风中处处新绿。他们这一路都逢阴天，到了阿勒泰倒放晴了，夕阳斜照，白桦林间闪闪烁烁，都是阳光的碎片。

陈江南说这儿的植被独特，往喀纳斯更鲜明，类似欧陆风光。

饭后走出餐厅，太阳已经落山，黄昏迅速降临，气温也低了下来。陈江南说今天这一口气跑了七八百公里，当年穆天子约会王母娘娘怕也没这么急，袁先生一定累坏了，早点休息吧。袁传杰点头。他们进了房间。袁传杰住一个标间，导游和司机住隔壁一间。袁传杰没多耽搁，进房间擦一把脸，找件夹克披上，即悄悄走出。他看了一眼隔壁，房门紧闭，那两个人悄无声息。

他轻轻关门，独自离开宾馆。外边已经发暗，他穿过公路走向城区。

他在市区外围的克兰河上找到了洪水，这条河河面宽阔，站在跨越河面的大桥上，只觉桥下河水浩荡。桥上的路灯光投下河面，即让奔腾之水卷得不知去向，暗夜中只见水流湍急，奔流之声轰隆轰隆，千军万马一般，果然如宾馆服务员所形容，叫“吓人得很。”袁传杰站在桥的中部往下看，观察洪水，好一会儿后抬头，意外发觉桥那头有一个黑影，不动声色待在暗处，是一个人。

那会儿桥上很安静，行人极少，偶有来去，都是匆匆走过。北国晚间，山风强劲，凉意袭人，这种时候，还会有谁如此沮丧，到这里来寻找洪水？

袁传杰快步过桥，沿一条大道走向城里。天山以北的内陆城市晚间比较冷清，街道宽阔，路灯明亮，但是两旁商店多已关门，行人不多，不像南方沿海地方此刻正是热闹之际。袁传杰在大街上行走，抬眼四望，果然洪水印记随处可见。大街人行道这一片那一片铺布淤泥，还没来得及清除干净。一个沿街小公园地处低洼，眼见得一片狼藉，显然是被洪水整个淹没。一条道沟严重破损，路面上豁然一个深深的大洞，洞旁砖石散落，可能是排水不及，洪水从下边迸涌而出造成的破坏。但是路两侧建筑完好，没有倒塌，可推测人员基本安全，应当不会有什么伤亡。

袁传杰独自夜游阿勒泰市区，东转西转，漫无目标，徒步行走，如陈江南所笑，叫“视察灾情”，整整走了近三个小时，然后返回。再上大桥时，他又驻足不行，俯在桥中部栏杆上，面向桥下水面，静静倾听。夜幕里河水咆哮，声响骇人，他闭起眼睛，就那么一动不动靠着。也不知过了多久。深夜温度降得很快，袁传杰虽穿了夹克，依然感觉挺冷，直挨到浑身冰冷实在待不下去了，他才悻悻离开，高一脚低一脚走回宾馆。

夜游期间他常冷不丁突然回望，大多未见异常，却也有一两瞥间，似乎又看到了大桥头的那个黑影紧随不放，恍恍惚惚有如梦境。

回到宾馆已是深夜。袁传杰注意到隔壁房门紧闭，一如方才。

第二天上午他们继续动身，往布尔津。明知行程可能受洪水隔阻，陈江南却再没动议改变计划，可能因为清楚客人不会接受。袁传杰这人话不多，却特固执，所谓不见棺材不掉泪，没到彻底绝望，显然他不会放弃，只好见了棺材再说。

布尔津距阿勒泰近百公里，他们走了将近四个小时，途中有几处地段修路，施工人员在紧急修复水毁路面，车辆因之滞留。多费了些时间，总的却还顺利。

袁传杰又是那句话，他问陈江南洪水在哪里？

陈江南笑，说一路上水可大了，没叫袁先生看就是了。

袁传杰几乎睡了一路，跟头天一样。别说路旁的大水，车外风光于他也是不视不见。陈江南说袁先生昨晚肯定一宿没合眼。袁传杰不置可否，没听到似的。

到了布尔津已是午后，他们在县城略事休整，草草吃完午餐。布尔津风情独具，街道很宽，两旁房子不高，色彩多样，造型雅致，阳光照耀下特别明丽鲜艳，如陈江南所描述，恍然有一种欧陆景象。他们把车停在城市外围，一条河流在那儿浩荡西去，江面格外开阔，流速不急不缓，水量显得非常丰沛。这是布尔津河。

陈江南说袁先生找洪水吗？在这里。

袁传杰问："河水往哪儿去的？"

陈江南说它出国去了。布尔津河是从北边喀纳斯那里流下来的，经布尔津县城后汇入额尔齐斯河。额尔齐斯河向西流出国境，到哈萨克斯坦的斋桑湖，再向北流入俄罗斯，汇进鄂毕河，流往北冰洋。额尔齐斯河是中国境内唯一一条北冰洋水系河流。

袁传杰说这跑得远啊。

陈江南说大约三千公里吧。袁先生跑得怕更远些，从北京到布尔津。

袁传杰没有吭声。

午饭时陈江南推荐一种饮料，叫"格瓦斯"，说是俄罗斯那边来的，口感独特。袁传杰尝了一点，果然挺特别，微酸，有点酒精度。正喝着，陈江南忽然一拍桌子，指着饭馆一角的电视机说："完了。"

不是电视机完了，是电视机的画面：当地电视台正在插播一则通告，是布尔津旅游部门关于喀纳斯湖旅行的。通告说，由于近日接连降雨，山洪暴发，前往喀纳斯的道路多处严重塌方，已不能通行，一些车辆和游客受困滞留于山间道路上。目前公路部门正在全力抢修道路，预计四天之后可以全部修复。在有关方面发布通行通告之前，请大家暂停前往，以免被困于途中。

陈江南说："就到这里吧，袁先生？"

袁传杰把饮料杯子放回桌上，目不转睛盯着电视机屏幕。屏幕上没别的内容，通告正反复播放。袁传杰神色惨淡。

陈江南说："我说过的。不可抗因素，无能为力。"

袁传杰一声不吭。

4

袁传杰踪迹的线索最终还是从北京找到。

袁传杰是在北京消失的，他如果出了什么意外，例如被劫持或者谋杀，估计也不会在别的地方，就在那里。如果他真有什么特殊事项要办理，更极端点说，如果他因为某种缘故，在经过一番精心策划后准备潜逃，永久消失，其暗迹也是隐自北京。

市政府办公室主任张耀把寻踪重点放在北京。时间紧迫，他得在尽可能短的时间里搞出点眉目，以免误事。星期天下午发现情况异常，当晚多方联络，没有进展，星期一上午他就匆匆动身，亲自北上找人。市公安局一位资深科长着便衣与张耀同行，这人长期从事刑侦，办案经验丰富，是全省有名的追逃高手。

市长齐斌同意让公安人员参与。袁传杰是现任副市长，不管他是出意外还是出走，都是大事，如果另有缘故却遭无端怀疑，同样影响恶劣，也非小事，所以需要请专家参与，尽快弄清情况，才好决定。市长特别强调，在情况尚未明朗前，须严格保密。

张耀与该科长着重查找袁传杰的去向。他们觉得袁传杰发生意外的可能性不大，这人缜密、细心，他那种身份的人涉足的多是一些特定场合，出事而不为人所知的概率很低。另外他们觉得袁传杰像是做了精心安排，因此最大的可能是有意为之去了哪里，可能在北京某地方，也可能已经离开。如果他一直留在北京或者只到周边走走，那基本上不会有事，如果他不声不响就这么离开，那就可能就是大事了。那样的话他一定是走得远远的，他需要使用交通工具，首选当然是飞机。

袁传杰前往北京的机票是秘书在本市民航售票处订的，袁传杰交代秘书买单程票，因为他在北京还要办点事，回来的时间未定，所以不要回程票。袁传杰是本市副市长，经常在本市媒体抛头露面，本市几乎人人认识他，知道他的名字，如果他打算远走高飞而不让人察觉、怀疑，他会选择在外地例如在北京购买机票。袁传杰到达北京那天，本市驻京办主任带着车到机场接他，直接从出站口接到办事处，此后他并没有独自外出时间，直到最后离开。他当然可能直接去机场，临时买票动身，但是这人有“研究员”之称，行事线条很细，一向很有计划，应当会事先安排妥当。

驻京办总台的一位小姐提供了一条线索。星期四晚，该小姐在总台值班。她记得当晚八点来钟有一辆小面包车停到办事处门外，车上涂有某航空票务服务公司标志。那个时间恰是袁传杰吃完晚饭，独自在房间的时候。当时袁传杰对办事处主任说，晚上他要准备一下明天在中国美术馆仪式上的讲话，然后早点休息。

总台小姐怎么会对某航空服务公司的标志有印象呢？因为该公司就在附近大道旁，店门外有大幅标志牌和广告，标有联系电话。有心者路过一瞥，转身就能取得联系。

张耀他们立刻赶往该航服公司接洽，果然逮个正着。购票记录清清楚楚，顾客是用电话联系的，服务公司当即送票上门，客人亲自验票，确认无误，钱据两清。购票人即袁传杰，星期五下午的航班，由北京前往乌鲁木齐。

两个追踪者面面相觑。

袁副市长这是去干吗了？乌鲁木齐！

恰在其时，张耀接到了一个特殊的电话。却是袁传杰的妻子，副市长夫人。

她追问情况来了。此前张耀打电话问袁传杰行踪，把她问奇怪了，眼下轮到她来跟踪追击。她说家里有件事要找袁传杰，怎么搞的，什么电话都找不着，手机一直关着，晚间也不开。奇怪了，从来都没这样过。他去北京开的什么会？加强安全生产管理的？高度机密？晚间也不能开手机？政府办应当多少知道点吧？

这还能怎么办？张耀主任支支吾吾，说袁副市长的那个会嘛，可能是比较那个那个。他也一直联系不上。没关系的，明天再试试，可能手机就开了。

那一刻他突发奇想，把市长夫人揪住了。

“有一个人从新疆打电话来，也是急着找袁副市长。”张耀问，“您知道袁副市长在新疆有什么事吗？”

市长夫人茫然。她说不知道，他们家没有谁在新疆。

“是新疆的乌鲁木齐。”

市长夫人忽然脱口问：“一个医生吗？”

“好像，好像。”

市长夫人说，曾经听袁传杰说起过一个什么医生，远得很，在新疆那里。他是随口提到的。他还说新疆不错，台风够不着。

新疆那里有一个医生，跟袁副市长有瓜葛。该医生所居地方不错，因为没台风。袁传杰买了一张机票从北京悄悄起飞，事前做一番精细筹划，抹除踪迹再关闭手机，让自己在这个信息社会里骤然蒸发，被疑为失踪，紧急查找。原来没大事，就是到一个台风够不着的地方找一个医生。

这种设想十足荒唐。

值得注意的是台风。袁传杰心里的台风情结相当之深。这有缘故。

前段时间，袁传杰在气象预报将有台风来袭时去了东屿湾，差点掉到海里。那时人们还多不以为然，觉得气象台那些再世诸葛就会“狼来了”。没料几天后台风真的从海里跑上岸来，来者不善，简直就是特意前来找碴儿的。该台风强度很大，比历年同伙早了两个来月光临，于是大家有的忙了。

台风登陆在黄昏，中心位置掠过本市南部，距市区近百公里，全市大雨如注，狂风呼啸。台风登陆当晚袁传杰留守市区，带着几个人于满城风雨中东奔西跑。按照职能分工，防灾抗灾事宜由防汛抗旱总指挥部调度指挥，另有领导专管，袁传杰主要是安全一摊，这种时候关注点还在防范安全事故。大至泥石流是否毁村破路伤人，小至街上广告牌被风吹倒是否祸及过往车辆行人，这种时候有的是事。天灾之下，人力难及，有时实无能为力，但是却不能因此听天由命，躲在家里喝茶睡觉。尤其是负一定职责者，这种时候哪怕什么都办不了，最好还得出入风雨之中，"亲临抗灾一线"，否则无事好说，一旦有事难逃失职之嫌。这道理各级领导都很明白。

当晚市安办主任刘志华紧随袁传杰，他们坐着袁传杰的轿车视察市区各险要地段，体验台风之骇人。晚 10 点来钟，风雨略小，袁传杰忽然要出城，北上，到东屿湾。

刘志华支支吾吾说了半句话："齐，齐市长好像在那儿？"

袁传杰一声不吭。

很异常。一段时日以来他总这样。

刘志华说的是半句话，意思却已表达完整。他是提醒袁传杰，此刻东屿湾那边的事情不劳袁传杰太操心。谁在那儿呢？市长齐斌亲自坐镇。这种情况下袁传杰不先打个招呼就拱上门去似有不宜。他的意思袁传杰能不明白？可居然一声不响。

台风到来前，市长齐斌安排政府领导们分头负责，袁传杰及另一位副市长留市区，其他人下县。齐斌自己去北部，控制全市情况，兼管邻近东屿湾的那两个县。通常情况下，除非他有所召唤，其他人管好自己的事就成，没必要自行其是去瞎插手。

但是袁传杰不管，一声不吭他就扑了过去。

东屿湾离市区有 80 公里，有国道相连，为高等级水泥公路，路况很好，正常行车时间仅需一小时。当晚风劲雨猛，轿车不敢开快，整整跑了两小时才到东屿湾。袁传杰一路即不说话，也不打电话，不向市长报告，也不联系县里镇上，直接把车开到了东屿湾渔港，停在几天前他检查防灾时停过的地方。

海边正乱，时已午夜，渔港输变电设备为台风所毁，停电，一片黑暗，但是渔港附近人头晃动，风声雨声中人声杂沓，电池灯光乱扫。袁传杰当即色变。

东屿湾位居本市北部，离台风登陆点相对较远，受到的波及略小。当天下午至上半夜也曾风雨大作，此刻雨不止而风渐息，台风已到强弩之末，轮到岸上的人躁动不已。这一带有大量渔排和渔船，台风来袭前养殖主和渔工们统统上岸避风，那时大家知道保命要紧。待风雨稍平，命保住了，众人的眼泪哗哗哗就像雨一样下来了：如袁传杰所说，所谓海上渔村就是大片捆绑在泡沫浮子上的木头小屋，哪里经得起强台风摧残。几小时风雨大作，大片渔排被打得七零八落，散布于广大海域，黑暗中海面上到处漂着渔排残骸，其场面有如泰坦尼克号沉没。被台风摧毁的何止是水上木屋，这些木屋旁都有大片网箱，网箱里都养着鱼，对养殖户来说，这些鱼就是钱，动辄数万数十万元甚至以百万计，许多人全部的身家都在这里。活鱼不同于细软，无法捞出水席卷而撤，只能眼巴巴丢在海中，任凭风雨扫荡。

所以台风稍减人们穿着雨衣套着水靴有的还打着赤脚迫不及待就聚集在渔港边。晃来晃去满岸是灯。人群中有人喊叫有人哭泣，一些性急的不等天亮就划船下海，企图赶去收拾残局，抢回点老本。

袁传杰骂娘，说：“妈的，妈的！”

这时他才打电话，找此地副县长林和明。时已午夜，林和明却未懈怠，手机还开着，没有违背上级要求，有事一打便通。

“你在哪？”袁传杰问。

林和明说他在东屿湾。如几天前他向袁传杰保证的一样，台风未到，他就亲自率队到东屿湾坐镇指挥。这一次台风虽然是在南边登陆，对东屿湾一带的影响还是很大，灾情相当严重，尤其是海上网箱养殖户损失惨重。台风中，县乡村各级领导干部坚守在第一线，带领群众抗灾，齐斌市长顶风冒雨视察现场，做出重要指示，亲自组织指挥，给干部群众极大鼓舞。现在台风影响已经减弱，各级领导干部依然毫不松懈，坚守岗位，务必落实齐市长指示，夺得抗灾全胜。

“袁副市长有什么重要指示？”林和明问。

袁传杰冷笑。

“你真敢啊。”他说，“马上来东屿湾。我在这里。”

“袁，袁，袁，”电话那头声音一下子变了，“我是，我是。”

“该有的人一个人都没有！”袁传杰厉声道，“你这里出事了！”

林和明叫，他说不会的，他都安排好了，没有问题的。

“住嘴！”

袁传杰掐了电话。

袁传杰和刘志华在海湾边紧急调度，10几分钟后水上派出所的警员奉命赶到，镇上干部亦来到现场，海湾边的局面逐渐得到控制。袁传杰追问情况，得知台风到来时林和明确实在东屿湾，陪同齐斌市长视察各防灾环节。齐市长走后不久他才离开。林和明离开后，当地各方面干部觉得台风过了，情况已经缓和，没事了，一个跟一个接踵而去，睡觉的上床，吃宵夜的进店，受命值班的数人聚到镇政府办公楼，点起蜡烛围坐打牌，都没想到会有个袁传杰一头扑了过来。

袁传杰怒不可遏，他骂夸夸其谈，骂玩忽职守，说这能受得住吗？受得住吗！

这时有一个电话打到了袁传杰的手机上，却是齐斌，市长亲自打的电话。

“老袁在哪里？东屿湾？”

袁传杰忍着气，低下声说是的，顺道路过看看，情况不太好。

“你在那里就近指挥。”齐斌即下命令，“我让他们书记县长马上赶到。”

市长怎么会知道袁传杰的行踪？原来是林和明给他打了电话。齐斌说，林和明正在处理一件事情，比较重要，刚才专门打电话向他请示。从抗灾全局考虑，他同意了。林和明暂不返回东屿湾。

“你全权处理。”齐斌说，“有问题给我打电话。”

袁传杰一声不吭。

放下电话后刘志华问袁副市长又有什么事情了？袁传杰很失常，好像什么都没听到，唯表情沮丧。刚才还在发火，忽然没了，话也没了。

后来了解，当时林和明确实回不了东屿湾，因为他已经跑得够远了。差不多在袁传杰从市区赶往东屿湾那个时间，林和明从东屿湾启程，经国道上高速，顶风冒雨直奔省城。林和明到省城做什么事呢？上省电视台，急送本市市长齐斌在第一线指挥抗击台风的新闻画面。市主要领导深入抗灾一线，本市新闻媒体尤其是电视台肯定要跟随记录并报道的，县里的电视台不用说更得到场。当晚齐斌亲临东屿湾，于大风大雨中视察，做重要指示，记者们很卖力，拍了大量画面，很有冲击力，极感人。齐斌一走，林和明即吩咐本县电视台的记者紧急编辑画面，报送省台，务必赶上省台的早间新闻节目。林和明说这一回特地让县台记者拿新买的新式数字摄像机拍，比市台记者的机器好，效果格外突出，栩栩如生，特别感人，得想办法让省台用咱们这些画面。

“市长肯定高兴。”他说。

为确保这条新闻及时发出，林和明用自己的车，亲自带记者连夜赶往省城。

林和明担任副县长前，在该县一个山区乡任乡书记，提拔时颇有些争议。这人年轻，聪明，会来事，很能干，但是名声不佳，有议论称他就是嘴功好，还有拍功强。这类干部比较占便宜，总是“小林不错”，领导有印象，容易脱颖而出。就这样他当上了副县长，主管安全。

但是东屿湾出了事情：台风刚过，风浪不定，有几条冒险出港的木船失踪于夜海，船上载员多人，具体数目不详。

袁传杰说过，怕的不是天气不对头，是人不对头。他有先见之明。

5

陈江南说，这辆一路哗哗叫唤的旧普桑轿车里一定有位贵人，逢凶化吉。他自己当然不是，也许是司机小苏？否则肯定就是袁先生了。

陈江南以此自嘲，也表现出他的意外与惊讶。那一路果然有趣，从昌吉动身起，一行人所到之处没有不发警报的。此地洪水，处处告急，这种时候，除固执如袁传杰者才不言放弃。谁想每到一处都一样，似乎山穷水尽了，终于还是柳暗花明。

这天在布尔津吃午饭时，当地电视台播发的通知对袁传杰打击沉重。跟一路道听途说不同，当地旅游部门通过电视台发布的权威信息无法漠视，喀纳斯断路已无可争辩。这种情况下，掉头往回应当是最合理的，但是袁传杰咬紧牙关一声不吭，以一种对该通告充耳不闻的鸵鸟方式应对，不松口，不放弃。

于是动身，直驶喀纳斯。大家嘴上没说，心里都很清楚，这一走大概属于安慰性质，走到哪儿算哪儿，肯定到不了头的。情况比他们料想的还要糟糕：刚出城他们就遭遇了交通滞留，在一个水毁路段等了近一个小时。末了前边传来消息，说公路部门正在全力抢修道路，但是情况比较严重，路基都破坏了，工程量不少，这个地段至少得到晚间才可望通行。那时没有其他办法，只能撤退。

他们在布尔津住了一夜。这一夜不在原先的行程计划里，陈江南说这就是“不可抗因素”。日程无法执行，时间拖延，游客很失望，费用还得算，不是谁的错，老天爷负责。他们住的旅社设施略差，陈江南说咱们这是临时安排，不能要求太高，对付一下吧。袁传杰说就这样，反正就一晚上。

陈江南问：“袁先生还去视察灾情吗？”

袁传杰说今晚免了，不去。

陈江南笑，说昨晚真冷。其实冷不怕，只怕袁先生失足落水，掉到克兰河里。

原来昨晚阿勒泰夜幕里时隐时现的黑影不是别人，就是他。旧日刑警跟踪有术。

当晚袁传杰一直待在房间里，哪儿都没去。第二天早晨陈江南跑过来打门，袁传杰早就起床，坐在沙发上看电视。

陈江南说：“袁先生看通告吗？电视台正在播呢。”

袁传杰说还是昨天那个。

陈江南说此路不通，怎么办？已经耽误一天了，袁先生可以再耽误几天？

袁传杰说走吧。

往哪儿走呢？继续向前。袁传杰咬紧牙关，还是上喀纳斯，绝不后退。吃过饭他们上车，沿昨天退回的道路前进。到昨天滞留的地点一看，路已经抢修起来，车缓缓可过。他们的普桑穿过那段路，转上通往喀纳斯的岔路口，立刻感觉到情况异常：岔道口处很平坦，视野开阔。举目四望，一条路竟不见一车来去。

陈江南说都停了。

袁传杰绷着脸不发话。小苏方向盘一打，硬着头皮独自开上空荡荡的公路。

从路口到喀纳斯还有百余公里。走了十数公里，他们在一个上坡地段碰到了第一辆车，是从对面开过来的，货车。陈江南让小苏把车停在路旁，推门下车，站在路旁打手势，请货车停下。他向货车司机打听情况，司机说，前边盘山公路塌方了，正在抢修，车辆改道，走一条临时便道，转上一条旧路，有数公里长，坡度大，路况极差。

“小车不行。”司机看着他们的桑塔纳摇头，“底盘过不去。”

袁传杰说：“走。”

他们上山，走了十余公里，果然到了货车司机说的那个临时便道。一路闷声不语的袁传杰忽然指着前方说：“看。”

有一辆小车正在前方便道上艰难打转，缓缓而下。

袁传杰情绪大振。他给驾驶员小苏打气，做思想鼓动，如发布抗击台风动员。他说谁讲过不了？他们能行，小苏你也行。人家的车有四个轮子，咱们也一个不缺。

他们驶上便道。曲曲弯弯，高高低低，到处坑洼，遍地泥泞，满路车辙，这种路几乎是没法开的。小苏屏息静气，左打右旋，硬是开着车冲了上去。

他们跟上边下来的小车交会时，那车已经陷在泥地里动弹不得。

后来途中，类似险境还有三四处，居然一一闯过，无一沦陷。这一段路果然受灾严重，一些山间路段几乎被泥石流淹没，有巨石横压路中，只有小车可以绕行石侧，从路坡冒险闪过。所有毁坏险段都有公路部门人员机械抢修道路，所幸他们没有禁止零星车辆通行，袁传杰一行得以侥幸一一历险而过。

午后时分，历经艰难，他们终于到达喀纳斯景区入口。冒险宣告圆满，此刻已经没有任何障碍可以阻止袁传杰走向喀纳斯水怪。陈江南便说车上必有贵人，逢凶化吉，一边自嘲，一边由衷惊讶。

这时太阳出来了，喀纳斯景区林木葱郁，阳光下格外明净。

根据景区管理规定，所有外来车辆必须停在入口停车场，进入景区人员一律换乘景区交通车。他们换了车。袁传杰居然在景区交通车上睡着了。从布尔津到喀纳斯，一路险情不断，有的地方只容车过，乘客得下车步行，袁传杰没找到机会睡觉。换乘景区交通车后，就那么二三十分钟时间，袁传杰一闭眼睛就睡了过去。

到站时陈江南把他摇醒。袁传杰把身边的提包一抓，跟着下了车。下车一看即发觉不对：这是在路边，山坳间，不见喀纳斯湖水面，也不见酒店宾馆，路两旁绵延着两排民居，一幢一幢是各式各样的单层小木屋。

陈江南说这是图瓦人村寨。路边小木屋都是旅店，可供住宿。喀纳斯湖还在山里头，坐交通车可进。陈江南说这些小木屋旅店极具喀纳斯特色，特别有意思。这边这家“安德烈”旅店不错，店主是俄罗斯裔。他曾带团住过，今晚就安排在这里。

袁传杰眯起眼睛看陈江南，不说话。陈江南笑，说袁先生真是不得了，不吭不声，记性好极了。袁先生特别较真，他不敢也不会骗袁先生的。没错，旅行社跟袁先生说的是安排在湖边星级宾馆过夜。他酌情做了改动。这不是违约，合同里有相关条款，允许根据具体情况调整住宿宾馆。

“我断定袁先生从没住过这种小木屋。”他说，“星级宾馆哪里没有？喀纳斯的小木屋还哪里有？”

袁传杰一摆手，算了。陈江南还笑，说行了就这样。他知道袁先生其实对旅馆最没要求，袁先生在车上睡得着，在床上根本就不合眼。

他们入住“安德烈”旅店，该店名与图瓦人的族系无关。图瓦人属蒙古族，为喀纳斯地区原住民。据说当年成吉思汗大军远征中亚途中发现喀纳斯水草丰美，一些无法随队远征的伤病员和守护人员便被安置于此，以后世代相传，被称为图瓦人。图瓦人村寨是他们居住、生活的村落。喀纳斯开辟为旅游区后，景区为图瓦人建造了新村，原住居民均已搬迁新村居住，旧日村寨已成为旅游文化服务设施，其中有的改建为旅店。“安德烈”旅店店主是位女子，三十来岁，人高马大，皮肤白皙，似乎真有俄罗斯人血统。她的普通话口音浓重，说得却很清楚。她称自己来自布尔津，在这里租屋经营，店里的几位员工都是其家人。袁传杰他们到时，老板娘率一男一女两位员工正抓紧雨后初晴时机打扫内外，忙得一刻不停。小木屋外的绳索上晾晒着一件件被单。

陈江南把袁传杰安置在这里自然别有原因，不仅是口头上说的那样。这家小木屋旅馆收费低廉，看上去也干净，但是比较简陋，房间很小，没有卫生设备。院落后部栅栏外有一个独立小木屋，那是公共厕所，只一个蹲位，下边一个粪坑，条件较差。

陈江南说袁先生克服一下，保证比住宾馆印象更深。今天这一路一会儿上一会儿下，折腾得够呛，袁先生肯定累坏了，进店先休息吧。

那时大约下午三点，是东部一点钟光景，这里山谷阳光灿烂。一行人把行李拿进房间。可能因为道路塌方游客禁足，安德烈旅店今天没有其他客人，就他们三位。老板娘很慷慨，收的是单铺钱，却一人给一个单间。他们占了一个小木屋，两左两右有四个小隔间，中间一条小走廊，他们一人一间，尚有盈余。木屋各房间都是木板相隔，袁传杰住里头，陈江南挑的是与袁传杰紧邻的隔间。他笑，说不必打呼噜，袁先生就是说句梦话，他这头也会听个一清二楚。

这人总这样，话外有音。

他们在小旅店里吃午饭。小餐厅设在一旁另一幢小木屋里。陈江南让店里的男伙计炒了几个菜，给小苏要了一瓶酒以示犒劳。他说袁先生这一路累坏了吧？弄到这会儿才吃上饭，辛苦了，吃完了好好休息会儿。袁传杰没有答话，他吃了两小碗米饭，把筷子一放就起身出门。一旁陈江南把剩下的小半碗饭一丢，跟着追出了小木屋："袁先生去哪？喂！"

袁传杰一声不吭，眯眼看看外边。老板娘领着一男一女两位员工在涮洗水盆。袁传杰打个手势问老板娘："喀纳斯湖怎么去？"

老板娘说到公路边等，那头有个站牌。一会儿会有交通车来。坐车到终点就是喀纳斯湖，不远的。

袁传杰走出安德烈旅店的栅栏门，上了公路。后头有脚步声，他头也不回，知道一定是陈江南跟过来了。导游陈江南声称曾当过刑警，此刻吃饱了没事，情不自禁似乎又在重操旧业。

这时还早，这里夏天白天格外长，此刻遍地阳光，有足够的光线和时间可资利用，开展有关活动。

袁传杰在路旁站牌下等车，陈江南把他一拽，说不对，在对面。袁传杰跟着他穿过公路，走到对面的站牌下。袁传杰有些犯疑，老板娘指的似乎是往山里的方向，陈江南怎么会拉他到这头，搭往外去的车？但是他不敢太确定，因为初到此地，加上刚才他在交通车上睡着了，一时还搞不准方向摸不着头脑，全听导游的。

两人上了景区交通车，车往外行，到一个三岔口右转，一直往前开，到终点一个大停车场下车。袁传杰明白了，果然不对，陈江南做了手脚。

这人听到了他跟老板娘的对话，知道袁传杰问的是喀纳斯湖。他偏把袁传杰拉到公路对面，上了相反方向的车。现在他们面前哪有湖，就一座山。

袁传杰非常恼火，说搞什么鬼！

陈江南不慌不忙。他说袁先生不是要看喀纳斯湖？就在那山顶上。

这不屁话吗？陈江南却胸有成竹。他说真是这样，不是说湖在山上，是山上可以看到湖。山上有一个亭子，叫“观鱼亭”，观的哪条鱼？自然就是水怪了。这里专看喀纳斯水怪，是本地最主要的一个景点，否则哪有交通车来去？这个亭可以从最佳角度观赏喀纳斯湖，要对喀纳斯湖有个全面印象，唯登顶远眺。为什么花老大劲在山上修路建亭？为什么把它命名为“观鱼亭”？就这个道理。

袁传杰本打算立刻掉头，搭交通车返回，再去喀纳斯湖。听陈江南一说，当下改变主意。陈江南去买了票，他们换乘一辆上山的车，车上已有十数位游客，大家一起顺盘山公路往上。盘山公路七弯八折，只到山腰，那儿建有停车场。下车后游客们沿山路拾阶爬山，个个气喘如牛，一直走到山顶。

果然有一个亭子，就是“观鱼亭”。山岭另一侧，喀纳斯湖狭长弯曲的蓝色湖面静静舒展于群山之间，两岸植被繁茂，湖水在阳光下闪闪发亮。

景色真好。同车上山的那些游客兴奋地大叫，照相机、摄像机拍个不停。有几位游客拿的是望远镜，他们用那东西对着湖水晃来晃去，远远地从山顶向湖面大声喊叫，命令水怪即刻现身。

袁传杰什么都没带，既不照相，也不望远。他绕到亭子外边，在路旁找个地方，坐在台阶上，眯起眼观看下方的湖泊。从山顶到湖面少说几百上千米之距，此处拿肉眼能看到的鱼，恐怕至少得有巡逻艇之大，必是水怪无疑。袁传杰并不心存侥幸，没多少期待，不必学那些持望远镜者向湖水大呼小叫。他静静席地而坐。山上有风，很凉爽很宜人，他把身子往一旁石头上靠，没干别的，居然又睡了过去。

也不知睡了多久。醒来时，陈江南一张笑脸在他面前晃。

“袁先生真有意思。”他说，“有意思。”

他说该下山了。袁传杰注意到果然游客尽去，观鱼亭上只剩他们两人。

他站起身朝远处看，喀纳斯湖看不到尽头，远远隐于远方山岭的后边。陈江南遥指上游方向告诉袁传杰，友谊峰以及国境在那个方向，还有近百公里。这里看不到，也没有道路相通。从喀纳斯往友谊峰无车可开，无路可走。当然也还有办法，例如骑马。在这里买一匹马，雇一个向导，顺湖边小路绕行，有的地方没有路，那就从林子里穿过去。至少得走一个星期，如果没碰上熊或其他猛兽，就有望达到目的。

“袁先生买马不？”

袁传杰说考虑考虑。陈江南说不管想干什么，如果确实需要，无论如何先跟他说一声，他尽量帮助安排，游客千万不要自行其是。否则可能后果严重。

“袁先生挺特别，”他笑，“不同于常人。”

他说他觉得袁传杰最与众不同之处在于表情。袁传杰几乎没有笑容，这一路没见他笑过一次。有那么沉重吗？哪怕是条鱼，有时也会咧下嘴的。

袁传杰说鱼没有笑肌，它们不会笑。他研究鱼，他知道。

“也许水怪会笑，它比鱼进化。”袁传杰冷笑，“所以要来研究它。”

他们下了观鱼亭，乘车回到小旅店。

晚饭还在“安德烈”安排。陈江南说累坏了累死了，主要是睡眠不足。前天晚上没怎么睡，昨晚也一样，总怕袁先生说话不算数，又跑去视察灾情了。今晚袁先生还行动吗？咱们早点睡？袁传杰平心静气，说两位好好休息，他还打算出去行动，看看喀纳斯的夜景。他在观鱼亭上睡过觉了，床上反正白躺。

陈江南大笑，说这一趟导游费真应当加倍，太苦了。

看来他并不像声称的那样累，当晚依然紧随袁传杰不放。他向老板娘要了两件军大衣，自己一件，给袁传杰也披一件，说喀纳斯晚间很冷，没大衣对付不了。

两人夜游喀纳斯景区。他们去景区中心地带参加篝火晚会，那是一个收费游乐项目，露天场地、露天舞台，有篝火熊熊燃烧，有当地艺术团体表演民族歌舞节目，高音喇叭轰隆轰隆，游客和当地青年围着篝火踩着音乐节奏跳舞，气氛热烈接近狂欢。袁传杰裹着从旅店租来的军大衣站在场边冷眼旁观，一待近两小时，直到晚会散场。陈江南在篝火边不停地打哈欠，却坚持不撤，始终不离左右。

散场后他们没赶上交通车，两人并肩步行，于夜色中徒步返回，好在都在景区里，几站路，不算特别远。眼看着前方图瓦人村寨两排灯火在望，景区忽然意外停电，刹那间前后左右灯火尽熄，天地一片黑暗。

陈江南伸手一把抓住袁传杰的手臂。这人手劲极大，一抓就把袁传杰抓痛了。

“干什么！”

陈江南笑，说袁先生站着别动。这黑咕隆咚的，什么都看不见，危险。

他们站在路边上，一时不知如何是好。喀纳斯夜幕漆黑，他们脚下的道路完全隐没在黑暗中，根本不知道该往哪里探脚。更大的麻烦还在前边：前边一片漆黑，图瓦人村寨木屋相连，安德烈旅店在哪里？从哪个位置摸下去能够通向该旅店的栅栏门？

陈江南说不能动。这里店店有狗，狗的嗅觉眼力都比人好，咱们看不见它，它可看得见咱们。夜深人静，主人们睡了，狗没睡。这时候的主人们不管狗，咱们一弄出动静，它肯定扑上来咬。那可惨了。

袁传杰说：“行了，你松手。”

陈江南把手劲放小点，却不松手。他说可不敢把袁先生搞丢。

他们一动不动，站在那里静等，指望景区迅速恢复供电照明，从当时情况看，似无第二种办法可供选择。估计因为刚刚闹过的水灾对这一带供电系统有所影响，当晚的停电竟异常漫长，他们俩呆立路旁，伸长脖子，度秒如年，始终没看到电灯再亮。

有一条手电筒光柱忽闪忽闪，从前头晃了过来。是一个行人，静夜里脚步声很重，引发路旁汪汪汪持续不绝的狗叫。

“喂，喂，师傅，”陈江南叫唤，“帮帮忙！”

手电筒光柱停下来，在他们身上晃了两下。

“在这啊。”

来人竟是安德烈旅店的男伙计。原来是老板娘吩咐他出来找人的。景区一停电，老板娘发现袁传杰他俩没回来，知道麻烦了，立刻吩咐伙计打手电出门寻找，免得客人野鬼般没着没落迷失于喀纳斯山间。小旅店还真有人情味。

袁传杰和陈江南回到小木屋，借着手电筒光匆匆洗脸擦脚，进了各自的房间。陈江南把小木屋朝外的门掩上，把门扇的铁丝钩扣好，忽然从口袋里掏出一枚锁，咔嚓一下，把一屋三人包括自己反锁在房间里。

“袁先生要出去解手，或者想干其他什么，尽管把我叫醒，我给您开锁。”他笑嘻嘻道，“咱们不怕麻烦，安全最重要。”

也不知他是要防备外边的人不请自入，还是防备里边的袁传杰擅自出走。这把锁颇解决问题，他改变计划，安排客人在这简陋的小旅店过夜，用意可能尽在于此。

袁传杰一声不吭。

他躺在床上，把被子拉到下巴上。被子热烘烘的，有一种阳光的气味。小旅店充分利用了初夏灿烂的阳光，把被子晒得蓬松，盖在身上挺舒服。但是没用，袁传杰知道自己依然会是一夜无眠。

陈江南敲隔板，向袁传杰道晚安。他说袁先生好好休息，今夜肯定平安无事。放心吧。他带的团一向安全，至今保持不败记录。袁先生可能记得合同里有一个条款，关于旅客安全责任的。如果一不留神让袁先生出了意外，公司得赔一大笔钱，他本人也得承担责任。搞不好这一行都不能干，得另起炉灶，再谋生路。也许回去干刑警？

袁传杰让他赶紧睡，说：“天一亮我就上喀纳斯湖。”

“你在观鱼亭不是都看了吗？”他在那边叫，“水怪见不着的！”

袁传杰一声不吭。

6

李医生说，他跟袁传杰讨论过喀纳斯水怪，讨论得比较深入。

张耀不知道喀纳斯水怪。他请李医生解释，好一阵子，明白了，是新疆阿勒泰地区布尔津县喀纳斯湖里的一种东西。这东西曾几度沸沸扬扬，但是虚虚实实，真真假假，学术界目前尚无定论，类同于闻名全球的英国尼斯湖水怪。

张耀从北京直接飞回省城，连夜上门，找到了这位李医生。此前张耀不知道该医生，有如他从未听说过喀纳斯水怪。毕竟世界太大，医生太多，资讯也太杂。张耀奉命紧急追寻疑似失踪的副市长袁传杰，有一条线索通到了李医生这里，引出这条线索的不是别人，还是袁传杰的夫人。

那时袁夫人已经极度紧张。袁传杰这种消失方式是否正常，当太太的自然再清楚不过。袁传杰从政之前曾为海洋生物专业研究人员，他的个性较一般官员特别。但是显然他还从未如此消失过。难怪其夫人要紧张不已。

袁夫人打电话给张耀，追问其夫下落，张耀借机打听情况，了解袁传杰与新疆有何瓜葛，袁夫人说不出究竟，只想起袁传杰提到过一位医生，以及台风。事后袁夫人越想越不对劲，便给本市医院一位副院长打了个电话。副院长是位内科医生，袁传杰因为睡眠不好，经常找他诊断开药。袁夫人询问该副院长是否知道一位远在新疆的医生，袁传杰是否跟副院长提起过这个人？

副院长说他不清楚。因为相距太远，本地医务界跟新疆同行联系不多。

“袁副市长出差了吗？”副院长问，“不能电话问问？”

市长夫人脱口说，不知怎么搞的，袁传杰忽然联系不上。政府办张主任也在找他。

副院长说：“可能有些特殊事情要处理。他那种身份的领导，免不了的。”

副院长放下电话，思忖半天，终于痛下决心，打了政府办主任张耀的手机。那时张耀还在北京，正不知如何是好。副院长一个电话，即柳暗花明。

副院长知道袁传杰的一些情况，绝密，连袁夫人他都没敢多说。此刻他感觉事态有些严重，不能不报告了。袁夫人在电话里提到张主任，所以他直接找了张耀。

原来一段时间里这位医生一直悄悄给袁传杰服用一些特殊药物，袁夫人以为那是一种治睡眠不好的药物，其实不是。袁传杰接受的是抗抑郁症的治疗，他的抑郁症已经相当厉害。袁传杰清楚自己患的什么疾病，他认为症状已经得到有效控制，要求医生为他严格保密，不能让别人知道。这种情况可以理解，类似官员患病，哪一个都不愿外界传得沸沸扬扬。袁传杰最绝，连家人都不愿告诉，理由是其妻心脏不好，一向神经兮兮，可能经受不起，别让她担惊受怕。副院长对袁传杰的情况不太放心，副市长毕竟本地高官，治不好责任重大，为保险起见，副院长请省立医院的李医生参与治疗。李医生是心理学和精神病方面的专家，专业水准很高。袁传杰定期到省城找这位李医生诊疗，这件事除医患当事人外，只这位副院长清楚。

张耀一颗心放了下去，一颗心又提了上来。副院长提供的消息太重要了，显然这是唯一合理的解释：袁传杰有问题，是身体方面的，不太可能是图谋出逃，如报纸上屡有披露的贪官。这就好了，不会是天大的事了。但是以现有情况看，袁传杰的抑郁症挺严重，挺麻烦的。把他找到了就好，再找不到，会不会接着还出什么事情？所谓外事无小事，官员走失当然更无小事，不管所因为何。

张耀向市长齐斌紧急报告后，带着追逃专家从北京急飞省城，找到了李医生。

李医生确认袁传杰的病况，说病人临床表现很典型：焦灼，自责，对自己和外部环境极度关注，感到不满、痛切，失败感深重，严重时整个人几乎被这种感觉所控制。这个病人自制力很强，极力想摆脱自己的心理困境，摆脱的意愿跟沮丧感一样强烈，他竭力自我调节，认真求治医生，但是总为现实生活中的重重压力和内心苦恼所困，更深地陷入无能为力，抑郁不能自拔，时常感到沮丧接近极点。

“情况比较严重。”李医生说，“目前只能用药物控制加心理治疗，疗效因人而异。这位病人在我这里定期接受诊疗，效果不明显，时好时坏。”

张耀询问袁传杰是否跟李医生谈过新疆的某一位医生？李医生当即非常肯定地回答，说那不是医生，是一条鱼。

于是提起了喀纳斯水怪。

李医生告诉张耀，袁传杰自称注意喀纳斯水怪已经很长时间了。身处东部沿海的袁传杰对这里深处高山湖泊里的鱼产生兴趣，与他的专业和疾病有关。他读的是水产，当研究员，从事海洋生物养殖研究多年，对水下生物比较敏感。很早以前他就知道喀纳斯水怪，但是直到这几年才特别留意。为什么呢，因为身体状况。他当副市长后主管安全，忙碌不已却屡遇问题，安全隐患很多却消除无力，心理压力巨大。让他最感痛苦的是不少负责官员状态不好，且有越来越糟之势，一味嘴上功夫，好大喜功却不抓落实，一些可以防范的事件没有防住，不该出的事故不断出现。他自己说，没有一天不神经紧绷，老觉得要出大事，天崩地裂、火山爆发、巨浪滔天、海啸扫荡一般，不安全感非常强烈，任何时候都挥之不去。他不能让自己不担忧，也无法让自己无所谓。坐等大难临头，天塌下来一起死，不行的，得努力想办法，防范排除，安全重于泰山。于是就让自己更难过。他知道总是处在这种精神状态下，早晚得崩溃，要自我排解。他试过很多办法，意外发现喀纳斯水怪对他有些奇特效果。有时碰到一些特别情况，弄得难以自拔，翻来覆去彻夜不眠，他会努力转移注意，让自己想象潜藏在远方冰冷湖水里的那个生物，逐渐冷静下来。该水怪于他，有时有如医生。

李医生并不觉得奇怪。类似病人他见过很多，什么样的都有。他顺着袁传杰的思路，跟他探讨喀纳斯水怪。他发现袁传杰心目中那个至今没人见过的水下怪物在某种程度上是病人自己的投影。袁传杰认为该生物也有不安全感，眼下极其强烈。它可能已经生存了数百年上千年，一直平静地活动在那个高山湖泊里，不受骚扰。现在情况变了，人发现了它的踪迹，千方百计要证实它的存在，打算让它为人所利用，有如沿海水产养殖场网箱里的鱼类。人们拿望远镜观察，用仪器测量，在湖里张开大网，放摄像机下潜窥拍，对它构成巨大威胁。前些时候曾有报道，一游客用D V机拍到了水怪浮上水面流动时激起的水花。为什么它不像往常一样静静潜伏于深水里，会这么冒将出来？可能因为不安，对自身面临的威胁和困境的强烈不安全感。

李医生让他解释困境。袁传杰说，他收集了一些资料，研究过喀纳斯湖的成因。这个湖可能是地球冰期远古冰川运动的结果。冰川在山谷里运动了数百数千万年，谷地里的巨石沙砾被运送到谷口堆积，渐渐地，谷地深而谷口浅。当地球进入暖期，冰川消融，谷地积水成湖，这就是喀纳斯湖。这个湖湖面长达20余公里，最宽处近3公里，最深处近200米，湖水之深仅次于长白山天池，为我国内陆第二，其地型可容大型水生物藏身。但是湖口很浅，小鱼可以游出去，顺喀纳斯河到额尔齐斯河，再到鄂毕河，顺利的话它可以一直游入北冰洋。大如水怪那样的生物就没办法了，它注定得生活在喀纳湖里，它属于这个湖，面对安全威胁它无处可去，无能为力。

李医生说他记得当年水怪现身的消息。从那以后，好像没再听说它又出现。

袁传杰说这不表明它感觉安全了。人们没有放弃搜寻它，它也没放弃，尽量深藏不露。它得生存，虽然无能为力，还得尽力而为。

李医生把诊疗中的一些情况告诉张耀。他说，抑郁症患者的一些念头会比较古怪，但是可以从中发现现实生活的痕迹。所谓日有所思，夜有所梦，道理类同。

张耀说，他找李医生了解袁传杰的情况，是因为有消息表明，袁传杰可能出人意料地独自前往新疆，事前没跟任何人提起，至今无法联系。他到那里会干什么？如果不是找医生，难道是去找那个水怪？

李医生问："近期发生什么大事了吗？让他特别沮丧特别无能为力的？"

张耀说确实有些事情。

李医生说也许他已经接近崩溃。

张耀询问崩溃。李医生说，抑郁症是一种心理顽症，严重者死亡率不低，一些抑郁症患者选择自杀以结束内心苦痛，其中不乏高官、巨商、社会名流和明星。

张耀面容失色，什么话都说不出来。

袁传杰疑似失踪后，市长齐斌立刻让张耀找安办问台风，为什么？有原因的。

台风扫荡本市那天晚上，袁传杰漏夜急奔，前往东屿湾，处置了渔港一场乱局，但是迟了。由于林和明等当地官员的失管失误，一起海难已经酿成：一些养殖户主急于上渔排抢回损失，冒险驾船连夜下海，因风浪尚大，船行不稳，海中有几条渔船相撞、意外倾覆。当夜袁传杰在东屿湾与赶来的各方人员全力组织搜救，直忙到第二天上午，海难情况基本明朗：数名落水人员得以生还，不幸死亡者统计为 8 人，有 1 人报称失踪，生不见人，死未见尸。

袁传杰怒不可遏，至浑身发抖。但是那时他已经骂不出声了。

袁传杰为什么会如此愤怒？因为他屡屡交代，百般关心，亲自视察，亲自布置，居然还出这么大的事，实在太不应该。但是不只这个，袁传杰之怒另有背景：时为 5 月之中，还在本年度上半期内，本市的安全记录即已屡屡亮起红灯，袁传杰作为分管副市长早就吃不消了。

本年 1 月，春节临近之际，本市南部某县首开纪录，创造开门红：一家生产烟花爆竹企业，为抢春节生意牟取暴利而漠视安全规则，工人违章操作，致发生爆炸，车间被夷为平地。经查，该企业长期以来管理不善，安全隐患众多。但是县、乡两级有多名官员介入其经营，充当保护伞，从中获利，有关安全隐患因此不得解决，终于酿成大祸。

3月，省里召开安全生产工作会议，省领导强调狠抓安全，切实扭转重大事故不断的险恶势头。会议期间，本市郊区疾病控制中心在建大楼突然发生倒塌事故，已建五层楼体连同周边脚手架一起塌毁，施工人员和路人共13名死于事故。事故发生于省安全会议期间，格外引人注目，影响特别恶劣。据查，施工单位严重违规，偷工减料，同时恰逢连日阴雨，楼体浸水严重，导致倒塌。该事件最终引发连锁反应，郊区数位负责官员因介入该工程招标牟利被查，多人入狱。

5月初，黄金周期间，一旅游服务公司所属载客大巴因超速行驶，于山间道路倾覆，摔入近20米的峡谷，车上21名旅客死亡，重伤10余名。事故发生后省领导亲临视察，震怒。袁传杰及本市相关人员均焦头烂额，无地自容。不料事情意外发生转机：经公路部门查核，旅游大巴出事地点位于两市交界处，已开出本市界60余米。根据有关规定，这项事故归入邻市纪录，不计为本市当年重大安全事故。

就在旅游大巴事故刚结，大家惊魂甫定之际，台风来了。为什么别的人不以为然，认为气象台一向就会“狼来了”，袁传杰却那么当真，亲自前往东屿湾检查布置，亲自下海上船，查问船老大手机是否可用，以至差点落水。为什么？如他自己所再三强调：“咱们受不起的。”很悲凉，但是确实就是这样。接二连三发生安全事故，分管官员是要负责的。为了烟花爆竹爆炸案，袁传杰已受过一次处分，疾病控制中心在建大楼案的处理尚在议中，跑不了还有袁传杰的好看。再出一次大事真是受不起了。

因此东屿湾海难，袁传杰欲哭无泪。跟随袁传杰到渔港处置事件的市安办主任刘志华却在那会偷偷拍胸脯，连称万幸。他的动作很隐蔽，不敢给袁传杰看到。刘志华当然不是幸灾乐祸，良心大大的坏，他有些缘故。

他们在东屿湾指挥搜救，坚守三天，直到海难中失踪人员的下落最终明朗：这人死了，遗体被海流带到东屿附近，被渔民发现。海难搜救活动就此告结。

袁传杰离开东屿湾返回市区。

谁都没有料到，这起海难还另有波折，无法画上句号。

只过三天，市安办主任刘志华专程跑到政府大楼，紧急求见袁传杰。当时袁传杰正在会议室里参加市长办公会。刘志华在会场外，通过在会场出出入入的政府办主任张耀给袁传杰递了张字条，说有重要事项需要汇报，请袁传杰出来片刻。袁传杰心知不好，即起身离会，带着刘志华进了自己的办公室。

刘志华报了一个意外消息：东屿湾海域又发现一具无名尸体。两天前，有海上作业船只发现一具死尸在海中漂浮，被受台风毁坏的网绳木桩浮子等物品残物缠绕作一堆随海浪起落。该船当晚返渔港后即向管理部门报告。当时林和明副县长在东屿湾处理海难善后事项，他安排人员连夜入海搜寻，在我方海界内没有发现该遗尸。东屿湾海域南侧属本市，北侧属邻市，海界线大体沿中线划定，随海流浮动的物体，有可能时而漂入本市海域，时而漂出。隔天这具浮尸在邻市海域被发现，对方推测是本方这次海难人员遗体，通知林和明他们前去收尸。林和明指示拒绝受领，声明本县海难失踪人员已经找到，该尸与本地无关。

“有传闻说，是林和明做了特殊安排。”

刘志华用了一个很含糊的词。什么叫“特殊安排”？那其实类同于抛尸。东屿湾此刻多有传闻，说海上的尸体一开始出现在南侧我方海域，它不是自己漂到北边，也不是海流带过去的。是林和明派人把它趁夜悄悄拖离，弄往人家的海域。

这一具尸体为什么会受到如此眷顾？有原因的。根据本省安全生产事故处理规定，死亡 10 人以上为重大安全事故。本次海难原报死亡 8 名，失踪 1 名。后失踪人员遗体被搜获，死者数目升至 9 名，只差一个即计入重大安全事故之列。事发当时，随同袁传杰在东屿湾处理善后的市安办主任刘志华偷偷拍胸脯暗称万幸，原因就是这个。本市上半年事件屡发，重大安全事故已经两起，上上下下早都吃不消了，再来一起还怎么承受得了。这次也算老天爷手下留情，只差一点。

哪想现在忽然多出了一具遗尸！

林和明是分管安全工作的副县长，他知道什么叫作重大安全事故。几天前，台风登陆当晚，林和明认为风头已过，掉以轻心，为了博得上级的欢心，他把东屿湾弃之不顾，漏夜赶赴省城，送一盒新闻录像带，致渔港局面失控，意外海难骤发。此刻，在处置海难之际，他深知如死亡人数达标，本次海难升格为重大安全事故，作为分管领导他难逃责任。所以他铤而走险，暗做手脚。

刘志华听到情况，知道弄不好会有大麻烦，即向袁传杰做了单独汇报。刘志华说林和明封锁了有关消息，包括不向市里汇报，大概是想把事情捂住。这只是他一厢情愿。眼下渔港那边到处传闻，议论纷纷，已经传到他这里来了。东屿湾北边，邻市方面肯定不会听之任之。一条人命不是一块浮子，哪有可能随便一丢了之。

袁传杰听了情况，沉下脸一声不吭。他当然知道这一具无名死尸的爆炸性。对林和明来说这是一个可怕的炸弹，对袁传杰恐怕更其不祥。

他问了一个问题："海难失踪人员到底是一名还是两名？"

刘志华说，从一开始镇里县里上报的情况就是一名。但是不能排除另有其人的可能。海上渔村人员杂沓，来来去去，许多养殖主雇用的员工是外来民工，全国各地哪的人都有，其中有些人确实来历不明，甚至有个别在老家犯案逃跑，被公安部门通缉的嫌犯匿名混迹于民工中。所以一旦出事，到底有谁，各自什么来历，一时还真是一锅粥搞不清楚。如果加上有谁做手脚，就更搞不清楚了。

袁传杰一声不吭。刘志华干站了会儿，很尴尬。

"市长我，走了？"

袁传杰一摆手让他留下来。

当着他的面，袁传杰给林和明打了个电话。林和明在电话里一听是袁传杰，连声叫唤市长，问市长有什么重要指示？语气发怯，极不自然。台风夜出事之后，林和明碰上袁传杰总是这样。

袁传杰直截了当，指示三条：第一，立刻派出人员，由地方政府和警方人员一起，把已经在东屿湾海面漂浮多日的尸体拖上岸，妥善处理，绝不允许置之不理。第二，立刻组织对尸体的鉴定，并发布招领信息，尽快搞清其身份和来历。第三，立刻将发现无名尸体的情况正式呈报省市两级安办，说明海难死亡人员确切统计数字有待进一步核实，需要承担什么责任绝不推诿。

"就这三条，不许违背，不许打折扣。"袁传杰说，"报告少写一个字，我保证让你哭一辈子。"

不等林和明回答他就放了电话。

他对刘志华说："他妈的还什么重要指示？没有了。"

他说他 24 小时不关手机，日日夜夜都在防备。每天晚上都一样，刚迷糊过去，马上感觉手机振铃，当即惊醒，这才发现是幻听，哪有电话呢。哪里还睡得着觉。事情这么多，责任这么大，偏偏又是这么些人，这还有什么办法？

情绪极度低落。那一刻很悲凉，很无力，接近崩溃。

两天后他动身去了北京。

7

袁传杰和陈江南搭乘景区交通车直奔喀纳斯湖。

图瓦人村寨离喀纳斯湖区并不远，就几站路，没有足够时间供袁传杰打瞌睡。陈江南依旧寸步不离。一直到上车那一刻，陈江南还在试图劝说袁传杰放弃。陈江南说观赏喀纳斯湖的最佳位置就是观鱼亭，如果袁传杰确实那么喜欢水怪那么想研究它，不妨再登一次观鱼亭，肯定比在湖边兜有意思。袁传杰就让他说，自己一声不吭。

陈江南只好陪他上车，直到喀纳斯湖边。

喀纳斯湖气象不凡，驻足湖岸远眺，湖面浩大，湖水清澈，更切近更清晰可感，别有一番风味，哪会比观鱼亭远眺逊色。

袁传杰却不欣赏湖光山色，也不照相，他一直就不干这个。陈江南拉着他，说在湖边走走，看看风景，特别有意思，绝对不能下湖，湖上风大，冷得很，搞不好会生病的。袁传杰不听，径直去了湖边的游艇售票处，买票，决意入艇下湖。陈江南继续实施干扰，说这卖的两种游艇票，两条线。一条线到三道湾，另一条线到六道湾。喀纳斯湖湾从湖口这边往里数，一共六道。三道湾位居湖中部，到那里就差不多了，三道湾水深面阔，最适宜水怪藏匿。六道湾就走到底了，远了，没必要多花钱。

袁传杰买了到六道湾的票。他让陈江南自便，说知道乘游艇游湖属自费项目，不在旅行社的服务范围里，陈江南可以不必花这个钱，就在岸边等他行了。陈江南很懊恼，说只好认了，碰上袁先生这么有个性的客人，没办法，无能为力。

他买了票，奉陪到底。他们上了游艇。游艇不大，一船坐八九个客人。船马达一响，游艇冲出码头，众人鼓掌，欢呼声起，兴奋之音南腔北调。袁传杰坐舱内前排，他不喊叫，也无拍照之累，只是眯眼瞄湖。湖水清澈，很深，湖中水怪无从寻觅。

游艇顺喀纳斯湖狭长岸线，走了数十分钟，从湖口一直行进到湖尾。六道湾处接近湖的尾部，那儿有一条河远远延向山坳，该河应属喀纳斯湖上源，可能就发源于友谊峰一带。游艇驾驶员把游艇停在六道湾处，让游客尽情拍照。有游客爬出舱门，跑到艇身处留影，游艇甲板狭窄，大家用手紧紧抓住舱体支架，小心翼翼在甲板上移步，寻找最佳角度和光线，摆姿势，为自己和喀纳斯风光存照。

袁传杰站起身往外走。陈江南一把将他抓住，把他胳膊抓痛了。

“干什么？”袁传杰甩胳膊，生气。

陈江南笑，却不松手。他说袁先生干吗呢？外边风大，别出去。舱里什么看不到？那甲板可不好走，湖上有浪，船只晃动，危险。咱们安全第一。

袁传杰说他要上外边去，没问题的。

“你又不照相，何必呢。”陈江南说。

袁传杰说谁讲他不照相？照的，就在这里，外头船甲板上。陈江南大笑，说袁先生别逗了，这一路没见袁先生拍过一张，他干旅游多少年了，还真是从没见过像袁先生这样的游客。这会忽然想照相，怎么可能呢？起码得有架相机吧？在哪呢？

袁传杰从口袋里掏出自己的手机，把它递给了陈江南。

“就这个，带相机的。”他说，“开机就成。”

陈江南不禁一愣。

“原来你有手机。”他说，“怎么一路上没一个电话？”

袁传杰说是关机。开着恐怕走不到这里了。陈江南说手机总不开怎么行，不怕误事？袁传杰说天塌不下来，这几天没大事，都安排清楚了。陈江南说就不会有意外？要是一不小心天塌下来了怎么办？袁传杰顿时恼火，说干吗呢？唯恐天下不乱？陈江南笑，说天灾人祸免不了的。阿勒泰发大水，袁先生刚视察过，那叫不可抗因素。袁传杰不吭声了，好一会，他说不管可抗不可抗，天塌下来总归还得有人去顶。

“这手机相机的像素比较低，拍照效果恐怕不好。”陈江南说。

袁传杰说没关系，到此一游就行了，其他的无所谓。

他抓着游艇扶手出了后边的舱门。外边果然风大，空气特别清新。船头和左舷处都有人，踏着甲板靠着船舷抓着支架，拍照不止。袁传杰往船右舷攀，这里角度不对，背光，不利拍照，时无人占据。陈江南抓着袁传杰的手机紧紧跟随，一路连叫小心。袁传杰在靠近船头的位置停了下来，转身，看着后边的陈江南。

“行了，你就在那里照。”袁传杰说。

“这背光。”

“别管它。”

陈江南举起手机，找好角度，对着袁传杰“咔嚓”拍了一张。

“再来。”

突然那手机“嘀嘀嘀”大叫起来，铃声尖厉。陈江南赶紧把手举高，示意袁传杰是否停止拍照，接听电话？袁传杰面无表情，一声不吭。陈江南便叫：“这电话不接吗？”袁传杰还是不应，身子摇晃，眼睛闭起，有如突发意识障碍。只一眨眼，就见他松手，后倾，从船舷下坠，“扑通”一声落进了喀纳斯湖。

一船游客无不惊愕，游艇上有片刻寂静，然后一片喊叫。

陈江南把手机从窗口扔回舱内，纵身一跃，跟着跳进了湖里。

驾驶员大叫：“大家别动！别动！”

几分钟后袁传杰被陈江南从水下拖出了湖面。陈江南划水，踢脚，甩头，吐水沫，呼叫船上的人帮忙。袁传杰没有动作，没有声响，不挣扎，也不躲避，像一块泡沫浮子似的，任凭陈江南在水面推来推去。游艇驾驶员和船上游客七手八脚，扔救生圈，递备用浆，费老大劲，将两个落水者弄上游艇，拖进了船舱。两个人浑身衣物湿透，各处发抖淌水，落汤鸡似的，却安然无恙。袁传杰大睁眼睛，坐在他的位子上喘息不止。

船上人七嘴八舌，追问怎么搞的，怎么回事？身体不好？突然昏厥？有心脏病史？怎么还敢跑到舱外？多危险！太危险了！

两人均一声不吭。

游艇启动，回航，沿喀纳斯湖岸迅速冲往码头。

袁传杰忽然咧嘴，哈一下干笑了一声。

“水很凉。”他说。

陈江南叫：“你会笑？你还笑得出来！”

袁传杰说他感觉好多了。

陈江南发泄不快，说求袁先生了，别再折腾，这湿漉漉多冷啊，他受不起的。袁传杰说别那么软弱，他都没怎么样，陈江南比他年轻许多，怎么就受不了了？他觉得陈江南还是不错的，尽职尽责，这么冰凉的湖水都敢跳，难得。回头他会给他们旅行社打一个电话，建议给予表彰。以他看，陈江南不光可以当导游，当救生员，当刑警，当个领导例如副县长，分管安全，恐怕不比哪一个逊色。

陈江南说：“承蒙夸奖。袁先生刚才到底怎么回事？难道是手机一响就怕？”

袁传杰说没事了。

“太危险了！湖水冰啊，深不见底，不害怕吗？”

袁传杰说他不怕这个。天崩地裂、巨浪滔天了吗？没有。这里风平浪静。

陈江南说风平浪静才麻烦。袁先生怕的他不怕。火山海啸那叫什么？不可抗因素。碰上了还能怎么办？旅行社不予理赔，无能为力。

袁传杰说无能为力就完事了？不可能的。有什么办法呢？尽管无能为力，还得尽力而为，只能这样。天塌下来总归要有人顶。

陈江南不知他另有所指，只道：“旅行社可顶不起，哪有办法。”

“说到底还是不能放弃。”

陈江南有些感觉了。他问：“袁先生这说的啥呢？”

袁传杰没有回答。好一会儿，他说这湖里的水怪知道。可以去问问它。

这时他的手机铃又在尖声叫唤，一遍一遍。

他接了电话。

刘志华报告：东屿湾无名尸体已经确认了身份：是邻市四都河上游受灾村庄一落水少年，于台风中不幸被山洪卷走，尸体随河水漂到东屿湾。与本市海难无关。

袁传杰说他正在返回码头。这里有一条大鱼，很可研究。

贵人故事

1

西河大桥垮塌于强台风中。

出事当晚大雨如注，风势凶猛，气象部门报称台风中心最高风力达 15 级，为近年所罕见，本县不在台风中心登陆路径，风力略弱，但是关加成所在的后坑镇一带风力也有九级，比县城显大，且雨势强劲，大雨倾盆而下，满耳朵哗哗不绝。后坑镇位于县西南部山区，距县城有 40 公里路程，当晚这 40 公里于关加成而言显得格外漫长。

晚 9 点来钟，有一个电话从县城挂到镇政府值班室找关加成，当时关加成跟镇里几个头头在会议室里商量事情，由于附近变电站出问题，后坑停电，靠会议桌上一支应急灯照明。大家正说着事，值班员跑到会议室门口报告："关县长电话！"

"谁找？"关加成问。

来电话者是女性，语气很急，在电话里追问值班员，为什么关县长手机不通？值班员告知后坑这里停电了，通讯基站无法工作。她让值班员立刻喊关加成接电话，有要紧事情。值班员询问她是谁，她不耐烦，让值班员不要多嘴，赶紧叫人。

"我不敢多问。"值班员有些紧张。

关加成说："听起来这个女的我认识。"

他心里有数，知道可能是谁。去了值班室，果然不错，是老婆电话。

"你把卡片掉在茶几下了！"她着急。

"什么卡片？"

"跟你说多少次了！不当回事！"

关加成让她别急，没事。后坑这里停电了，一片漆黑。镇政府值班室里点了一支蜡烛，值班人员靠它记录电话，上洗手间得借手机照明，否则看不见男女。除此之外暂时没大问题，不必担心。卡片在不在不要紧，哪怕山崩地裂，有贵人相助就行。

“说得容易！”

“那就不说，别瞎操心。”关加成说。

老婆打这个电话就是瞎操心。台风来袭，风雨大作，这种时候她还不忘扫地板，结果在茶几下发现一张关加成无意弄掉的卡片，于是她着急，紧紧张张打电话找人，手机不通让她吓个不轻，以为关加成出了什么事。找到人后她还是不放心，口口声声让关加成小心点，风里雨里坐车走路，看好前边几步，不要冒险，以防万一。之所以如此瞎操心，是因为台风大雨到来，关加成却把卡片丢在家里，未能随身携带。

所谓卡片其实就是块普通的塑料片，全称为“如意金卡”，大小质地与银行卡差不多，很挺刮，有弹性，印有图案文字。这种如意金卡卡面印制的不是开户行和号码，是一尊佛像，佛像为金黄色，号称镀金，佛像边印有“出入平安”、“如意吉祥”一类文字。该金卡出自省城一座著名佛寺，据说随身携带有助于保护个人生命财产安全，进而维护家庭及社会稳定，这当然是一种迷信。关加成的妻子出于某种个人体验，对该金卡情有独钟，关加成的公文包被她安插一卡，放在通常放置名片盒的小隔袋里，这个安插位置既隐蔽又管用，通常不会被人看到，又总是紧密相随，即使公文包没在关加成的手里，也会由秘书提着追在身后，不会离得太远，让关加成总是处在有效接受保护的半径之内。关加成出于对其想法、用心的充分理解，以及对原配夫人的基本尊重，容许她暗藏该卡片于公文包，那毕竟不是窃听装置，哪怕于事无补，也算有益无害，其最大益处就是让妻子得以安心。但是关加成对该卡片从来都不在意，视为可有可无。这一次到后坑，可能是行前匆匆收拾公文包时无意间弄掉，卡片落在家中茶几下，让夫人发现了，焦虑不已。

关加成没在电话里跟她多说，因为时间和地点不对，此刻风强雨劲，灾情不断发生，事情接踵而来，一张如意金卡对付不了。关加成所在的后坑镇地理位置比较重要，为县西部六个山区乡镇的门户，按照班子里的分工，这个镇由关加成挂钩。台风到来前，恰巧县委书记率队去香港招商，一时赶不回来，县里事情由县长关加成负责，关加成安排县领导按各自分工下到所挂钩乡镇，让常务副县长王伟坐镇防汛指挥部掌握动态，有问题随时报告，关加成自己到后坑，就近兼顾西部山区六个乡镇防汛抗灾。如此布局，当时考虑并无不妥。

后来关加成曾想过，要是没把那张金卡掉在茶几下，会不会是另一种情况？金卡上印有佛像，按照民间理解，佛是神而非人，佛祖相助应当强于贵人。

台风到来的那天半夜，有一位贵人不吭不声，于风雨中来到本县视察，事前没有发布通知，直到其率一群人上了县城外西河堤坝查看水情，才被值班人员发现。值班人员比较敏感，赶紧向防汛指挥部报告，守在指挥部的王伟得知情况，很诧异，立刻往后坑镇值班室给关加成打了电话。关加成觉得情况异常，需要尽快搞明白，稍一思忖，直接打电话找市委办主任林文彬了解究竟，关加成跟林文彬熟悉，曾在市委政研室共过事，所以找他。电话一通关加成大吃一惊：林文彬居然也来了，就在西河堤坝上，为视察随行人员之一。

“怎么会忽然驾到？”关加成问。

林文彬说是沈盟副市长让他一起来的，他们都是陪同人员，陪的是王焕章。王是省委副书记兼省纪委书记，挂钩本市，于今天傍晚专程从省城赶来，指定沈盟带他下县查看灾情和抗灾情况，行前没有明确指示具体去哪个县，因此无从通知。他们到关加成这里也算偶然：一行人从市区出发时走高速公路，后因大风大雨，高速公路关闭，他们的几辆车从西河出口下高速走国道，领导忽然提出就近看一看，于是就在县城外堤坝边停车，一行人穿上雨衣，打着强力手电筒，顶着风雨上堤观景。此刻河堤上有什么景可观？不外风大雨急，满河汹涌。

关加成当即请林文彬把电话给沈盟，让他向沈副市长请示。林文彬没说什么，直接把手机给了沈盟。关加成报称自己在后坑镇，本县山区一线目前情况尚好。他询问省市领导是否进县城休息一下，听听汇报？如果需要他马上动身返县城。

沈盟说：“等你长翅膀飞过来？王书记马上去沿海了。”

“领导有什么交代？”

“西河这里水大，别打瞌睡。”

“领导放心。”

“那座桥怎么样？”沈盟问。

关加成报告说，台风到来前他曾亲自到西河大桥工地现场办公，研定几条措施确保安全。会后政府办认真督办，几项措施都能按要求落实，应当没问题。

这句话说坏了。

不管与如意金卡丢弃是否相关，那一天的运气的确有些问题。大领导一行本来未曾打算光临本县，因为高速公路意外封闭，他们借道而来。如果他们悄悄来悄悄走也就罢了，但是情况被值班人员发现，报告到关加成这里，关加成不能不联系领导，报告请示。沈副市长在电话里不问别的，偏偏问起西河大桥，似有先见之明，哪壶不开专提哪壶。关加成在电话里给领导打包票，声称没事，不料没待他们走远就出了大事，西河大桥轰然倒塌。

西河大桥位于县城西南，跨越西河两岸，扼城关门户，是进出县城必经之桥。这座桥修建于20世纪“文革”后期，当年称“战备大桥”，建成后承担本县交通重任40余年，在川流不息的车辆特别是近年越来越多的重载车辆摧残下，该桥不堪重负，渐渐成为危桥。前年底，得省交通部门支持，市、县两级政府花重金在远址拆毁旧桥，再建新桥，经近两年努力，该桥桥墩桥身等主体工程已经基本完成，剩下的工程量主要是桥面，施工部门正在抓紧赶工，预定于元旦剪彩通车。

它居然说倒就倒，毁于一旦。

是什么原因导致在建中的西河大桥倒塌？此刻正当台风来袭，风力强劲，对桥身形成巨大压力，全县普降大雨，西河河水暴涨，对桥墩桥体形成巨大冲击，这是两大因素。但是这两大因素不足以摧毁这座大桥，它完全应当顶得住这样一场台风，以及台风带来的大雨和洪水，早在设计和施工的时候，它已经被如此要求。问题在于有些意外因素不是设计施工时所能预料的，当晚恰有两项意外叠加在这座桥上：一是灾害来临时，这座桥还处在施工时段，桥身从水下至桥面还被脚手架等施工设施层层包裹覆盖，这个时段是桥的薄弱时期。二是西河里又钻出一对不速之客，以一种罕见的方式肇事，于是就酿成大祸。

这一对不速之客是运沙船，两条满载河沙的船只。西河上游出产优质河沙，有许多经批准或未经批准的采沙船日夜不停地捞采河沙，用大型运沙船运往下游。台风到来之际，作为水上防灾应急措施，西河上的采沙作业全面停止，河面上的所有船只包括运沙船都被要求至避风水域停泊，无一例外。但是非常不幸，由于相关人员的疏忽，以及洪水的巨大冲击力，有两只系在一起的大型运沙船在半夜时分挣脱系缆，一前一后被冲出避风水域，在洪水中漂流，失去控制，急速下行。运沙船的自重加上所载河沙的巨大重量，以及奔涌洪水给它的势能，使两条船成了两颗重磅炸弹，急速扑向西河大桥，先后撞击了同一个桥墩。第一条运沙船撞击时大桥剧烈摇晃，但是终于还是顶住了，没有即刻垮塌，撞桥船只头破身裂，船体卡在桥墩周边乱七八糟的钢铁构件上拉扯摇撼，这时第二颗炸弹不失时机冲上来，以更凶狠的力度撞击，桥墩没能撑住，如被推倒的积木般散架损毁。

西河大桥倒的恰是时候，不早不晚，刚好在省、市两级领导上车离开之际。领导们查看水情的地点在高速公路出口处附近堤坝，位置在县城以北，也就是西河大桥的上游方向，几位领导查看河中水情时，都注意到西河大桥上的灯光。由于台风来临，桥面施工已经暂停，但是整座大桥从两端到中部都有灯光，河中桥墩的脚手架都安有强光灯，以防过往船只于黑暗中意外碰撞，风雨之中，这些灯光断断续续连成一线，勾画出大桥的位置和轮廓。跨越河面的这线灯光让领导们留下印象，沈盟副市长与关加成通电话时提起大桥，就因为在堤坝上注意到了。后来几位领导走下堤坝，上了他们的轿车继续赶路，顺公路沿西河岸向下游行进。他们的车辆启动不久大桥就倒塌了，倒塌时的巨响被更为巨大的风声和雨声吞没，没有惊扰车上的领导，但是轿车爬上河岸边山坡时，领导们忽然意识到前方河面变得一片漆黑，跨越河面的灯光消失不见了。

王焕章书记问：“停电了？”

跟大领导坐在同一辆车里的沈盟一脸困惑：“县城里灯光都在啊。”

几分钟后他们的轿车到达西河大桥引桥外，公路边乱糟糟的，有若干值班人员从临时工棚里跑出来，在风雨里忙碌。领导们停车询问，这才知道西河大桥刚刚倒塌，几乎是塌毁在他们眼前，眼下可谓第一时间，他们就在事故现场。

一行人赶到河边视察，王焕章书记决定：“进县城。”

林文彬赶紧打电话，通知关加成立刻从后坑返回。

关加成很诧异：“出什么事了？”

“西河大桥倒了！”

关加成大惊:“不会吧!”

“倒在领导眼前!”林催促,“你赶紧!”

关加成知道大事不好,不敢耽搁,立刻动身。

从后坑出发赶回县城途中,有十几公里路段因停电通讯中断,没有信号,手机无声无息有如砖头,令关加成心中忐忑。车在山路上盘旋,转过一个山口,前方一处山体塌方,半条公路堆积泥石,司机紧急刹车,他们被阻滞于途。

这是在金桂山一带,山高坡陡弯急,路况较差,风雨中险象环生。车辆受阻后,驾驶员小陈与秘书小孟冒雨下车,到塌方处查看,几分钟后回到车上,报告说塌方路段有十几米长,公路靠山坡一侧被大量泥石阻塞,靠山沟一侧留有一线路面,只是相当狭窄,车行有困难,风险很大。

关加成说:“开过去。”

他们下车,顶着风雨步行穿过塌方地带,驾驶员开空车在后边随行,小心翼翼折腾了十几分钟,终于越过险境。再上越野车时,关加成注意到前方主峰山头下远远有一点灯光,透过雨雾隐约闪现,看上去意味深长。那应当是金桂村和村外的天泉寺,灯光表明山上电力供应目前基本正常。

而后的路段有信号,车上三人的三部手机接连响铃,一遍又一遍,再无止息。通过手机,西河大桥倒塌的消息被反复证实,领导动态也频频传来:沈盟副市长带王焕章书记直接到了县委办公大楼,坐镇会议室,留在县城管家的几位县领导分别赶到会议室,汇报抗灾情况并研究西河大桥倒塌处置应急事项。

关加成一再在电话里表明:“我在路上,很快就会赶到。”

风雨之中,当晚的路程于他而言显得格外漫长。

关加成紧急了解情况,以备面见领导。县交通局长林绍刚在西河大桥倒塌现场打电话报告说,大桥是被运沙船撞毁的,垮了河中部一个桥墩,墩两侧桥面全部塌入河中,桥体其他受损情况还待天亮后检查。

“人员怎么样?”关加成问。

大桥桥面上有一架装载机,恰在被撞毁的部位,当晚有两个值班人员藏于装载机驾驶室里观察水情,报告情况。桥面坍塌后,装载机掉入水中,两个值班人员失踪。另据查核,两艘运沙船上各有一值班人员,运沙船撞上桥墩后,坍塌的桥面砸在船体上,两条船连船带沙全部被砸下河中，船上的值班人员同时失踪。

这四个人肯定凶多吉少。

关加成在车上给田东海打了电话。田东海在省城家中，他已经得到消息了，他手下的人员从西河大桥工地向他告急，把他从梦中弄醒。

“他妈的运沙船是哪家的？”他在电话里破口大骂。

“问你拿什么糊桥？口水还是胶水？”关加成恼火。

田东海担保桥的质量没问题，肯定是运沙船的错。关加成让他不必多说，立刻出发，以最快速度赶到县里，共同处置善后事宜。

“这他妈归我吗？”他不服。

“不归你归谁？”关加成强调，“这里四个人四条命！”

“买命钱还要我出？”

“只怕拿钱也摆不平。”

他不吭声了。

关加成赶回县城。由于西河大桥重建，原有公路封道，进出县城需要绕行，从上游另一座大桥过河，沿一条临时通道行进，路程多出近十公里。这一段临时通道原是乡村道路，等级较低，启用为临时通道前进行过整修改造，通行状况有所改善，但是与国道省道还是无法比肩，西河大桥施工近两年期间，临时通道承受大量车辆碾轧，已经千疮百孔，到处坑洼，台风大雨之中完全成为一条烂路，异常难行。关加成很想先跑到西河大桥倒塌现场去看一下，却不敢耽误，只能让司机折转进入临时通道，以便尽快回城面见领导。省市两位领导已经在县城等了关加成一个多小时，人家肯定不是因为好奇，要看看本县县长嘴脸如何才隆重光临，此时此刻县城里不会有什么好事在等关加成，他这回撞到枪口上了。

车刚刚开到上游大桥，手机铃响了，是常务副县长王伟打来的。

“他们走了。”王伟说。

“谁？”

王焕章和沈盟一行在县委会议室紧急约见相关领导和人员，由于关加成未能及时赶到，王伟承担起陪同领导的重责，同时承受了省市两级领导的严厉批评。领导讲了重话，对本县的抗灾部署提出质疑，追查是否失职，要求迅速处理塌桥后事，立刻组织调查，明确事故责任，做出严肃处理。这些重话和批评本该归关加成承受，但是领导们等不及了。

台风大雨，灾情四起，大领导事情很多，需要应对全省、全市重大事项，在本县临时驻留指导工作，等了一个多小时，已经高度重视。关加成自己拖拖拉拉，一路为风雨所误，在金桂山又为塌方所阻，除了电话一个接一个，总是不见嘴脸，挑战人家领导的耐心，最终他们决定不等关加成赶来接见，起身拂袖而去。

关加成心知不好，万分焦虑："领导动身了？"

"刚走。"

关加成立刻给林文彬挂电话，报称一路风大雨急路险，他紧赶慢赶，此刻已上临时通道，最多15分钟就可赶到，希望能当面聆听指示，请求领导不要急着动身。

林文彬请示沈盟，很快回话："王书记已经留下重要指示，你们贯彻落实吧。"

关加成即要求与沈副市长直接通话。林文彬把手机给了沈盟。

"关加成你真出彩！"沈副市长当头痛批，"大桥说倒就倒！"

关加成表示自己非常痛心，向领导检讨，请领导先留一步。

"检讨个鬼！哭吧。"

沈盟把电话挂了。

关加成浑身发僵，咬着牙按下手机重拨键，打算再与沈盟通话，再做说明。没等对方接听，关加成自己又把电话挂断，把手机扔在座位旁。

此刻无济于事，沈盟不会听。关加成还能做什么？似乎只能到此为止。那就随它去吧，希望最终结果不要太坏。

几天后关加成被宣布免职。

2

那一天关加成决定出走，离家之际引起妻子警惕。她拦着关加成，追问他去哪里，干什么？关加成表情轻松，称自己拟畏罪潜逃，另谋生路。

"说什么呀！"她着急。

其时县城内外传闻不绝，到处声音，纷纷然传说关加成已经被人带走，"进去了"，"双规了"。事实上关加成作为免职官员，一直谨守新身份，坐在家中无所事事，等着可能从天而降掉到身上的任何东西。关加成猜想这样的幸福时光恐怕所剩无几，应借机逃之夭夭，也许一不留神会碰上贵人。事到如今，只求老天关照，贵人相助。

这是调侃，妻子知道关加成调侃个啥。

关加成妻子苏晨在县中学当老师，她比较敏感，或称过敏。夫妻俩是中学同学，后来一起到省城读师院，她学物理，关加成读政教，毕业后她当老师，关加成改行从政。他们都是市区人，两家老人都住在市里，关加成夫妇的儿子眼下是初二学生，在市一中就读，跟外公外婆住。八年前，关加成离开原工作单位市委政研室，下到县里任职，至今走了三个县，从县委办主任一直干到县长，时下如他这样的下派干部大多是单身赴任，关加成情况不同，其妻宁愿把儿子托给父母，也要随关加成共同前进，关加成到哪个县，她就随调该县中学教书，说是夫唱妇随，照料生活，更多的还是增强防范。如今握有权力的基层官员身边经常美女如云，小二小三神出鬼没，对合法原配极具威胁，因而关加成的老婆倍加警惕，紧密相随。老婆守于身边，吃饭有人管，衣服有人洗，何乐不为？关加成对妻子的严防死守予以充分理解与支持，但是她的过敏也常被关加成拿来打趣调侃。

数年之前，有一年暑假，苏晨所在学校教育工会组织老师到省城旅游，去了一座著名寺庙。在庙外路旁，苏晨被一个算命先生喊住。

“你家先生有大难。”那人吓唬她，“不出这个月。”

当时苏晨与同校一位女老师在一起，两位女老师好奇心都强，不免一起上当。她们停了脚步，问算命先生是哪方神仙？该先生当场表演，为她们算了流年，居然讲准很多情况，例如说另外那位女老师的先生也是教员，而苏晨的丈夫也就是关加成则身任要职。关于关加成有何大难他拒绝多讲，因为“天机不可泄露”，苏晨反复追问，算命先生总是“官场险恶，小人很多”之类，云山雾罩。苏晨询问有什么办法可以避难？算命先生推荐他包销的“如意金卡”，说是已经由庙里和尚开过光了。

原来他是算命兼卖卡，一张金卡才 20 元，可以化解大难，性价比太高了。当然以成本计，该金卡不可能镀金，最多是镀一层铜而已。

苏晨买了一张金卡。回家后把事情一说，让关加成痛加调侃。关加成问她如意金卡符合物理学哪一条？牛顿的万有引力，或者爱因斯坦的广义相对论？亏她还是物理老师，懂得科学，居然如此好骗。她被关加成说得挺生气。

不料十几天后，当月月底果然出了事情：省城一个大型经贸招商活动开幕，一批上访人员突然于主会场外聚集，举牌喊话，引发震动。这些上访人员来自本县，反映开发区污染水源事项，是个多年遗留问题。当时关加成恰在省城参加那个招商活动，接省上级主管领导通知立刻前去处理。关加成把本县驻省城办事处人员叫到现场，一起与上访群众谈话，同时通知县信访局和上访群众所在乡镇领导急赴省城，经数小时努力，上访群众终于坐上租来的大巴离开，返回本县。没想到该大巴于途中出了车祸，翻下山沟，两死十伤。事件引发连锁反应，有人在网络上发帖，指名道姓，指控关加成在开发区建设中制造政绩谋求升官，同时大量受贿，还说关担心被揭穿，指使手下制造车祸谋害上访群众。这个帖子非常刺激眼球，被大量转帖，有人跟着人肉搜索，把关加成的照片和各种资料发布于网络，关加成以涉嫌常规腐败和离奇阴谋引发广泛关注，一时沸沸扬扬，似乎马上就要落马入狱。闹了一个月后尘埃落定，市里组织的调查组经仔细核实，认定相关指控查无实据。时关加成到本县任职时间并不长，开发区在其任职之前就已开建，出现的一些问题主要责任并不在他，上访人员车祸的直接原因是违规车辆冲撞，与他没有直接关系。

这件事并不像表面看这般单纯，它另有背景。关加成意外成为网络官员明星的那个时候，本市上层领导机关正在酝酿调整，原市委副书记康川呼声颇高，有望接任市长，但是也有人因种种原因不愿意接受。康是关加成的老领导，关加成在市委政研室工作期间跟过他几年，颇得他信任，后来关加成的几次提拔都与他力推相关，在关加成被人肉搜索后，康川在网络上被指为腐败阴谋官员关加成的保护伞，一同经受攻击，因而很遗憾未能接任市长，最终调到省城，到社科联当书记，说是提拔，实已从权力中心边缘化。关加成送别康川时心里止不住内疚，无疑他给领导减了分。也不知这是关加成连累了该领导，还是关加成受了领导连累。

这件事对他们关妻产生重大影响，苏晨再次跑到省城，重访古寺外曾准确预言关加成有大难的算命先生，不吝破费求回一叠“如意金卡”，在房间、卧室到处摆布，还塞进关加成的公文包里。根据算命先生计算，关加成貌似平和，实则性刚命硬，因此仕途多难，身边总有小人相妨，还好总能遇到贵人相助，所以才有今天。该先生预言近年里关加成还有大灾，比这一次更为严重，因此须谨防小人，深藏金卡，同时盼望贵人。对算命先生的玄幻言辞，关妻的态度是宁信其有，以防万一，因此台风到来之际，发觉关加成脱离金卡的有效保护，她着急不已。

关加成心知老婆的金卡无济于事，西河大桥出事后，他更无望于贵人相助，因为他已经碰上贵人了，这位贵人就是王焕章，西河大桥于台风中倒塌之际，王领导刚刚走下堤坝。如果没有王的意外光临，情况当不至于如此严重。在受到王焕章严厉追究，免职并经受调查之际，关加成还能指望谁？以往关加成确曾一再得贵人相助，例如康川副书记对他关心有加，眼下康已调离，鞭长莫及，爱莫能助，哪怕康还在位，也不能贵比王焕章。因此算命先生的迷津指点毫无意义，关加成前景凶险。

这时候他能怎么办？坐以待毙，或者不如寻路而逃？

关加成出家门走下楼梯时，轿车已经停在路边，驾驶员小陈在车里等候，一如既往。这只是表面现象，情况已经变了，作为一个被免职官员，目前关加成的用车和办公室都还暂时保留，但是驾驶员出车多了一个报批程序。关加成一上车就问小陈报告了没有？小陈表示已经跟管理科长说了，科长了解关县长去哪里？小陈按照关加成的交代，报称目的地是后坑镇。

“行了，走吧。”关加成说。

他们出发前往后坑，事实上这个目的地是假的，谎称而已。车开出二十多公里，在县城与后坑的半路上，关加成下了车，下车地点在金桂山山间，也就是西河大桥出事当晚，关加成从后坑赶回县城时被塌方阻滞，下车步行走过险段的地点。

关加成让小陈把车开到后坑镇，在那里等他电话。

“县长我跟你走吧？”小陈不放心。

关加成让小陈尽管离开，他要在这里独自转一转。

“他们，他们说。”小陈支支吾吾。

关加成说：“现在听我的。”

小陈不吭声了，启动马达，遵命离开。

关加成独自步行，走上上山的小路。他的随身物品不多，有一个挎包，里边装有矿泉水，干粮、手电筒、备用电池等应急物品。这个挎包及其中物品为小陈这辆车上常备，定时更新，以应不时之需。在基层任职，时常坐在车上跑来跑去，特别在灾害发生等非常时期，什么情况都可能碰到，车上备有粮草，一旦有意外应对比较从容。

天气渐热，关加成把外衣裤脱下塞进包里，只穿短裤背心，戴一顶遮阳帽爬山，按照潜逃的基本要求，他关闭手机电源，切断了与外界的信号联系。

从下车路口到金桂山主峰峰顶看起来不远，走起来不近，大约有15公里路程，这一带山高沟深，由于地形、水源和交通条件不好，开发程度较低，没有大的村落，也没有可供汽车通行的道路。40多年前农业学大寨时期，附近乡镇曾组织数支耕山队上山开荒造地，种植粮食、茶叶和水果，于山间几个地方分别建造简易房舍作为基地。当时为了开发该山区，县里动员大批民工修建了一条盘山机耕路，连通几个耕山队基地，直到主峰山顶。由于条件较差，开发成本高，加上形势变化，10多年后这里的耕山队相继停办，人员陆续撤走，偌大一片山区，如今除主峰旁边一个小自然村20来户人家，几乎没有其他常住人口，机耕路年久失修，渐渐变成一条废道，与羊肠小道相辅，不能通车，只供步行。

三年多前，关加成曾经经由这条山路上过一次山。当时他到本县任职不久，带着几个人下乡调研，从金桂山下经过，乡干部指着山顶介绍那里有个贫困村，以山得名，就叫金桂村，因村子小，地处偏僻，交通不便，很少有人去，该村村头墙上至今漆着“文革”时期的标语，近40年里视察过该村的最高级别官员是乡政府的民政助理。关加成一听即决定改变日程，上山探访，也算一次开创之旅。乡干部遵命找来向导，领着一行10余人于隔日步行上山，整整走了6个小时才到达村庄。村民看到他们异常好奇，差不多就像外星人看到地球人从飞碟上走下来。关加成一行在村里调研，与干部和村民座谈，晚间借宿在群众家里，第二天才下山返回。

时隔三年，关加成再次踏上这条小道。上一次是关县长等大小官员浩浩荡荡一队，这一次不是县长了，形单影只。上一次是深入基层调研，这一次不一样，畏罪潜逃。三年前那次探访之后，关加成曾设法拨过一笔钱让该村整修道路，情况有所改善，但是这回关加成再次前来，山路破败依旧，有待再次拨款整修。关加成记得金桂山这条道路虽然不好走，曲折陡峭，回头弯一个接一个，但是相对好认，几乎没有岔道儿。这一次独自前来，自己给自己当向导，关加成顺着旧路一直往上，觉得这样就可以到达目的地，情况却出乎意料。

他走上一条岔道儿，一路疑窦丛生，越走越觉有问题，因为荒草遍布，像是多年没有行人，但是并无其他道路可走，只能硬着头皮往前，沿着那条山路一直走到一个小山坳。这里有一块小空地，空地上有一排石头房子，已经倒塌近半，房子前有一片废园子，满园杂草，稀稀拉拉有几株李子树，都是些老树。这应当是当年某个耕山队的旧址，早已没有人踪，道路到这里已是尽头，再无痕迹。从山坡往上看，金桂山主峰就在近侧，相距似乎不远，但是到处峭壁，无路可通。

关加成不知道自己是在哪个点上走错的。看看手表已经走了 5 个多钟头，时已下午 3 点，如果原路折返，再寻路往上，已经不可能在黄昏前到达主峰下的小村。在这样一片陌生山地，无法独自走夜路，以潜逃安全计，只能暂停。

关加成在那个山坳里四处转，独自考察调研，吃了挎包里的干粮，天黑后早早休息。旧日耕山队一间尚未倒塌的石头房间成了关加成的宾馆客房，该客房地上丢着一扇破门板则为免费铺位。时为夏季，被褥可以克服，但是关加成没预计到蚊子，人往门板上和衣一躺，蚊子成群结队嗡嗡来袭，这才知道不好。乡野山间蚊子多，关加成的挎包里备有不少应急物品，却没有有效驱蚊设备，只有一盒风油精。

关加成用风油精遍抹全身，其效用时间很短，蚊子只躲开几分钟，旋即蜂拥而上。他拿衣服把头包起来，那蚊子居然可以透过衣服把刺扎进头皮，很快他浑身上下到处火辣辣，冒起一层蚊子叮咬的包。关加成在黑暗中用巴掌往自己脸上身上使劲拍打，虽知这种笨拙的攻击方式消灭不了对手，只能打痛自己，却依然不吝气力，硬抽死打。打得浑身发麻，蚊子大军却排山倒海，越发强盛。

穷途末路，人到了这种时候无话可说。关加成问自己还有什么办法？看来没有，只能随它去。希望仅此一回，今后喂蚊子不再需要这么慷慨。

当晚几乎彻夜不眠。

第二天清晨关加成顺原路返回。走了一个多小时路，到了一座断桥边，终于发现自己头天走岔的原因：断桥位于一条山涧之上，可能为某一次山洪所冲毁。由于桥毁路断，小道转向山涧下游，从涧底几块踏脚石上过水，再顺一个陡坡向上回到原路。通往旧耕山队的岔道恰在涧底对岸，不熟者很容易走上这条岔道儿。

关加成爬上那个陡坡，回到昨日错过的道路，于中午前到达目的地金桂村。

有六个人在村里等关加成，领头的是县政府办主任吴国柱，还有前县长秘书小孟。另外四人着制服，特警。他们在村头一户民居里喝茶等候，关加成进村之际有人报信，他们从民居里一拥而出，喜出望外。

“关县长到了！”他们喊。

在金桂村突然邂逅，关加成并不感到太意外：“赶得巧啊。”

其实不是赶得巧，是追踪迅速。不仅这六位，昨天夜里，金桂山一带有数十人员彻夜未眠在寻找关加成。昨天上午，司机小陈把车开到后坑镇不久，县里来了一个电话，追问关县长在哪里？为什么手机打不通？县长夫人也不知他的去向？小陈报称关县长半路下车，独自上山去了。消息引发震动，几分钟后事情就报到市里，而后搜索行动迅速开始，力量不断增加，到了晚间盛况空前，除了县公安局特警大队人员，附近几个乡镇派出所基本全数出动，加上后坑镇的干部和山下几个村庄村民，分成几队上山找人，或称搜山。吴国柱和小孟以往一直在关加成身边工作，对关加成比较了解，他们俩奉命与四位特警组成一支别动队，不参与搜山，直趋山顶小村守株待兔。昨晚他们彻夜不眠，一无所获，异常紧张，此刻看到关加成突然从村外小路的陡坎下冒出来，一时如释重负。

关加成问他们：“干嘛这么惊动？”

吴国柱说：“沈副市长来了。”

沈盟副市长并没有亲自率队搜山，他坐镇于县城。昨天上午，恰在关加成失去踪迹之际，沈副市长由市纪委副书记、监察局长楚光华陪同来到本县，通知关加成谈话，这才发觉关加成已经消失不见。领导很生气，守在县里，严令迅速找到人。

吴国柱打电话向沈盟报告，小村这里没有手机信号，他们用特警的无线步话机联系。沈盟一听说找到人了，让吴国柱立刻把电话给关加成。

“关加成你干什么？”他在电话里很不高兴。

关加成回答：“惊动领导了，不好意思。”

“不会打算跑吧？”

关加成不是打算跑，是已经付诸行动，独自跑到金桂山顶。但是所谓“畏罪潜逃”只是调侃，他跑而不逃。他跑到金桂山顶有何贵干？

这些日子闭门思过，坐以待毙，心情不太好，觉得这样不行，不能失去希望，所以出门走一走，到这里搞搞调研，没料到闹出这么大动静。

沈盟让关加成立刻回县城，有重要事情。

“难道轮到我了？”关加成打听。

“来了就知道。”

关加成把无线步话机还给吴国柱，扭头问小孟：“怎么会找到金桂村？”

小孟告诉关加成，是从李老师那里了解的线索。

关加成即表扬：“追踪有效，思路正确。”

吴国柱他们奉命陪同关加成下山，请关加成立刻动身。关加成却说不急，既来之则安之，走了两天，好不容易到了地方，他要去看看天泉寺。

他们陪关加成去了天泉寺。古庙在小村后坡，还有一里多山路。出小村翻一道坎，远远看到那座庙坐落山坡，山坡上断断续续有一圈残墙，以及残存房舍废墟，看得出古庙原先的规模相当大，如今它已经很破败，只剩下正殿和周遭若干附属建筑，均显得年久失修，满目沧桑。庙墙上还涂着一行褪色的旧标语，远看时字迹模糊，靠近了才渐渐看出意思，是“无产阶级文化大革命胜利万岁！”

关加成看见一座石塔立在庙后。

“是它。”关加成指着那座塔，“李老师说的就是它。”

这座庙和石塔才是关加成本次“畏罪潜逃”的主要目的。

三年多前，关加成到金桂村调研后不久，一个县长接待日，有一位小学退休老师跑到县政府大楼求见。这位老师叫李本育，身材干瘦，其貌不扬，退休前在县城关小学任教。关加成见了这位李老师，一问，原来该老师出自金桂山顶的金桂村，很可能是本村数百年来文化程度最高，最有出息的一个人物。李老师早年曾在县城读高中，因家庭困难辍学，回村当民办老师，当时小村里有一个小学校，复式教学，十几个学生分为三个年段，同在一间教室里就读，只有他一个老师。后来他成了公办老师，几经调动，终与家人定居县城。他来找关加成时手里拿着一张医生诊断书，原来他身患癌症，食道动过手术。他找县长并不是反映医疗费或者困难补助问题，只是因自己可能不久于人世，心愿难平，需要县长支持。之所以求助关加成，是因为他听说关加成到了他的家乡，创了该村历史之最，他感觉可以信赖。

他把他们金桂村一个久远传说告诉关加成，传说称金桂山顶是聚宝盆，盆里财富无数，有朝一日财宝现身，家家户户都用金子做水缸。该传说从祖上传下来，代代相传，因此一代代人一直固守山上，宁愿封闭受穷，等着财富现身，村子得以延续。

类似传说不少乡间都有，彼此大同小异，关加成早有耳闻。但是他没跟李老师多说，只是点点头："你们老祖宗聪明。"

外人都以为李老师他们老祖宗编了个故事，想把子孙世世代代留在山上，让自己的坟墓永远不失照料，李老师却认为不是这个情况。县长去视察过，一定感觉到山上什么都差，道路要修，渠道要做，学校要盖，电话要通，需要很多钱，为一个小村子费那么多钱很不值得。其实他们村最要紧的不是修路盖房，是找到聚宝盆。根据李老师研究，金桂山上真有宝贝，一朝现身，穷山恶水立刻就会变成金山银沟。

关加成暗暗吃惊，觉得这位李老师神经可能有点问题。

"李老师研究过这个聚宝盆的方位吗？"关加成问。

李老师说聚宝盆是一种隐喻，并非确实埋有堆满宝物的一个盆子。所谓聚宝盆其实是一个谜，一个天大的秘密，把这个秘密解开，那就是财富。这个秘密埋在哪里呢？他们村外不远处有一座古庙，叫天泉寺，天泉寺后坡有一座塔，叫顺应塔，金桂山的天大秘密就在这座庙和这个塔里。

"能说得明白点吗？"

根据李老师研究，天泉寺和顺应塔与一位历史人物相关，这个人名叫李自成。

"哪个李自成？"

就是明末那位著名的农民起义军领袖，闯王李自成。李是陕西米脂人，曾率军攻占北京，迫使崇祯皇帝自杀，大明王朝覆没，自己登基称帝，国号大顺，后功亏一篑，被吴三桂与清军联手击败，被强敌穷追不舍，亡命于湖北九宫山。其实李自成并没有战死于湖北，而是于撤退中辗转本地，隐蔽在金桂山，削发入寺，以和尚为掩护，最终圆寂于天泉寺，藏骨于顺应塔里。李老师他们村人就是李自成的后人。

关加成觉得不可思议。李老师给了关加成一叠打印稿纸，那是他多年的研究成果。他曾把这些研究成果寄给一些著名历史学家和史学刊物，没有得到哪怕一小点认可，因此他抱病前来向县长求助，希望引起政府领导的重视。

关加成留下他的文稿，仔细阅读之后，感觉比较牵强。这位李老师有着非常丰富的想象力，对家乡有着极深的感情，对自己的想法异常执着，深信不疑，却显得失于主观，他的文稿洋洋洒洒，证据却显单薄，想当然成分浓厚。

当时关加成没想到，有朝一日本县会出现一位李老师第二，居然是关加成自己。

3

沈盟与楚光华找关加成谈话，两位重要人物莅临本县，郑重约谈，显然情况严重。

在县委小会议室里一见，沈盟再次追问关加成为什么突然跑到金桂山去？关加成还是那些话：免职在家，检讨错误，心情很沉重，不能失去希望，所以出门走走。

“听起来有怨气。”沈盟说。

关加成不吭气，对此无话可说。

“金桂村怎么回事？”沈盟问。

关加成说该村很小，深居山间，交通不便，比较闭塞，如果有逃犯想找个地方避世潜藏，那里确实相当合适。不过他不需要。

“谁会躲在那里？”

“是个很有名的人。”

关加成说了李自成的故事，沈盟根本不相信。

“瞎编。”他说。

“这个也未可知。”关加成回答。

沈盟让关加成不要东拉西扯，应当如实讲清情况。免职在家接受审查，不老老实实闭门思过，叫个车就跑，声称下乡调研，中途独自上山，消失得无影无踪，弄得上下惊动。这是怎么回事？去看李自成？李自成是关加成什么人？

关加成解释，李自成跟他确实有点关系，以前没意识到，这次跑去看了才有感觉。三百多年前李自成推翻明朝，取而代之，没多久溃败而逃。

根据本县李老师研究，李自成流落到金桂村，在天泉寺当了和尚。虽然没有谁给李自成下文宣布，毕竟皇帝的职务没了，因此跟他关加成差不多，都是免职干部。当朝皇帝落到荒山野寺当和尚，比关加成从县长落到家中反差更大。有苦难言，人家躲进深山阿弥陀佛，等候时机，心怀希望，没有崩溃，也没有跳楼，这种精神值得学习借鉴，所以专程前去寻访感悟。

沈盟没让关加成多说，他指了指楚光华，让楚光华跟关加成谈。

楚光华对关加成提出几个问题，追问西河大桥承建商田东海与关加成的关系。关加成跟田东海是怎么认识的？田东海参与西河大桥招标，其间是否存有违规事项？这些问题此前已有调查组人员找关加成了解过，今天两位领导想听听有没有新的情况。

关加成没有新补充，还是那些。关加成初识田东海在西河大桥招标之前，过程很正常：市里举办花卉博览会，开展经贸招商，各县组团参加。花博会开幕式后，县经贸局长领着几位胸前佩戴“嘉宾”证的客商过来跟关加成握手，一一介绍，其中有一位是田东海。那是他们第一次见面，此前不认识，没打过交道。

沈盟问：“是不是哪位领导把他介绍给你？”

关加成摇头：“没有。”

楚光华问：“田东海参与招标前找过你没有？”

关加成承认田东海专程到县里找过，说他们公司竞标西河大桥项目，请求关县长支持。当时关表态，请田老板按规定参加招标，县政府和他本人对竞标企业一视同仁。

“你是否对负责部门做过特别交代？”

当时竞标的数家企业都找过关加成，分别给关加成提交过相关材料和报告，关加成签的意见都是一样的，它们都被转交职能部门阅处，关加成曾一再强调招标必须按规定办理，没有为任何一家竞标企业做过特别交代。

“田东海这家企业中标后，是否听到什么反映？”

外界确实有些声音，也曾有人写举报信，称招标中存在违规行为。举报信发放范围很广，市领导人手一份，领导们很重视，分别批转本县查处，沈副市长也有一份批示件。县里就此成立一个调查小组，由分管副县长陈峰牵头，因查无实据，没有认定。

“你没有亲自过问？”

关加成曾数次过问，也听过调查组汇报，但是没管具体调查。

“项目总负责是你吧？”

关加成是县长，按照现在的操作惯例，本县一些重大项目都由县长挂名总负责，同时还有一位分管副县长为具体负责人。西河大桥项目的具体负责人是陈峰，陈峰在班子里分管道路交通，大桥出事后不久，他跟关加成被同时宣布免职。

楚光华问关加成的时候，沈盟坐在一旁听，没有多插话。最后他说了几句，不直接问事，却比问具体事厉害十倍。

“关加成你意识清楚吧？这件事不要紧？”

关加成表示自己明白，事情很严重。在建大桥倒塌，死了四人，跑了两个，上级领导高度关注，外界传得沸沸扬扬。他本人已被免职，不敢掉以轻心。

“你是不是觉得自己碰到过，顶得住？”

关加成提起当年那起上访村民翻车死亡案，当时确实闹得挺大，最后终于平息，他认为自己需要汲取经验教训，并不因此心存侥幸。

沈盟继续敲打，要关加成想清楚，他与楚光华找关加成谈话，不会无缘无故。此时此刻，心存侥幸也属难免，可以理解，屡见不鲜。以为自己所作所为别人不可能知道，查不到自己头上，或者认为不要紧，到时候会有重要人物出来帮忙，叫作贵人相助，关加成是不是抱有如此希望？

关加成称自己眼下最需要的就是希望，他特别希望得到上级领导关心帮助。至于他到金桂山调研，所称寻找贵人相助，那只是开玩笑。金桂山上藏着什么贵人？有就是李自成。李自成是不是真的躲藏并死在天泉寺还有待考证，即便情况属实，对他并无大用，因为李本人躲到那里已是穷途末路，死亡已经三四百年，于关加成爱莫能助。

沈盟要关加成真正搞明白道理，不要错误判断形势，隐瞒事实真相，拒不交代问题，那只会让事情恶性发展，性质更其严重。

“如果那样谁也救不了，李自成更不管用。”他说。

“领导说得对。”

“不要嘴里一套心里一套。”沈盟继续敲打，“到时候哭都找不到地方。”

关加成没吭声，此刻无话可说。

沈盟看了楚光华一眼。

关加成不禁心里一跳。如领导所说，他们找他肯定有缘故，显然上级已经做了某个决定，谈话是给他最后一个机会，看看他的态度如何。如果很合作，也许还能给一点时间，让他检查交代，但是关加成谈话中的表现堪称问题，向李自成学习之类的瞎话一堆，与田东海的瓜葛撇得一干二净。所谓坦白从宽，抗拒从严，如关加成这样表现，不采取措施怎么可以？沈盟肯定被赋予最后决定权，他看了楚光华一眼，这就是表态了，下边该由楚光华来宣布决定，对关加成执行“两规”。楚光华是纪委副书记、监察局长，他来宣布比较适宜。

却不料楚光华摆手，让关加成走人。

“沈副市长的话很重要，老关你回去好好消化。”他说。

关加成一时感觉轻松，走出房间后却又复归沉重。

情况并未改变，他依然位于调查的中心。

第二天上午，沈盟、楚光华于本县召开领导干部大会，关加成奉命列席。作为被免职的前县长，本来已经没有资格自称领导干部，但是沈盟指令关加成务必参加。会议与会对象为县机关副科以上领导，会上通报了西河大桥事件调查进展，宣读了省纪委王焕章书记在调查组初步汇报材料上的批示，该批示要求继续抓紧，深入调查，一查到底，严肃处理。沈盟在会上做了一个讲话，其讲话非常严厉，颇具个人语言风格，他断言西河大桥项目存在失职渎职、权钱交易、腐败受贿等重大问题，性质很严重，数额很惊人，调查组已经掌握许多情况和线索。沈盟说今天这次大会是通报兼督促，相关人员自己心里有数，干净的开完会可以回家喝茶睡觉，不干不净的赶紧抓住机会坦白交代，不要哭都找不到地方。

楚光华在会上宣布了限期令，给5天期限，凡在西河大桥工程中与田东海勾结，或者在连带项目中有违规违法行为的领导干部，在期限里向调查组坦白，有望得到从轻处理，否则从严处置。

以常理说，西河大桥事件牵扯的部门有限，不必扩大到这么大层面动员自首，沈副市长却不惜大张旗鼓。关加成理解他是在敲山震虎，他要震的主要应当就是关加成。

关加成一声不吭，此刻无话可说，随它去。他说过自己眼下最需要的就是希望，非常希望通过沈副市长亲自调查，到时候他想哭还能有个地方。

西河大桥倒塌一案的调查，几乎从它倒塌的次日就开始了，当时台风大雨还没平息，却已经刻不容缓，因为事件惊动了重要人物，王焕章书记直接下了调查令。市里迅速抽调强力人员组织调查组，由常务副市长沈盟亲自牵头负责，因为沈分管交通运输一块，加上挂钩本县，西河大桥倒塌时恰又陪同王焕章身在现场。调查工作从一开始就遇到问题：西河大桥承建企业老板田东海找不到了。

大桥出事当晚，关加成从后坑镇顶风冒雨赶往县城，路上曾给田东海打过一个电话，要田立刻从省城赶到本县，一起处理塌桥善后。田东海骂骂咧咧，却也不敢拒绝。但是田东海食言了，隔日凌晨，他的一个助理到了现场，声称田总有事无法到场，委托他代表公司下来处理。一个助理能够决定什么？所谓冤有主债有头，发生这么大的事，当然要把老板找来管事，关加成当即再打电话追田东海，不料无处找人，手机关了，家里和公司里的电话都没人接，田东海竟然躲了。

田东海派来的助理立刻被控制，要求配合调查，限制离开。这种应急措施在处理重大事故时并不罕见。田老板是人精，他玩消失，可能是担心这个。控制他的助理解决不了问题，关加成立刻指令县里相关部门到省城找人，通过各个途径，采用多种办法逼他出来，却没有结果，直到关加成自己被免职，田东海始终没有露面。

田东海不是一般人物，在本省城路桥施工企业界算得上一大老板，外号“大处”，赫赫有名。这个人经历很丰富，年纪轻轻时就在省公路局当过业务处长，手中握有实权，但是后来卷入了一起经济案件，受审后虽没被抓，却已伤筋动骨。他辞去公职下海，进了一家私营工程公司当副总，几年后自立门户，办起田氏企业。这个人有背景，政商两界都通，其家族声名显赫，有一位姨父在省政府当领导，堂兄里出了两位大厅长，处长一级官员更多。他当年仕途得意，涉案也能全身而退，经商蒸蒸日上，都与其背景人脉不凡相关。因此他比较“牛”，西河大桥出那么大的事，他说不来就不来，说找不着就找不着，看能耐他何。一座桥在田老板那里不是特别大的事情，不至于让他从此人间蒸发销声匿迹，此刻不外“好汉不吃眼前亏”，很可能根本没有离开省城，只是度假一般去了某一处乡间别墅，换个手机让人找不着，以此避开风头，设法后台运作，待风声平息再出头收拾。由于他是省城企业老板，背景复杂，本地有些鞭长莫及，只能设法寻求省上部门支持追查其踪迹。西河桥毕竟只是县级大桥，它出了事，死了人，一县震惊，在一省范围内却不算特别重大，网络上沸沸扬扬，上级领导严令查办，压力最终都落到基层，省上部门没把协查太当回事，加上一些相关者明里暗里保护，追出田老板一时不易。

调查组开始事件调查不久，又有一个责任人向田老板学习，跟着藏得不见踪迹。这个人却是本县交通局长林绍刚。调查组找林绍刚配合调查，提供若干情况，林谎称需要回忆一下，查一查资料，即一去不返，不知跑到哪座庙里藏起来了。

所以关加成在金桂山走失，引发一场搜山，说来事出有因，不足为奇。

田东海与林绍刚的相继消失藏匿，表明西河大桥问题复杂，绝不仅是老天爷刮风使坏，也不仅是运沙船无端肇事。西河大桥原本是座老桥，只因成为危桥才原址重修，如果一座运行了40年的旧日危桥尚且能够度过一年一度的台风汛期，刚刚重修的一座新桥怎么可能见风就倒，遇水就塌？事情一出，县内县外一片质疑之声，待到田东海林绍刚一跑，人们更是议论纷纷，如果这两人没有问题，四条人命数千万投资尽由老天爷和运沙船背走，他们还跑个啥？

经调查组初步调查，西河大桥之所以倒塌，台风大雨洪水等客观因素，以及运沙船失控撞击和大桥施工期间自身薄弱都发生了作用，但是大桥施工质量和建设过程本身确有问题。大桥倒塌后，外界普遍质疑它是一个豆腐渣工程，调查组现场采集数据，发现确实存在桥墩钢筋数量没有按设计要求，水泥标号及沙石比例、质量未能达标，施工涉嫌偷工减料等问题。这里边有个情况：田东海中标包下西河大桥项目后，转手将工程分包给其他建筑施工企业，一些二包企业暗中又进行了三包，甚至四包，施工的一些问题与这种分包方式相关。如今建筑工程行业里，这种现象并不少见，无论是哪一层承包单位出的错，田东海作为中标承建企业老板都得承担法定责任。大桥施工的种种问题也表明主管部门失职监管，县交通局长林绍刚失职渎职，其中必有原因，肯定不会是一般的工作失误，情况失察。

这两个人相继藏匿逃跑，关加成成了主要调查对象。类似重大工程事件背后往往都存有贪腐，一座倒塌大桥几乎都会砸倒一批贪官，时下屡见不鲜，关加成不可避免要被质疑，接受这方面调查。

通常情况下，对重大事故负有责任的官员会在明确责任后才予以处分，当然也有例外。关加成本人运气不错，赶上了例外，这个例外得益于贵人相助。西河大桥出事时，恰有王焕章等重要领导在场，于第一时间第一现场目睹了灾难发生。这种际遇于当地基层官员来说，已属可遇而不可求，对王焕章那么大的领导而言，不说是千载难逢，也属异常罕见，因此他绝不可能轻易放过。事发伊始，事故原因还不能确定，事故本身却已经足够追究：当地负责官员在哪里？为什么没有及早防范？为什么关键时刻不见人影？省市领导身临事故现场，本县县长居然姗姗来迟，拖延了一个多小时，这位县长时为全县最高负责人，同时还是大桥项目的总负责，抗灾中出这样的事，如果不是敷衍塞责，至少表明部署不当，指挥失误，造成重大生命财产损失，需要严肃追究。

王焕章书讲了重话，严令抓住不放，迅速查清，排除一切干扰，不允许任何人利用手中职权和影响插手、妨碍调查。要求市委绝不姑息，他会密切关注。上级领导如此重视，本市更须态度鲜明，市里迅速组织调查组，同时迅速做出将关加成和陈峰就地免职决定，按程序报上级同意后宣布执行。关、陈二人分别是西河大桥工程的总负责和分管负责人，大桥倒塌之领导责任非他俩莫属，把他们免掉，可防止他们利用手中职权影响公正调查。

干部任免通常有个谈话程序，关加成陈峰两人的免职不例外，只是根据实际情况从简。那一天黄昏沈盟与市委组织部长两位市领导突然来到本县，通知一小时后召开县领导会议，要求关加成、陈峰两人提前20分钟到会。接到通知时关加成正在家里吃晚饭，电话一放，妻子苏晨立刻把筷子丢下，满脸紧张。

“这是干什么？”她问。

“给我一个大红包吧。”关加成说。

这种话骗不了她。她慌慌张张去摸关加成的公文包，确认那张“如意金卡”还在，没有再掉到茶几下边。

此时此刻该金卡还管屁用。

一起被叫去谈话的副县长陈峰听说自己被免职，当场表示不服，要向上级申诉。沈盟点名问关加成：“你呢？有什么话可以说。”

关加成咬紧牙关，一声不吭。

他没想到会有这个处置，他无法接受。西河大桥倒塌，作为县长无论如何都要承担领导责任，但是这个责任多大，如何处分，应当在调查确认后才定。抗灾指挥部署方面，关加成也有自己的理由，台风到来之际他舍县城而往后坑，除了没有料想大桥会出事，也是出于对抗灾形势的估计。按照气象预报，这一次台风登陆方位靠北，本县所受影响北大于南，关加成判定北部六个山区乡镇比较吃紧，灾害可能集中在那里，所以才把自己排到后坑，以求靠近第一现场。虽然最后情况有悖，山区一带没有暴发大的灾害，倒是县城桥毁人亡，这并不表明关加成当时考虑不对。

但是他不说话，整个谈话期间，自始至终他拿一个本子埋头记录，从头到尾一言不发，对沈盟的点名充耳不闻，一声不应。

他无话可说。

两位领导要求他们正确对待，这一次情况比较特殊，市里下这个决心不容易，不这么决定不行。今后会根据实际调查再做处置，如果没有大问题，还有机会。沈盟同时不忘敲打："你们要有思想准备。调查刚刚开始，接下来才是关键，干净的话不必怕，不干净只能怪自己。"

20分钟谈话，帽子从头上掉到地上，事情却未结束，调查刚刚开始。这个调查由沈盟负责，如何调查如何处置，首先沈盟拿意见，关加成颇为此担忧。

在市委领导班子里，沈盟堪称强势，他是副市长，又是常委，他的意见一向极具分量，关加成多年耳闻目睹，深知其影响力。关加成与这位领导认识时间不短，从当年到现在，有过不少工作接触机会，但是一直保持一点距离，主要原因与原副书记康川相关。康川是关加成的直接领导，而沈盟与康并不融洽，两位领导个性都很强，对事对人的看法不尽一致，康川对关加成很关照，而沈盟则常加挑剔。关加成提拔到本县当县长是康川力荐，沈盟没有反对，但是有所保留，当时沈盟说了一句话："这个关加成要看一看。做人做事干净吧？"

当时沈盟可能碍于身份，康川毕竟是副书记，比他职务要高。

眼下情况变了，康川已经离去，沈盟如日中天，关加成其人是否干净，轮到沈领导亲自戴白手套查验。机遇如此，关加成还有何希望？

沈盟在本县领导干部大会严厉发话，楚光华宣布限期令之后几天，一个爆炸性消息在全县传开：警察捕获了潜逃多日的县交通局长林绍刚。与关加成同时被免职的原副县长陈峰自首，交出从田东海手里收受的贿款，据传一笔有 30 万之多。

关加成依旧一声不吭。

4

关于李自成的死亡，一向众说纷纭，疑点重重，可称明清史上一个悬案。

有一个得到较多认可的说法，认为李自成于 1645 年死于湖北九宫山。清初有一个叫作费密的人写了一本书，叫《荒书》，书中记载：清兵穷追李自成，李率亲随十八骑，从湖北通山过九宫山，被乡团打散。李自成独行至小月山牛脊岭，被山民程九伯发现，两人发生搏斗，程九伯向金姓外甥呼救，李自成被程的外甥铲杀。

费密的这个记载后来还演化出若干种传说，包括李自成与程九伯搏斗的原因，据传是因为李自成穷途末路，饥饿难忍，抢人家的食物吃，于是打了起来，终至丧生。但是也有许多史家对该记载提出质疑，认为不可靠。所谓湖北九宫山实有两处，一处在通山县，另一处在通城县，两处都有人提出疑问，一些地方记载称被程九伯打死的人不是李自成，可能是李延。如果李自成并非死在湖北九宫山，那么可能死在哪里？或者是跑到哪里藏起来了？历史上的说法少说有十数种。

现在李本育老师添加了一个说法，认为李自成当年潜逃来到本县，终老于金桂山上的天泉寺。李老师为创立这一说法找了不少理由，例如他的家乡传说，讲祖上于明末来到金桂山，时间与李自成相符，姓氏也对。金桂村代代相传一个聚宝盆故事，还说他们祖上曾是大贵之人，贵比天子，这也对应了李自成，他当过几天皇帝，皇帝就是天子。按照李老师研究，金桂山和金桂村其实都是后人误读误写，本县有人说金桂山得名于山间长的金桂树，也就是丹桂树，其实不对，这里的“桂”实应为“贵”，本县县志有记载，该地本名“金贵山”，这个“贵”当可追溯到李自成。还有“天泉寺”的来历，相传建于明末清初，荒山之上，当年建起那么大规模一座庙，其中必有原因，庙名“天泉”很耐寻味，因为气派很大，以天为名，不是一般小庙敢用的，只有当过天子才有资格。“顺应塔”也是个关键，这座塔里藏着天泉寺开基大和尚的遗骨，这位大和尚被称为“顺应大和尚”，死于清初，传说他圆寂后，肉身存于寺中，经年不腐，后徒弟们建顺应塔为之藏身。这个顺应大和尚应当就是李自成，他当皇帝时国号“大顺”，做和尚后以“顺应”为名，显然暗藏旧迹。

关加成跟李老师探讨，除了当地民间传说和各种名称推论，是否有实物可供证明与研究？李先生提到了“金裳”，那其实也是传说。当地民间传说的“金裳”就是金袈裟，顺应大和尚穿的法服，相传是用金线把一片片金箔编织而成。民国初年，天泉寺遭过一场大难，当时该寺香火旺盛，僧侣成群，不料被土匪看中，打进庙里劫掠，放一把火烧掉大半个寺庙，僧众四散而逃，天泉寺从此一蹶不振。土匪为什么要去打劫寺庙？传说是为了“金裳”，这件宝物被土匪抢走后不知下落，如果能够找到，可以证明顺应大和尚不是一般的和尚，那时谁有资格穿金袈裟？除了李自成不会有别人。

“你们金桂村里再没有其他实物了？”关加成问他。

也还存有若干。十数年前一次下大雨，金桂村前山塌了一片坡地，露出一个古墓，古墓里的棺木和死者的遗骨都已朽坏，从里边却捡出一些旧兵器，有剑有刀，还有马镫，均锈迹斑斑。墓主估计是个武将，所以有那些东西。这个武将跑到金桂山干什么？一定是李自成的部将，守在这里保护旧主。村里农人在附近耕作时，也曾捡到若干旧兵器，到村里找一找应当还能找到。

关加成与李老师探讨李自成问题，地点都在县医院。李老师因食道癌复发，进医院做了第二次手术，主治医生私下里告诉关加成，病人已时日无多。

三年前，李老师于县长接待日时求见，给关加成看了他的医生单子，谈起对李自成的研究，当时这位身患不治之症的退休小学老师让关加成感觉好奇，除此之外没有太在意，他自命李自成后人的观点于关加成有如天方夜谭。事后关加成把李老师送的材料转给县文化局，请他们找专家看一看。不久文化局领导来汇报，说他们找的几个专家都知道这个李老师，该老师有点疯，牵强附会，不可信。

关加成批评：“怎么可以说人家疯？他头脑很清楚，就是有点痴迷。”

关加成让该局长去找李老师聊一聊，无论人家的研究对不对，总是精神可嘉。

而后关加成没再见过这位李老师。一晃三年，西河大桥事出，关加成被宣布免职，在家闭门思过期间，有一天晚间来了一个电话，电话里有一个嘶哑的声音，听起来很吃力，说了几句话，关加成没听出这是谁来。

“李本育，我是李本育啊。”

“李本育是谁啊？”

“李自成啊。”

关加成想起来了。有点疯，就是他。

他还管关加成叫“关县长”，说他刚在医院动过手术，可能快死了，临死之前有些事放不下，很想见见关加成，因此斗胆给县长打电话。

关加成告诉李本育，他已经不是县长，恐怕帮不上什么忙了。电话里那个声音嘶哑道：“不当县长有什么关系？李自成还当过皇帝呢。”

这句话把关加成打动了。

关加成找个晚间去医院看李老师。李躺在病床上，已经病入膏肓，身上到处插着管子，整个人非常憔悴，唯有两个眼睛炯炯有神。

他告诉关加成，三年多前第一次动手术时，他本该死了，但是没有死。医生估计他活不过两个月，他居然一直活到现在。这是因为他的研究还没有结果，他不能死。如果没有李自成，他一定早闭眼了。三年前他找过关县长，事后县长交代文化局长去见他，不像别人把他当疯子，他很感激。听说关县长如今遇到麻烦，他很着急，一心想见一见，劝一句：有些事无话可说，别放在心上，去研究李自成吧。

这位将死之人居然是在为关加成操心。

关加成跟他聊天，问这三年来有什么新的研究成果？他话匣顿开，兴致勃勃，嘶哑着嗓子，喋喋不休。说来有趣，三年前让关加成听来很虚幻很离奇的东西，眼下听来竟有些特别的味道，不知是否因为关加成自己的处境与当日有别。关加成注意到李老师对其课题如当年一般非常专注，对其个人见解坚信不疑，这很可能确是其坚持活在世上的理由和原因，仅此而论，这个李自成值得研究。

后来关加成不时去医院看看李老师，跟他聊一聊李自成。关加成发觉这个“有点疯”的研究课题对他们俩都相当有效，可以帮助李老师摆脱迫在眉睫的死亡阴影，也帮助关加成缓解转移穷途末路无话可说的疼痛。就其效果而言，该研究远胜于算命先生向关妻苏晨兜售的如意金卡。任何人都有脆弱之处，一旦超过忍受极限可能崩溃，人在这种时候特别需要希望支撑。

所以关加成独自去金桂山寻访故迹，渐有李老师第二之态。

那段时间西河大桥事件调查不断深入，林绍刚落网，陈峰自首后不久，沈盟副市长让秘书打电话召见关加成。那天是星期六，法定休息日，领导没有休息。

关加成去见了沈盟，这一次谈话比较隐秘，只有他和关加成两人个别交谈。

领导开门见山:“关加成你不干净。”

关加成不知道领导什么意思。

“你拿了 50 万。”

“没有的事。”

“人家已经讲了。”

“是谁？”

沈盟让关加成不要多问，具体情况不必多说，只能点到为止。他跟关加成的这一次谈话是个人谈话，不代表市委，也不代表调查组。据沈盟所知，这 50 万贿金是田东海的，买通关加成在西河大桥项目招标中给予关照，涉案人员已经交代，办案部门已经掌握。数额这么大，接下来会有什么情况，关加成应当很清楚。现在关加成最好赶紧去把这笔钱找出来，直接拿到市纪委交给楚光华，可以计为主动坦白上缴，作为今后处理时酌情减轻的依据。

“情况不是这样。”关加成当即申辩。

“那么是什么样？”

关加成并没讲出什么情况，只强调自己没拿田东海的钱。沈盟让关加成不必多说，不必为自己辩解，他也不想多听。他牵头事故调查，具体办案却是纪委的事情，沈副市长管不到那里去。承认不承认，主动上交还是被迫追缴由关加成自己选择。坦率说，承认了后果很严重，一笔就这么多，是不是还有其他笔啊？哪怕仅此一笔，现在无论怎么上交，都免不了受惩处，程度轻重而已。那么不交不认会怎么样？有很多例子可以参考，最终都得承认追缴，几乎无例外，其后果只会更严重，关加成自己去掂量掂量吧。事到临头，一人做事一人当，既然敢拿，就得敢去承受。沈盟找关加成谈话，把情况告诉他，是表示一点关心，仁至义尽，不想让关加成得到一个最坏的结果。实话说，知道这50万，沈盟感觉痛心。

这时电话铃响，沈盟看了一眼电话显示屏，对关加成摆摆手，表示谈话结束，他要接电话，让关加成走人。领导电话不合适旁听，关加成站起身走到门外，把门掩上，却没有离开，站在走廊上等候。好一会儿，门里隐隐约约的说话声似乎停了，关加成伸手想去敲门，手举了半天，末了没有敲，掉头走开。

此刻还能说些什么？

从市里返回，关加成脑子里翻来覆去，始终是沈盟的警告。该领导说得不错，这是一次个人谈话，沈盟点到为止，告诉关加成一些情况，给关加成一次机会，这么做有其理由。关加成能断定的是相关部门已经掌握了要害，就是田东海的50万元。这件事是怎么弄出来的？田东海目前藏匿，未曾到案，不可能提供证词，会张嘴的可能是田东海手下的某位知情者，或者就是林绍刚。林绍刚在西河大桥出事后逃之夭夭，表明问题很大，他与田东海间肯定存有大笔交易，足以让他吃不了兜着走，而且比较浅显很难掩盖，所以选择出逃。林绍刚一个基层小官，没有田东海的通天之网，跑不到哪里去，所以没多久县城警察就把林绍刚挖出来。到案之后林绍刚有必要争取立功，以便减轻惩罚，这就要举报他人，他可能会把自己知道的听说的一股脑儿全部说出来，也可能会有选择地举报，说出一些可以计为立功，又不会给自己找麻烦的事情，关加成属于这种情况，因为关已经给免职了，把关的事说出来不需要林绍刚担心后果。但是林绍刚的举报只是间接提供情况，田东海50万贿款的来龙去脉只有两个人清楚，一个是田东海，另一个是关加成本人。田东海藏得无影无踪，关加成拿钱去交就是自行认罪，关加成不承认则查无对证。

这种事不承认就能对付过去吗？

关加成回到家里，老婆问沈副市长又怎么啦？关加成说沈领导亲切关怀，要求尽快转移资产。老婆蒙了，问转移个啥？关加成说咱们家最大的资产是什么？如意金卡呀，把它们收拾清楚，藏好，这就逢凶化吉。

当晚关加成给老领导康川挂了电话。

康川对关加成的近况甚为关切，问：“有什么要我办的？”

关加成求助，请老领导帮助找几位合适的史学专家，一起来本县指导课题。老领导在社科联工作，与社科界人士联系很多，手中当有人选。

康川很诧异：“你这是干什么？”

关加成把李老师的故事告诉他。他更吃惊：“听起来不太靠谱。”

关加成说原先他本人也是这种感觉，研究一下，觉得有探讨价值。这时候特别需要专家指导，哪怕否定性意见也会有意义。

“你怎么去搞这个？”康川追问，“西河桥的事了结了吗？”

关加成告知调查还在进行，估计快有结果了，老领导不必操心。现在他很需要帮助，专家最好能早点来，李老师身体不太行，可能不久于人世。

康川说：“我给你找。”

几天后他们来了，一共来了四位，两位是师范大学历史系的老师，一位是省博物馆的专家，还有一位姓张的女编辑，她学历史，是博士，负责社科联所辖一家学术刊物的历史文章版面。

关加成仔细安排他们的日程，让他们到医院与李老师探讨，看李老师写的文章，再安排他们到金桂山做田野调查，关加成亲自陪同，他特地给楚光华打电话告知。

楚光华犹豫：“还是不去为好。我们有事找你。”

关加成问：“现在找吗？”

“还等领导定一下。”

关加成建议不妨迟一两天。金桂山可能会有一个重大发现，也许很有价值，几位专家难得一来，不能错失机会。让他检查交代不必找黄道吉日，什么时候都能做。

楚光华问：“你真信了那个李自成？”

“当然。”

“有什么个人原因吧？”

关加成承认有。近日磕磕碰碰诸多不顺，老婆苏晨很着急，前几天背着他又跑到外头活动，想助他一臂之力。苏晨一个中学物理老师活动能量有限，没办法找大官帮忙，只能求助半仙。省城那边有座大庙，庙外有个算命先生开了个摊点，算命兼卖旅游纪念品。算命先生告诉苏晨，关加成灾星当头，犯煞气，命相凶险，好在命盘中还有贵人。苏晨吓坏了，寝食难安。关加成不信神鬼，私下里却也一心希望遇上贵人，只是不知道贵人是谁，在哪里。会不会就是金桂山上这个李自成？

楚光华说：“开玩笑。”

关加成说：“也未可知。”

楚光华请示沈盟，答复同意关加成陪专家上山，要求考察调研后尽快返回。

如此看来还未决定对关加成采取措施。关于田东海的那 50 万元，也许他们还需要更多旁证，以期更有把握。

关加成跟着四位专家一起上山，王伟指令县宣传、文化部门和后坑镇政府派员配合专家考察。关加成被免职后，王成为代理县长。

专家们在金桂山上待了三天，除了金桂村周边，还去了关加成上山迷路时与蚊子苦战过一夜的耕山队故地。专家不愧是专家，他们的专业素养不是业余爱好者所能比的，李老师提出的各项依据一一受到他们质疑，天泉寺和顺应塔的年代被推断得更早，山坡古墓里发现的兵器被认为与清中期附近的一次农民起义相关，金桂村民认和尚为老祖宗也被指出与常理相悖。但是专家们并不轻易否定李老师的假设，只是认为还需要更多可靠证据，仅靠现有发现不能确定传说中的顺应大和尚就是李自成。这一次考察未能把李自成坐实于金桂山，却也引发专家对当地的极大兴趣，天泉寺和顺应塔原址规模之大，残存建筑风格之独特以及周边环境之特别令他们非常吃惊，印象极深，耕山队旧址附近几个大山洞被认为可能是古时一个巨大的藏兵洞群。金桂山上有不少东西让他们感觉疑惑，认为值得注意，这一片旧迹即使与李自成无关，也可能隐藏着某个本地重要历史事件的线索。

关加成提议几位老师进一步研究，查查文献，写写文章。有什么观点都可以直说，深入探讨，不妨争鸣。老师们不虚此行，地方人员也能学习提高。

考察中有一个意外收获：金桂村一位村民从家中翻出一张旧画，请几位老师现场鉴定。该画类同于年画，却是手绘，画着一位盘腿打坐的僧人。专家们一致认定这是古物，历史在三百年以上，画上的人物与常见佛像人物不同，别具特点。

村民说，老辈人讲过，这是老祖宗顺应大和尚。

古画中老和尚目光炯炯，眼神非常特别，让关加成难以忘却。画中人显得历尽沧桑，可能已经穷途末路，但是他眼睛里不失希望。

这就是关加成在金桂山上找到的贵人，他在一张故纸上。

这位贵人于关加成无助，刚从金桂山上考察返回，关加成就被办案人员“请”进他们的办案点，该来的终于到来，在延迟若干时间之后，现在轮到了关加成。

他们向关加成宣布政策，查问他是否收受田东海贿金，关加成明确回答：“没有。”

“他没给你送钱？”

“有的。”

“送多少？”

“50万。”关加成说，“但是我退了。”

事情发生在西河大桥工程招标之后，田东海的企业中标，田带着几个人从省城来到本县，提出要到关家拜访，关加成让他到办公室来。田东海在关加成办公室只坐了10几分钟，临走前让手下人把一个葡萄酒箱拿到关加成的办公室，说是小意思，公司的纪念品。他们走后关加成看了纸箱，发现里边装着现金，共50万人民币。关加成知道当晚田东海住在市区，下班后即匆匆赶去，找到田东海住的酒店，把钱退还给他。

“直接退还他本人吗？”办案人员追问，“现场还有谁？”

“房间里没有其他人，只有他和我。”

办案人员不相信。他们已经从田东海的手下人员那里找到了送钱的旁证，关加成却无法提供任何证人可以证明已经退还。事实究竟如关加成说的那样，或者他只是利用了田东海的藏匿？真相只有田东海本人和关加成清楚，田东海未到案，无法确证。

“不要心存侥幸，田东海不会一直藏着。”他们警告。

“我担心他有办法不到案。”关加成说，“你们设法早点把他找到吧。”

“为什么以前从不提起这笔钱？”

关加成的理由是心存顾忌，无法为自己的说法找到旁证，说出来只怕更有麻烦。既然没拿这笔钱，不说也罢。

“真的没拿钱吗？”

关加成咬定没有。这种钱他不敢拿。

关加成在办案地点只待了48小时，获准回家。尽管他的说法令人生疑，目前却无证据表明他作假。

5

李本育老师于医院去世，终年65岁。

他在去世前终于破天荒风光一回：他的论文上了省社科院旗下那家学术刊物，虽4000字不到，却已经非常难得。按现行规定，他可以拿这篇论文去评副高以上职称，这个好处对他已经无用。李老师的论文发表前由刊物女编辑小张做了仔细推敲、修改，一些段落几乎被她重写。小张是关加成亲自带上金桂山考察的几位专家之一，人家果然专业，李老师原稿中一些天马行空般的猜想被她全部删除，大量感情色彩丰富的语言被她降温，改为冷静表达，经她悉心打磨，这篇业余文章有了一点起码的学术模样。

她说："比写自己的博士论文还难。"

她之所以愿意替李老师抓刀写博士论文，出于关加成再三请求，也由于她单位领导康川书记大力支持。她本人到现场走了一趟，对李老师抱有同情，认为该老师精神难得，没有专业背景，更无个人效益，竟然数十年如一日，研究一个李自成，人之将死，坚持不懈，其文章尽管漏洞百出，亦不乏闪光点。因此她愿意帮忙。

这位小张编辑同时组织了另几位专家的文章，刊登于同一期杂志上，几篇文章观点都与李老师相悖，几位作者引用大量历史资料和前人研究成果，认定李自成不可能流落到本省金桂山，李老师文中的论据逐一受到质疑。一些文章还对金桂山天泉寺里的顺应大和尚究竟是谁提出了自己的见解。

这种争鸣方式无疑更显得客观，同时更能引发注意。这一组文章发表后被网络和相关媒体热转，一时远近有声。

李老师给关加成打电话表示感谢，说自己已经可以瞑目了。关加成建议他努力再活几年，设法多收集一些证据，对专家的质疑提出反驳，把自己的李自成说坚持下去，李老师听了很高兴。关加成自知这一建议更多的只属鼓励，果然只过了一周，李老师的女儿就打电话报丧。她告诉关加成，其父病危时嘱咐不要打扰关加成，死后告知就好了，家人遵嘱行事。

关加成理解，李老师知道关县长自己身陷困境，不想太麻烦他。

关加成参加了葬礼，葬礼很简朴，一个死亡退休小学老师没有太多讲究，除了亲友，没有更多无关者到场，关加成算一个例外。

关加成在葬礼上接到了楚光华一个电话。

“老关在哪里？”楚光华问。

“我在外边。”

楚顿时紧张：“哪个外边？”

关加成说并未潜逃，只在本县殡仪馆。一位有贡献的人去世了，给他送葬。

“请马上到市里来一下，到纪委。”楚交代，“领导要求核实一些情况。”

“沈副市长抓得真紧啊。”关加成感叹。

他匆匆赶到市里。

沈盟并未在场，跟关加成谈话的是楚光华，还有另一个人，关加成不认识，可能是楚手下办案人员。

楚光华一开口，关加成顿时感觉有异。

“你跟田东海到底怎么认识的？谁给你们牵线？”

这个情况已经回答过多次。没有人牵线，是招商活动中见到的。

“不对。老关你没如实说。”

楚光华非常肯定，断言有一个重要人物牵线，把田东海介绍给关加成。

关加成问：“那是谁？”

“我问你呢。”

关加成还是那句话：这个问题没有新的补充。

“是沈副市长吗？”楚光华直截了当点破。

关加成大吃一惊。情不自禁抬头四望：“领导在哪里？”

楚光华道：“你别管，如实说就行。”

关加成再问：“田东海是不是已经到案？”

“为什么忽然问他？”

关加成称相关情况有赖于此人到案。

“这些你不必多问，把你知道的告诉我们就可以。”

其实不必他们确认，从他们追问的问题里，关加成已经感觉到了。

这里边确实有些特殊背景。

两年多前，有一个上午，关加成在县政府会议室开县长办公会，沈盟从市政府他的办公室打电话找关加成。秘书小孟接电话后跑到会议室报告，关加成当即中断会议，回到了自己的办公室跟沈盟通话。

沈盟在电话里了解本县参加市花博会及招商活动的筹备情况，沈盟是这一届市花博会的总指挥，他抓得很紧，经常打电话催促，不让下边有丝毫松懈。那天电话里，关加成汇报了进展，报告说今天上午正为此召集会议，请问领导有何指示？沈盟说："没有。你们自己安排好，事情做干净些。"

他忽然转口问起西河大桥筹建事宜。关加成不禁吃惊，因为这个项目与花博会中的本县招商活动无关。

"有一个老板叫田东海，知道他吗？"沈盟问。

"我不认识。"

沈盟告诉关加成，田东海很有实力，情况比较特殊。有省上级领导介绍给他，他让田东海直接找关加成谈。田老板应邀参加花博会，开幕式结束后会找关加成。

"他的事你尽可能帮点忙。"沈盟说。

"我知道了。"

一周后市花博会暨招商活动如期举办，田东海果然出现在关加成的面前。

"沈市长让我找县长。"他说。

关加成说："欢迎。"

这就是关加成与田东海初识的经过。西河大桥出事后，调查人员追查关加成与田东海的关系，关加成只谈花博会上见面，刻意隐去事前的沈盟电话，因为不得不隐。牵头调查的不是别人，正是沈盟自己。田东海怎么认识关加成，如何介入工程，沈副市长本人最清楚，但是却就这个问题对关加成穷追不舍，显然他并不需要，也不愿意关加成提供真相，沈盟施加的所有压力只是为了让关加成明白局面在他牢牢控制之下。关加成可以不顾其压力，如实讲出这个电话，但是这样做不能洗清自己，也不能表明沈盟有问题，因为除了那个电话，关加成并不知道沈盟与田东海之间的更多内情。沈盟高调追查关加成与田东海如何认识，不是他记忆出了问题，只表明他绝不承认那个电话。事件调查在沈盟掌控之下，关加成以一个被查免职官员之身，贸然把主管调查的沈盟牵扯进来，最大的可能是招致沈的全力打击，让自己陷于没顶。

所以关加成面对沈盟无话可说，只能咬紧牙关等待转机。调查人员原本也不特别在意关加成与田东海的相识过程，现在突然旧话重提，肯定有新情况，关加成估计很可能是田东海落网了，并且说了一些事情，牵扯到沈盟，恐怕还不是小事。

楚光华突然话题一转，向关加成介绍身边陌生人，原以为那是他的办案助手，不料另有来历，竟是省纪委的一位处长，姓江。

“这一说你就清楚了。对吧？”楚光华问。

关加成说：“看来事情大了。”

如果关加成犯案，以其职级、资格，只够在本市处置，不太需要惊动省里部门。省纪委的处长下来肯定另有目标，比关加成要大，很可能是沈盟。

可是除了那个电话，关加成没有提供更多东西，因为确实不知。

“你跟沈盟来往不多吗？”江处长问。

关加成说了沈盟与康川的旧有不和，以及沈对他的不信任。

“为什么他还给你打电话介绍田东海？”

因为关加成是县长，西河大桥项目总负责，他们绕不过去。沈盟直接给关加成打电话交代事情，关加成不能不认真对待，特别是康川副书记去职，关加成身后强有力的支持已经不存在了。

“因此你就给他办了？”

关加成强调自己并没有直接干预西河大桥项目招标。他指定交通局长林绍刚与田东海接洽，请分管副县长陈峰具体过问，这是一种常规安排。现在看来陈峰、林绍刚与田东海之间暗中进行了权钱交易，当时关加成并不清楚，他能保证的就是自己没有违规干预以谋私利。但是关加成承认自己也负有责任，田东海是沈盟介绍来的，这层关系他知道，所以对田东海心存顾忌，没有认真查核该公司有关的问题。

“关于田东海跟沈盟的来往，你还知道些什么？”

关加成摇头。

他们不再追问，关加成抓住机会，请求他们与田东海核对他名下的那50万元。

“我们已经了解了。”楚光华说。

关加成松了口气。具体情况此刻他们不会说，时候未到，他们不能多嘴。但是他们不追这50万，表明田东海已经证实了关加成的说法。

“沈副市长曾经找我个别谈话，查问过这件事。”关加成说。

他们已经知道沈盟跟关加成的那次个别谈话，他们问关加成为什么只否认拿钱，不对沈盟说明具体过程？关加成解释，他直觉沈盟本人可能跟田东海案有牵扯，甚至陷得很深，所以对该领导保持警惕，不露底细，以防万一。个别谈话不说，公开审查才讲，办案人员公事公办，他们会做笔录。

有一个细节关加成事后才知道：他不敢拿，匆匆退还给田东海的那笔钱转手就到了沈盟那里。田东海给沈盟安排了100万，还没送上门，关加成恰来退款，于是加一箱葡萄酒共150万全数转入沈副市长家中，沈盟视而不见，心照不宣，笑纳。西河大桥倒塌后，田东海逃跑藏匿，给调查造成困难，这件事居然与沈盟相关，该领导通过一个隐秘途径传递了一个“重要意见”，让田老板设法暂避。

沈副市长因受贿和“重要意见”落马，他的事当然不只这些。他终被查出多少对关加成已经没有太大意义，田东海到案让关加成洗清受贿之嫌，却不能勾销他的责任，无法让台风中倒塌的西河大桥复原，也无法让事件中丧生的四个亡魂得以重生。

关加成只能去当李老师第二。

半年多后，有一天上午，政府办主任吴国柱打来电话，请关加成马上到县宾馆的贵宾室，领导有要事。关加成很惊讶，因为已经很长时间没有类似通知，作为免职官员他已基本被人遗忘。

关加成问：“是什么风吹来了？”

吴国柱不太肯定，只说应当不是台风。

没想到居然与台风相关。关加成到了贵宾室，里边坐了一屋子人，书记县长几大员都在，众星捧月地陪着一位贵客，却是王焕章。关加成认识王焕章是在电视里，有几回曾远远看着他坐在主席台上，却从未有过直接面对的机会，西河大桥于台风洪水中倒塌当晚，关加成从后坑镇紧赶慢赶想来见他，未能赶上，直到今天才终于近见真身。猛然一见关加成感觉不安，因为该领导虽然不认识关加成这张脸面，却留有不佳印象，而且一言九鼎，可以决定他的命运。西河大桥案尚未处理清楚，沈盟正在受审，领导突然传唤，只怕有麻烦。

却不料王焕章了解另外的事情，一字未提西河大桥，沈盟和田东海。

“他们说你研究李自成？”他问。

关加成表示谈不上研究，只是有兴趣，利用一点时间，在民间收集一些资料。

“讲给我听听。”领导说。

这不是难事。关加成把自己掌握的情况告诉他，尽量简明扼要。

他问了关加成一个问题。

“你知道李自成在几个地方当过和尚？”

关于李自成兵败之后的结局，自清初到现在，就死地和终年来说，至少有 14 种说法，归纳起来可分两类：第一类说李自成死于兵败之后，怎么死的，死在哪里，至少有九种说法。第二类说李自成兵败之后未死，削发为僧，在哪里做和尚呢？也有五种说法，分别在湖南石门县夹山寺、黔楚之交的某寺、湖南益阳白鹿寺、五台山为僧，还有一说是遁入空门后赴贵州正宁县并死于该地。

“现在多了一个说法，在你的金桂山天泉寺当了和尚。”王焕章说。

“这个说法还需探讨完善。”关加成承认。

“弄得动静很大。”他说，“你挺会折腾。”

关加成表示还有待努力。专家提出了不少疑问，需要进一步深入调研。

“为什么会去搞这个？”领导问。

关加成如实说明：因责免职，身陷困境，很苦恼，无话可说，需要希望。这时候不能不找些事做，精神上有所寄托。研究这件事看起来还有意义，至少有助于外界知道本县，有利于开发金桂山区旅游，促进经济社会发展。

“那么你并不真的认为李自成在你这里？”

关加成承认起初有所怀疑，后来他告诉自己必须坚信，坚信才能支撑。所谓信则有不信则无，坚信以避纷扰，实为一种幸福，现在他对自己的研究已坚信不疑。

“你陷进去了。”领导批评。

领导居然把有关资料都找来看过，他感觉像是被关加成忽悠了。

“研究可能不够，态度却是认真的。”关加成申辩。

“胆子真不小。”王焕章说，“这么大的历史疑案你都敢碰。”

关加成自己想来也觉得奇怪。也许是注定要做这个事。

领导说：“允许继续研究，不要走火入魔。”

关加成起身告辞。

两个月后，经上级研究决定，关加成被提名为本县副县长候选人，由县人大常委会选举通过，同时担任代理县长。已经代理了数月县长的王伟调他县任职。如果一切顺利，关加成将在来年初的县人大会议上经全体代表依法投票选举，重新担任本县县长，这是一个被免县长原地重启，官复原职的必由之路。

这个结果出乎所有人的意料，其发生主要因为王焕章。鉴于关加成的受贿嫌疑已被排除，但是对西河大桥倒塌依然负有责任，主管部门打算给他一个处分，调离本县降级安排，因为情况比较特殊，他们请示了王焕章。王焕章表态说：“处分跑不掉，工作可以考虑，人不要让他走。”

他把关加成留在本县，因为有两件事未果，一是西河大桥需要重修，二是寻找李自成。第一件事谁都可以干，第二件事则非关加成莫属，很大程度上，关加成是因为金桂山上的那些疑问才被留在本县复职。王焕章自称被关加成“忽悠”了，为什么还会容许这一所谓研究？原来该领导在大学里读历史，为史学硕士，其硕士论文方向是明清之交的政治演变，李自成系该时期重要历史人物，无疑在他的研究范围内。

如此看来关加成这个业余爱好者弄斧遇上了鲁班，他居然还被鲁班记住，不知是因为他削木凿眼的动作过于笨拙，或者因为他心怀希望？

那一天回家，关加成发现厅里多了一个镜框，妻子把一幅年画装进框里挂到墙上。厅墙那个位置原有一幅书法作品，是本市一位名家手书，字写得不错，被关加成安于厅堂，闲来欣赏。现在它被换掉了，换上的年画是复制品，既土且拙，画里有什么呢？顺应大和尚，传说中流落于本县金桂山上的李自成。

“干吗呢？”关加成问，“又搞迷信？”

她已深信不疑。墙上这位贵人李和尚虽说早已过世，人家比活的强。

读一个句号

1

亿利鞋厂大火发生于星期日午夜过后，1 时 35 分左右。大火起于鞋厂厂区西侧库房，迅速波及与之相邻的车间主楼，值班人员发现时，整排库房已经陷入大火，主楼这边火龙正逐层上蹿，迅速卷到六楼，巨大的火舌从门窗吐出，整个厂区浓烟滚滚，到处是哔哔剥剥的燃烧声。当时刮北风，强劲而干燥的气流与烈焰彼此相助，呼啸席卷，生吞活剥，火光映红夜空，高温灼人，空气里到处弥漫着化学物品燃烧的刺鼻气味，伴以惊恐万状的惨叫和呼救，景象异常骇人。

这场大火被发现时已势不可当，无法控制，市消防支队接警后紧急出动消防车，以最快速度赶到现场，眼看着大火吞没了两幢建筑，到处都在燃烧，惨剧已经酿就。午夜两点左右，十几位负责官员分别到达火场时，大火还在戏弄消防车的高压水龙，猛烈火焰忽闪跳跃，玩儿似的与高压水柱共舞，水柱冲过来时火焰退开低落，水柱一转再冲天而起，大楼里可以燃烧的东西都被点燃，只待烧成灰烬。

匆匆到场的负责官员来自市直各相关管理部门和鞋厂所属开发区管委会，为首的是副市长朱龙辉。朱龙辉在市政府里分管安全，这种时候这里不能没有他，就像杀人犯罪现场不能没有刑警一样。熊熊大火边一批人迅速围拢过来，朱龙辉忧心忡忡，站在马达轰隆轰隆响的消防车旁，大声喊着，向安办主任张斌问了两个问题。

“火里还有人吗？”

“可能不少！”

“到底多少？”

“有四五十！”

朱龙辉转头看火场，脸上表情异常痛苦。忽然间他一个踉跄，身子向前扑倒。身边几人吓一大跳，回过神伸手去拉时已经错过，朱龙辉当着众人的面重重摔在地上。

几个官员不约而同，一起大叫："救护车！救护车！"

朱龙辉不省人事，成了当晚火灾的第一个伤员被送进医院。院方紧急组织医生会诊，断定为突发脑溢血，病情凶险。

这一场大火，以及朱龙辉紧急中的突然发病堪称悲剧，时下网络语言叫"杯具"。该"杯具"竟然给了谢一鸣一个意外的转机。

大火发生之际谢一鸣毫不知晓，他在300公里之外的省城一处僻静宾馆里，悄无声息地参加一个课题调研活动。那一天谢一鸣的课目是自学，做课题准备，主管人员给了几本相关公文汇编让谢一鸣研读、消化，该任务相对比较宽松。类似调研活动通常直奔主题，力求迅速突破，参与者不可能轻松，谢一鸣心里很有数。

当晚11时谢一鸣按时休息，躺在床上消化自学心得。谢一鸣所住宾馆套房有内外两间，他住的里间卧室家具摆设表面看与通常宾馆无异，实际大有不同，房间里所有尖锐、坚硬物品都做过处理，任何可能被用于异途的绳索、缆线均被收起，窗台装了铁栏，窗户紧闭，无法打开也无法越过。套房内间与外间本来隔着一道门，此刻门已经被卸掉，内外相通，外间摆了两张床，由谢一鸣的两位陪同人员使用，这两位是本课题工作人员，他们负有监管责任，谢一鸣的一举一动，包括他在深夜里的翻身都在他们的密切监控之下。

这里其实是在办案，所谓"课题调研"只是谢一鸣自己的说法。

前天傍晚，从省里下到本市的办案人员对谢一鸣宣布上级决定，要谢随他们连夜前往省城，"协助调查"。办案人员刚要宣布出发，谢一鸣的手机忽然响了，他习惯地从口袋掏出手机，看了眼屏幕，按下接机键，身边几个办案人员一起发声："是谁？"

谢一鸣这才意识到情况不一样了，他捂住手机解释了一下。电话是朱龙辉副市长打来的，有一件工作上的事情。

办案人员没有吭声，谢一鸣接了电话。

几小时前朱龙辉曾经跟谢一鸣联系过，有事要商量，两人约定明天一早在谢的办公室见面。此刻朱龙辉来电话讲的还是这件事：刚接通知，书记明上午 8 点半找他，他跟谢一鸣商量把两人见面的时间提前，早点上班，7 点半在办公室见面可好？

谢一鸣说：“不凑巧，我这里也碰到事情了。”

一听说谢一鸣马上动身前往省城，朱龙辉非常诧异：“什么事这么突然？”

谢一鸣能说什么？给带走了？弄进去了？“协助调查”？

“有一个重大课题调研。”谢一鸣道，“突然通知。回头细说。”

所谓“课题调研”就此而来。本次重大课题的调研对谢一鸣其实并不突然，他有心理准备，所以面对办案人员未显惊讶。谢一鸣为人沉稳，表情不多，人却比较自负，很注意脸面，急切之中，拿“课题调研”替自己掩饰，颇符合其个性。

当时包括谢一鸣自己，没有谁料想到本次“调研”日程于他短暂得异乎寻常，只用了一天多时间，“自学”刚刚开始，尚未进入正题，情况突变，课题中止。

那天午饭后，办案组一位负责人通知谢一鸣收拾自身物品离开。

谢一鸣问：“没事了？”

当然不是。这里在办一起重大案件，进来的人都有原因，没有掌握足够情况，不会把谢一鸣从市里带到这里“协助调查”。由于发生了一些特殊情况，经上级研究决定，允许谢一鸣先回去应急，这并不意味问题没有了。

“该是什么还是什么，该怎么办还会怎么办。”负责人说。

“怎么办都一样。”谢一鸣表示，“我没事。”

“你肯定？”

他很肯定，他不会有事。像他这样的人不多。

“我们记住你这些话了。”负责人说。

他们把谢一鸣的手机退还给他，根据办案规定，这部手机在一开始即封存上交。参加类似“调研”活动不可能带太多个人物品，不必如何收拾，公文包一抓就差不多了。谢一鸣以最快的速度匆匆撤退，离开房间，他的轿车已经在宾馆停车场等候。

司机小王上午 10 点钟接到出车通知，要求立刻赶到省城这个宾馆接人，于下午 3 点半前把谢一鸣送回本市。一路上小王试着给谢一鸣挂过几次电话，都挂不通。

谢一鸣不做解释，只问："市里出什么大事？"

"开发区烧死了30多个，朱龙辉副市长变成了植物人。"小王报告，"主任交代我向你报告，他们也会给你挂电话。"

谢一鸣这才知道了亿利鞋厂那一把大火和朱龙辉不幸不起。从时间上推算，事情发生在他被带离的当晚，六七个小时之后。

谢一鸣问司机："还听到什么消息？"

小王说："大火吓人啊。"

"除了大火还有什么？说我怎么了？"

小王支支吾吾："有，有一点。瞎说嘛。"

"当然是瞎说。"

如今这种事情能瞒住谁？谢一鸣副市长忽然间销声匿迹，手机关机，无从联络，秘书不知，司机不晓，如此异乎寻常，到底怎么回事？不会超过半小时，相关消息立刻就会传遍大院内外，马上会有知情者报出确切消息，人们会知道是省里办案人员把他带走了。干什么去？"课题调研"吗？扯淡，他肯定是出事了。

所幸转眼间他又回来了。

此刻需要赶紧联络，尽快搞清情况，但是谢一鸣只把手机打开，守株待兔。

几分钟后，第一个挂进电话的是小刘，市委书记柳英的秘书。

"谢副市长吗？"电话里的声音有一丝欣喜，可能是因为终于挂通。

"我是。"

"柳书记跟您说话。"

柳英在电话里什么都不问，显然她什么都清楚，包括谢一鸣已经坐上轿车离开宾馆。她只问了一句："情况听说了吧？"

"驾驶员说了一点。"

"不要耽搁，赶紧回市里。"

柳英可能担心谢一鸣不往回走，留在省城别有动作。忽然从"课题调研"现场脱出，谢一鸣有理由抓住机会为自己紧急跑动，设法谋求转机，不能坐以待毙。

谢一鸣发问："要我做什么呢？"

鞋厂火灾情况严重，朱龙辉生命垂危，一时没有其他人顶上，市里几位领导碰头，考虑再三，经研究并报告上级，要求先召回谢一鸣，接手负责处理这件事。由于情况比较特殊，上级同意作为特例安排。

“你有什么意见？”她问。

此刻谢一鸣选择余地不大，明摆着。安全事件处理一向烫手，不是什么好差事，但是如果他不想马上掉头回宾馆去继续参加“课题调研”，他就不能推托。

谢一鸣表示可以接手，不过需要明确，处理类似重大安全事件他有经验，其中很重要的一条是不能几个声音说话，不能大家都来插手。如果交给他，那么权限范围内由他负责，他说了算，需要报告、研究的重大事项除外。惯例如此。

“这是以示负责。”他强调。

“按惯例吧。”柳英说，“时间很紧，争取快点，直接到现场。”

谢一鸣的轿车直接出城，进了高速公路入口后，他拿手机打了个电话，这个电话是当天下午谢氏通信记录中唯一一个主叫电话，联系的半径最远，里通外国。

他挂美国，波士顿。由于时区不同，此刻大洋彼岸为午夜之后，正常情况下是人类熟睡时分。对方显然不处于正常状况，电话一挂就通，声音急切，是个女声。

“哎呀！急死我了！”对方叫道。

“急什么。没事。”

“电话一个又一个啊。”

“不要听。都瞎话。”

显然谢一鸣参加“课题调研”的消息传播得相当快，不到两天，已经跨越大洋，远赴美国。所谓“好事不出门，坏事行千里”，果然不错，对方之焦急溢于言表，谢一鸣却不能在电话里多说，只以“瞎话”进行否认，不做具体解释。

他在电话里问起一件事：“臭丸怎么样？在美国都好吧？”

对方一时反应不过，张口结舌：“臭丸？”

谢一鸣没让她发问，当即打断她：“你盯紧他，美国不好玩，不要惹事。”

他把电话关了。虽然含糊隐晦，关键信息已经发出，对方想一想自会清楚。此刻不能在电话里讲明白，以谢一鸣的情况分析，这部手机恐怕已经涉案，被办案人员旁听，参加“课题调研”协助调查了。但是本电话无把柄，通话的女人虽在美国，她问题不大，不是小二小三，是谢一鸣的合法原配，她在美国“陪读”，跟女儿在一块。

除了里通外国，当天下午谢一鸣的手机没怎么花钱，因为接听免费。一路上电话不断，汇报情况的，打听消息的，婉转致意的，手机铃声不时响起。轿车在铃声相伴中奋勇前进，两个多小时后，下午3点半谢一鸣准时到位。

此刻已经过了一天多，火场依然烟气扑鼻，处处焦黑，一片狼藉。现场处于封锁中，警察、消防队员和急救人员清理了大楼各层焦土灰烬和楼周地带，一共发现了35位死难者，其中有31人烧死于大楼内，无一例外均为焦尸，惨不忍睹，面目全非，没有一具尚可辨认。另有4位死难人员为跳窗逃生时摔死，虽非焦尸，却头破颈断，浑身是血，异常骇人。所有死难者遗体均用被单包裹起来，运到附近一个仓库暂存，等待善后处置。除死难者外，另有12名幸存伤员，这些人在火起后反应迅速，于大火封锁通道前分别从所住四楼、五楼跳窗逃生，有幸逃过大火和落地冲撞，却都摔成重伤，其中两位生命垂危，全体伤员都已送医院抢救。本次火灾生命损失惨重，以死亡人数计，为本年度本市之最，其惨烈迅速惊动了各方。

谢一鸣到达时，现场已经聚集了一批重要人物，为首的是本省省长和分管安全的副省长，以及省上相关部门几大员，他们分别于昨天上午、下午和晚间陆续到达本市，已经分别视察过火灾现场，现在再次聚拢于此，等待国家安办一位副主任及所率工作组，工作组一行奉国务院领导之命专程从北京前来，由机场赶赴事故现场。市委书记柳英陪同省长提早来到现场，她看到谢一鸣进来，抬手示意谢一鸣站到对面迎候队列里去。对面一行成排，都是本市大小相关官员。

10几分钟后国家安办工作组一行到达。

其后按惯例进行了现场视察与汇报。大火现场景象触目惊心，视察和汇报过程气氛沉重。紧接着国家安办和省领导动身前往医院看望、慰问伤员，柳英等地方主要领导陪同，谢一鸣留在现场，召集相关部门官员，接手具体事务。

市安办主任张斌向谢一鸣报告：“‘点’已经踩好了。”

张斌所谓“踩点”指的是确定临时工作机构的办公地点。类似重大事故发生后通常要设立应急处理现场指挥部，抽调相关部门人员集中办公，办公地点通常设于事故现场附近。张斌他们找的地点在鞋厂相邻村庄，临时借用了一个村部，为一幢三层独立楼房，楼下有院子、围墙，外边有晒场，停车很方便，楼里有厨房。

谢一鸣问：“房间多吗？”

“足够。”张斌说，“已经通知各部门负责人和工作人员立刻集中。”

尽管涉及部门较多，安办的动员效率很高，他们有经验也有预案，轻车熟路。谢一鸣对张斌提出的人员名单没多补充，只强调一条，鉴于本次事故的严重性，有必要请纪委和公安部门增派力量。

“他们的事少不了。”谢一鸣说。

“我马上联系。”

“把那几个人先管起来。”谢一鸣交代。

管住谁呢？鞋厂老板和管理负责人员。出了重大恶性事件，一场大火，30几条人命，企业脱不了干系。事情发生时已经通知企业相关人员到场处理善后，谢一鸣下令将他们立刻集中到“点”应急，由警察负责控制，以协助调查。

“咱们自己的人不要忘了。”谢一鸣问，“现在先动哪一个？”

他问的是动哪个当地负责官员。烧毁的鞋厂位于市区南郊，10多年前这一带被辟为经济开发区，成立管委会负责管理，鞋厂是开发区地盘上的企业，出了事自然唯管委会是问。谢一鸣在现场安排布置工作之际，管委会一位姓陈的副主任就陪在他身旁。主任刚才也在，此刻随上级领导去医院看伤员了。

谢一鸣问那位副主任：“我记得你不管安全。”

对方回答：“我管财务，管安全的王副去香港招商还没回来。”

谢一鸣下令该副主任先进“点”，其他人再说。不许拖延，现在马上回去收拾洗漱用品，于晚饭前到村部报到，从当晚起，未经批准不得离开。

那人一时口吃：“谢，谢市长这是。”

“这是‘课题调研’，协助调查。”

谢一鸣沉着脸，问在场各位除了这场大火，是不是还听到一个关于他本人的消息？谢副市长出事了，是不是？在这里他要负责任地说明一下：几天前上级派员把他带到省城，不是什么“课题调研”，实为协助调查。现在他没事了，受命回来处理这场大火，全权负责，肩负重任。他要看看这里边谁有事情，要请相关人员也来“课题调研”一下，协助调查，看看谁有事谁没事。出了这么大的灾难，地方官员逃不开领导责任，现场有不少异常迹象，估计查下去情况特别严重，失职渎职恐怕还是小问题。30几条人命不能一把火白白烧掉，死者与生者都要讨个公道，不狠狠打掉几顶官帽子哪里可以。如果火灾发生在半年多前，他自己头上这顶官帽子首先要被打落，眼下情况不一样，他个人的帽子没有问题，打别人帽子他绝不手软。

这时来了一个电话，是柳英。

“周副省长来了，我在省长这边走不开。”柳英交代，“请谢副接一下。”

“领导什么时间到？”

“马上。我让程市长也赶过去。”

10几分钟后周副省长来到火灾现场。

周副省长叫周长安，是当天莅临现场的第三位省领导。周在省政府管工业，开发区和民营企业都在他分管范围内，因此专程赶来关心。他不具体分管安全，事故善后与调查工作不直接过问，所以未与省长他们同行，也不参与陪同国务院安办的领导，自己另行赶到现场视察。这场鞋厂大火让周副省长如此重视还有一个特殊原因：他是本市前任市委书记，荣升到省里才一年多。

市长程洪跟周长安同时到达。

周长安一见谢一鸣就拉下脸来：“怎么搞的？一把大火！”

谢一鸣不吭声。程洪在一旁装腔：“省长火大了，躲远点！”

“我不躲。”谢一鸣回答。

程洪转头对周长安笑：“其实省长不能怪他，他没放火，分工也不归他了。”

“那么怪你？”

程洪嘿嘿一笑说：“我当然也有责任。”

安办主任向周长安汇报情况。程洪悄悄伸手，在谢一鸣胳膊上用力捏了一下。

“你老弟怎么样？”程洪低声问。

市长在表示关切，因为“课题调研”。

谢一鸣一以贯之：“我没事。”

周长安忽然转过头逼问谢一鸣：“为什么不给我打电话？”

谢一鸣说：“不敢惊动领导。”

周长安训斥：“死要清高。”

2

几年前，谢一鸣在下边县里当书记，号称第一把手，一方诸侯，管着一块地盘。有一天县领导们开会，县长在会场上请示，说贺老板从上海来，谈渔港的事情，谢一鸣书记能不能见见他？

谢一鸣说：“你先顶住。”

“人家想见书记。”

谢一鸣笑笑：“你跟他说，谢书记太牛了，不见。”

县长也笑：“妈的，这个贺老板跟谢书记一样牛，非见不可。”

“他算老几？”

“人家是贺老大。”

贺老板确实又称贺老大，本名叫贺权，来自上海，是本县籍在外一个知名大款。贺老板老家在本县沿海一个小渔村，他打算在家乡海边投资建设一个中型渔港，该项目牵涉大笔资金，需要报国家和省相关部门批准。贺老板自称筹措资金不成问题，报批也有门路，只要地方上支持，项目就能办成。他给地方上开出的条件主要是土地，渔港加上附属的开发区域，至少得给他 1000 亩，地价要特别优惠。

贺老板老家所在的县东北部沿海缺水，以荒坡石岸为主，地不值钱，通过兴建渔港带动荒僻地带开发是一件好事，因此该项目一经提出就受到谢一鸣特别注意。谢一鸣请县长亲自抓这个项目，他自己也盯着项目进展。项目接洽中情况忽然有变：市委书记周长安给谢一鸣打来一个电话，了解相关事项。在谈项目八字尚无一撇，居然惊动了市主要领导，因为用地量比较大，投资商比较特别，领导听到了一些反映。

“不要捡到筐里都是菜。”周长安问,“你们对这个贺老板有多少了解?”

谢一鸣承认:“知道有点实力，背景倒不清楚。”

“听说这个人外号贺老大。到底是什么老大?”

周长安指令谢一鸣注意了解贺老板的底细，项目看准了再定。

谢一鸣即布置相关部门查一下，果然了解到一些情况。这位贺老板颇有些传奇经历，出生于小渔村，在本县读完初中，考入省城一所中专学校，毕业后被招到上海一家远洋轮船公司当货轮水手，行船过海，走南闯北，数年后下船进公司当管理人员，不久辞职，下海经商，自己办公司，从集装箱维修业务开始，一步步扩展到港口机械进出口，企业越做越大，实力逐渐雄厚。贺老板有三兄弟，他排行老大，为人豪爽，性格强悍，敢想敢为，说一不二。贺老板当水手时曾因聚众打架被拘留，经商初期曾被警察抓过，涉嫌诈骗，后来无罪释放，这个人做生意很大胆，碰上事情敢出头，交道广办法多，三教九流都有人，特别擅长跟官员打交道，因此他的“贺老大”之名带有很强的江湖味，不仅因为贺家兄弟排行。有人评价他是一大能人，也有人骂他是海上一霸，褒贬不一。

多年来贺老板主要在上海发展，在自己老家曾经修过一条水泥路，捐建过一个医务所，搞过一个小码头，都是小打小闹。这一回他准备搞大的，提出建渔港，要1000亩地，胃口很大。项目洽谈之初，谢一鸣跟这位贺老板见过一面，礼节性会见，而后就由县长与贺老板在前台洽商，谢一鸣握着最后决定权置身幕后。待到市委书记周长安提醒，进一步了解贺老板的背景之后，谢一鸣与该项目拉开距离，贺老板几次从上海来，提出要见谢一鸣，直接面谈，谢一鸣就是不见，弄得贺老板公开表示不满，说这个谢书记怎么啦?很牛啊，多大的官，要那么大的架子吗?

谢一鸣说:“现在他知道了，官不在大，在牛。”

那年春天，市委书记周长安去北京开会，从首都给谢一鸣打来一个电话，指令他隔天到北京，有重要事情。周长安戴一副近视眼镜，看上去相当儒雅，行事却非常干脆，强于掌控，把个县委书记临时召到身边，哪怕远去北京，对他只是一句话而已，无须说明理由。但是他也不会无缘无故发号施令，北京的这件事不会小，肯定比较急。

谢一鸣吩咐立刻订机票，于第二天从省城乘飞机匆匆赶往北京。

由于天气原因，航班延误，上午的航班拖到下午，4点来钟才到达首都机场。出机场后，本市驻京办主任已经在外边等候，用驻京办的车把谢一鸣直接送到了北京饭店。

“周书记让你到那里会合。”主任说。

赶到北京饭店会合的任务却是吃饭。匆匆走进气派豪华的包间时，客人们已经基本到齐，围坐在一张红木大桌边，座中有一个人站起来，哈哈哈大声笑着，举起右手放在眉边，向谢一鸣示意。

“敬礼！欢迎谢书记。”

竟是贺老板，他坐在主位对面，所谓的“买单”位子上。主位上是一个中年男子，一看就不是非凡之辈，但是谢一鸣不认识。中年男子的旁边位子坐着周长安，周长安指着刚进门的谢一鸣对中年男子低声道：“他是县委书记。”

中年男子看了谢一鸣一眼，没有特别表情，视若无睹。

当晚谢一鸣叨陪末座。身为县委书记，自己那个地方的一把手，说一句话掷地有声，自我感觉很好，但是到了京城这个豪华饭桌边几乎什么都不是，没办法太自负。这里每一个人都分量充足，不是官大就是钱多，包括贺老板。谢一鸣进门时，众人视若无睹，只有贺老板玩笑般向他敬个礼，不是特别看重，是表达某种快慰。

贺老板说：“贺老大终于见到了谢书记。”

谢一鸣笑笑：“谢书记真牛啊。”

贺老板说：“领教。谢书记包涵。”

旁人不知道他们说些什么，谁也没有在意。那顿饭菜肴精美，肯定价钱不菲，但是吃得很平常，并无波澜。席间没有谁提到项目，也没有提到渔港和土地。

饭后离席，贺老板为客人送行，备有薄礼。当时临近中秋，贺老板给客人送月饼，放在一只精美的礼品袋里，由他的手下分别拎到客人各自的轿车上。谢一鸣坐车离开时没太注意，到驻京办拉开车门下车，司机忽然从身边位子上抓起一只礼品袋塞过来，说是今晚那位老板送的，谢一鸣这才知道贺老大给自己也安排了一份。

他在房间里检查了礼品袋，除了一盒月饼，里边还有一只红包袋。打开来数一数，意思意思，两万美元。月饼加美元，千里共婵娟。

第二天上午谢一鸣匆匆离京，两天后周长安会议结束，也从北京回到本市。谢一鸣到书记办公室请示工作，周长安忽然提起贺老板的项目，说了一句："该办就办吧。"

"这么便宜贺老大？"

"该办要办。"

为什么这件事该办？不需要周长安多讲，谢一鸣心里自当明白。周长安对贺老板原本不当回事，现在改变了，为什么改变？因为有些情况。北京饭店晚餐后的月饼不是主要原因，关键在于饭桌边出场者的分量超重，显示了贺老板的巨大能量与人脉。饭桌上什么都没提及，饭桌外肯定有某位甚至几位重要人物让周长安对贺老板及其项目给予关照支持，这些人手中的权力和影响力很大，地方官员于公于私都需借重，周长安不能不权衡轻重利弊。他召唤谢一鸣赶到北京，不是让谢一鸣见识北京饭店的伙食好坏，是表明他决心已定。

"你们去办吧。"他对谢一鸣一锤定音。

谢一鸣说："这个贺老大不好。"

周长安即批评："不要自命清高。"

谢一鸣不再说话。尽管对贺老板十分戒备，周长安所做的决定，谢一鸣会无条件照办，不仅因为周是顶头上司，强势领导，更多的还在于彼此间的渊源与情感。

一个月后市里举办大型招商会，贺老板的渔港项目被列入重点名录，在招商会上签署了合作意向。签约仪式于市区会议中心举办，十分隆重，备有香槟，省、市多位重量级人物出席，县长代表本县签字，周长安与谢一鸣都站在后排领导队列里。

仪式结束后，贺老板拿香槟跟谢一鸣碰杯，说："今天贺老大知道自己是谁了。"

谢一鸣说："未必真知道。"

他问贺老板喝完香槟去哪里？还有一些具体事情得商议。贺老板自称行程很紧，上海那边还有大生意，可供支配的时间不多，他的奔驰车已经在会议中心楼下等候，香槟一喝，拔腿就走。先回海边老家看一看老母，住一夜，明天一早去机场。

谢一鸣说："那好，今天下午有点时间，谢书记登门拜访。"

贺老板笑："免了吧，又不是上北京饭店。"

"这里够不着北京饭店，打进贺家饭庄没问题。"

当天下午谢一鸣如约前来，一行人包括县经贸、土地、海洋等相关部门头头，以及贺老板家乡所在乡镇的领导，前有警车开道，后有县电视台新闻采访车随行，一溜十几部车，浩浩荡荡攻进贺家饭庄。贺老板家乡经济比较落后，渔村中新房不多，却有一座豪宅拔地而起，异常显眼，就是贺家庄园。该庄园占地数亩，前有停车场后有菜园子，住着贺老大的两个弟弟，以及其寡母。庄园是贺老大出资兴建的，设计师和装修队都请自上海，洋味十足，在海边渔村别具一格。

谢一鸣并不跟贺老板直接谈事情，那天就是摆个架势以表关心。他率一行人在贺家坐了坐，喝了几杯茶，即起身告辞。

贺老板当即拉下脸："不能走。进了贺家饭庄得听我的。"

谢一鸣问："你这家店开在哪块地盘？北京还是上海？"

贺老板说："虽在谢书记地盘，却归贺老大自家。今天特意在这里挖坑设埋伏，放谢书记攻进来，要谢书记陷在这里，有来无回。"

他其实就是开玩笑，这里能设什么埋伏？贺老板不放谢一鸣一行离开，是他备了本地海鲜，要请领导们吃一顿渔村晚饭。

"谢书记带这么多人光临，乡亲们面前给我长脸，我得有点表示。"他说。

谢一鸣同意帮贺老板长脸，今天他率众到来还有两个意思要表达：一是提供服务，欢迎企业家回乡投资兴业。二是加强领导，要求贺老板的项目既能为贺家生财，也要对当地政府和一方百姓有益。贺老板按要求做就行，不需要更多表示。

"等项目开工，我们请贺老板吃海鲜。"谢一鸣说。

"今天无论如何请谢书记给个面子。"

谢一鸣让贺老板给个充分理由，眼下这些人不缺海鲜，为什么一定得在贺家饭庄用饭？贺老板说："只为认识一个谢书记。"

谢一鸣不禁笑："这个可以。"

他决定吃一吃贺家饭庄，以加深彼此了解。这顿饭不要求其他，要一碗地瓜稀饭，贺家地瓜鼎鼎有名。

贺老板骂："妈的，谢书记顺风耳啊。"

贺家地瓜有典故。本地人说，贺老大当大款，穿西装坐奔驰，骨子里还是那个土霸王。家里盖了别墅洋房，洋房后边开了个菜园子，不种花不种草，种了一园地瓜以防挨饿。贺家地瓜用农家肥，卫生间里屎尿不往化粪池流，要装在坑里，沤起来往地瓜园里送，好好一座洋楼，气味总那么怪，又酸又臭。

贺老板为谢一鸣一行人的到来早有准备，当晚的家宴内容很丰盛，做的是普通的农家饭，蟹虾鱼贝，都是当地所产便宜海鲜，一大盆红烧猪蹄，一大碗海带排骨汤，几大盘时令蔬菜，主食是芥菜饭，有咸菜头，腌带鱼，却没有地瓜稀饭。

贺老板在饭桌边向谢一鸣道歉，说自己的菜园子出了点纰漏，地瓜从地里挖出来，却忘了下锅，因此桌上少了一碗。他特地让人装了一麻袋地瓜，一会儿放到谢书记轿车的后备厢里，拿那一麻袋重重砸一下领导，看看到底是不是又酸又臭。

“让他们备100斤。”贺老板说，“谢书记要是觉得好吃，回头再送。”

“搞那么重干什么？”

贺老板说不能搞轻了。上回北京饭店那是小意思，当时对谢书记还不摸底，看轻了，不好意思。其实官大官小是一回事，管得着管不着才要紧。渔港这个项目，地方小官一句话，比京城大官一百个屁响。

谢一鸣说：“只怕吃了贺家地瓜，放屁从此不响。”

贺老板担保自家地瓜营养充足，绿色环保无污染，非常健康，特别有益各级领导，经常食用牛书记会更牛，不会变成羊书记。

谢一鸣笑：“我可以试试。”

酒足饭饱，到了告别时候，谢一鸣打个招呼，把司机小王叫到身边。

“他们往车上装地瓜了吗？”谢一鸣问。

小王回答说没装地瓜，是放了个包。

“重吗？100斤？”

小王摇头。包不算太重，没多少斤。

“拿下来。”谢一鸣吩咐，“还有那个袋子，都拿到这里。”

贺老板脸色变了：“谢书记这是干什么？”

谢一鸣说：“还是那句话：彼此加深了解。”

贺老板手下塞进轿车后备箱的是一只旅行包，上了密码锁，包里肯定没有地瓜，装的应当是人民币，所谓100斤当为100万。相对于即将到手的1000亩地,100万不算太多。谢一鸣让司机从车上拿的所谓“袋子”是旧物，上回贺老板在北京饭店送的中秋礼物，礼品袋里装有月饼盒和红包，此刻原物奉还，月饼已经过期，烦请自行处理。今天谢一鸣率队攻打贺家饭庄，主要目的其实就是这个，专程来共婵娟。为什么早不退晚不还，要等项目签约的这个时候？因为早的话时机不成熟，担心贺老板误会，以为谢一鸣嫌少。此刻事情大体办妥，那就不需客气。

贺老板不服:“谢书记这么牛啊？”

这个人倒也干脆，地瓜不送了，扛回菜园埋起来，专等谢书记想吃再挖，往后谢书记肯定会有需要。地瓜是好东西，可以喂牛可以养人，对各级领导都有帮助。

宾主就此握别。

几个月后渔港正式投建，贺老板投入大量资金，市、县地方政府帮助他从上边争取了多项重要政策支持，包括大笔扶持经费。渔港迅速成形，渔港周边大片沿海荒地因为渔港的兴建而价值倍增，贺老板用低廉价格拿到的千余亩土地变成巨大财富。

隔年年初，本市两会召开前夕，有一天晚间贺老板突然从上海打电话到县里找谢一鸣，祝贺谢书记荣升谢副市长。

谢一鸣说:“有吗？”

“谢书记的事贺老大一清二楚。”

贺老板不仅清楚，他还上下其手参与其中。他声称谢一鸣让他很不满，谢这种领导会做事，却不会做人，只认得自己是谁，不知道别人是老几。如今这样可不成，领导谋官跟老板搞钱其实差不多，都得努力跑动，大胆出手，要有人相帮，拿地瓜硬砸，否则哪里有戏？人家周书记很大气，会用人，一向看重谢一鸣，要紧时候不含糊，周长安在省领导那里极力推荐谢一鸣，还要求贺老板动用上边的资源，帮助谢一鸣做点工作。虽然谢书记太牛，总看别个不是老几，不吃地瓜不求贺老板，让贺老板很有意见，但是该出手要出手，贺老板遵周书记之命，几个关键地方都下了真功夫，替谢书记两肋插刀，说了很多好话，算得上见义勇为。具体过程问一问周就清楚。

“谢书记等着吧，就是这两天的事情。”他断言。

“贺老板这是特意提前报喜？”

“我在商言商，讨点回报。”贺老板说，“先跟领导吹点风。”

他又看中了一片海湾，在本市另一个沿海县，准备再搞一个渔港，规模比老家这边搞得要大，得两千亩地。项目正在跟那个县具体洽商，待谢一鸣升上去，当了谢副市长，管得着了，请帮个忙，大力支持。

谢一鸣问：“新项目周书记知道吗？”

“当然。”

贺老板预测周长安也该上去了，以后省里的事靠周，市里得拜托谢。贺老大讲义气，为领导办事，大家不要相忘。

谢一鸣冷笑：“我已经忘记贺老板是谁了。”

贺老板哈哈一笑：“谢书记确实牛。嘴巴忘记，心里有就行。”

谢一鸣心里有数，知道自己将面临什么。两天后省里派员下来推荐干部，而后开展考核，考核对象就是谢一鸣。一个月后市“两会”召开，谢一鸣被提名为副市长候选人，提交市人大全体代表选举通过，就此履新。

当年年底周长安荣升，成了本省的副省长。

贺老板不仅是消息灵通，对周、谢升迁预报准确，他确实在上边出过手，这方面他有实力，也有关系，对他而言这既是短线投资，也有长期效益。

其后贺老板的新渔港项目紧锣密鼓，进入论证报批过程，两千亩地唾手可得，却没想到发生了意外。有一天贺老板从上海回本市活动，黄昏时从机场赶赴“贺家饭庄”，他的奔驰车从海边一个公路险段冲出路面，翻下悬崖，落入海中。他和车上的司机都未能逃生，困在车里溺水身亡。

紧接着，有一连串恶性案件于本市相继发生：一家私营水产集团老板设暗宅包养二奶，半夜里蒙面歹徒闯入，老板身中数刀死于非命，二奶亦被灭口。警方排除抢劫、情杀，认为可能与黑社会内斗相关。全力侦破期间大案再起，谢一鸣曾经去过的贺家饭庄被杀手血洗，贺家老二一家三口被杀，死在贺宅，老三的妻子和儿子也未能幸免，一案五命，仅贺老三到市医院照料生病住院的贺家寡母，母子俩侥幸逃过杀手。

接连发生的恶性案件震动全省，上级领导非常关注，公安部门调集大量警力投入侦破，随着办案深入，案情逐渐明朗，几起案件间的联系显现出来，原来都不孤立，它们互为因果，彼此连带，涉及巨大经济利益，核心人物却是已故的贺老大。

贺权贺老板不是一般商人，社会角色非常复杂，与海上黑社会团伙牵扯很深。贺老板看准渔港项目及周边土地开发的巨大收益，依靠多年积累的财力和用心打造的上层关系拿下项目开发权，开发过程中牵扯许多利益纠纷，贺老板采取软硬两套办法对付冒出来以及潜在的对手，可收买就收买，不行就来硬的，用恐吓、毁坏财物甚至人身伤害的办法，逼迫对手就范。贺老板的对手不乏涉黑老板，最终都搞不过他。贺老大俨然成为本地海上一霸，却无法停止暗中争斗，让他意外丧生的车祸，实为其对手以黑制黑，买通内鬼在他的车上做手脚，把他灭了。紧接的几起恶性案件，都是贺氏团伙与另一团伙彼此报复作案。

这起案件越办越大，越挖越深。案件发生地在本市，本市新任市委书记柳英决心排除一切干扰彻查此案，被媒体誉为“打黑书记”。柳英才四十出头，年纪较轻，资历却不浅，到本市接任书记前为省政法委副书记，虽是女性，却很强势。贺权案背景复杂，可能会牵涉一些大人物，包括柳英的前任，现副省长周长安，外界议论纷纷，柳英不可能不知道，却依旧态度坚决。

谢一鸣首当其冲，成为这起案件里必不可少的一位官员。他被带到省里协助调查时表情平淡，说是去“课题调研”，他对自己将面对什么课题心知肚明。

亿利鞋厂一把大火，以及 35 条火中冤魂，让谢一鸣意外得到了一个机会。

3

谢一鸣其人一向自负，凡有碍脸面，不利自身形象的话从来不说，绝不拿自己打趣逗乐。他清楚自己眼下是人们的一大谈资，一个焦点人物，从“课题调研”现场出来之后，他并没有真正脱身，却不放过任何一次机会宣布自己“没事”。在掌控火灾善后处理具体事务中，他显示出强硬姿态，盯住了一些负责官员，高调宣布追究责任，似乎自己毫无牵挂，所谓的“课题调研”并不存在。

火灾事故处理“点”里集中大批人员，分作几个大组分别处理相关事务，包括调查火灾起因、确定死伤人员身份，办理死者后事和亲属安抚等，多属于技术性具体事务，工作人员都是相关方面专业人员，经验丰富，谢一鸣除了及时控制情况，把握大的方面，主要交给安办主任张斌负责，他自己的注意力另有侧重。

起火原因首先必须查实。鞋厂这把大火是怎么烧起来的？专家的怀疑集中在电力方面，如今许多意外火灾都与电力设施相关。根据鞋厂幸存值班人员回忆，他们发现大火时，车间主楼和西侧的库房都烧起来了，通常互不相接的两座建筑不会一起着火，必有一处先被点着，而后波及另一处。当晚火是从哪座建筑先起的呢？幸存人员一致指认是库房先着火，专家通过现场勘察和当夜风向分析，基本肯定这一说法。鞋厂厂区西侧库房是成品库房，从主楼车间生产线下来的鞋子被一箱箱拉到这里，堆放在仓库里，等待出厂。鞋子及其包装箱都是易燃物，失火当天，仓库的鞋箱爆满，从地下一直堆到天花板，这种景况在该鞋厂并不多见，那一天合该出事，由于接了一份大订单，鞋厂老板安排员工加班加点生产，产品在库房里堆积如山，要等星期一上午装货柜车拉走。库房这排房子是旧平房，里边的电气设施陈旧，一些照明电线的胶皮老化，一碰就破，经常出故障，有幸存员工报称曾见过库房天花板下的电线吱吱响，冒火花，导致短路停电。正常情况下，只要隔开一段安全距离，类似火花不太容易点燃鞋箱，那天不一样，鞋箱一直顶到天花板，可能直接接触电线，损坏了电线的绝缘层，电线短路打出火苗，点着鞋箱引发大难。

亿利鞋厂两座建筑并不相接，中间隔有一条道路，库房的火焰怎么会越过道路，蹿入主车间大楼引发惨案？专家们认为问题可能出于主楼西侧一楼原料间，该原料间与库房对面相向，堆放着大量供生产线使用的原料，这些原料全是易燃物。原料间朝外一侧有窗户，装有铁栏杆和玻璃，库房的火苗隔着道路和玻璃不易烧过来，但是这一阻隔比较脆弱。西侧库房除了存放成品鞋箱，还有一个房间堆有制鞋所需要的各种化工原料，包括黏合剂、胶水、清洗液，等等，一罐一罐堆满一个房间，其中有些化工原料高温下会发生爆炸，一定是其中的一个罐子烧着后炸出去，击碎或震碎主楼一楼原料间的窗玻璃，点着了那边的原料。

这是推论，事故调查不能以依据推论，需要找到准确证据。这个要求很基本，但是很困难，因为大火几乎把所有证据全部烧成灰烬。

亿利鞋厂是一家民营家族企业，本是一个做鞋面的小作坊，几年里逐渐做大，曾出产仿制国外名牌休闲鞋，继而成为一家国际知名品牌企业的加工厂，替人家生产品牌鞋，产品全部出口，该厂只管加工，不管设计和营销。鞋厂老板姓黄，主要管理人员出自同一个家族，大火中丧生的35人里，有鞋厂老板娘及其女儿，母女俩监督夜班工人加班，当晚住在厂里，死于大火。老板本人外出办事，火灾发生的第二天赶回来自首，面对一片灰烬发抖，坐地大哭，随即被控制于“点”里。

谢一鸣下令从黄老板这里入手，务必让他尽快开口，问出情况。谢一鸣需要所有与鞋厂失火相关的信息，重点是鞋厂与当地负责官员的关系。

亿利鞋厂位于本市工业开发区管辖范围内，开发区管委会下属部门的办事人员和中层官员不在谢一鸣视野里，他注意上层正副主任三个头头，分别是姓庄的主任，姓陈、姓林两位副主任。姓陈的副主任管财，于谢一鸣接手处理火灾善后的当天，由谢一鸣亲自下令控制于“点”内“协助调查”。姓林的副主任管招商和项目，与出事企业的关系更为直接，但是该副主任出国招商去了，不在开发区。谢一鸣下令通知中止其境外活动，从招商团中撤回，返回接受调查。

姓庄的主任动不动呢？谢一鸣决定：“暂时不动，但要盯紧。”

谢一鸣办火灾重点办官员，这为什么？他有理由：即使亿利鞋厂这把大火确实出于专家推测，是因为电气设施老化，意外打火点燃，这也只是外在的直接失火原因。大火哪怕把鞋厂烧得一点不剩，本不该烧死那么多人，发生重大人员伤亡惨剧的内在原因是这家鞋厂涉嫌严重违规，失火厂房为典型的“三合一”建筑，即生产、储存与生活服务设施合于一楼。“三合一”厂房存有严重安全隐患，已造成过大量现实安全灾难，其存在早已被相关安全生产规定明令禁止。但是亿利鞋厂的违规厂房赫然存在，白天连着晚间开足马力生产，车辆出出进进，工人加班加点，一派繁忙景象。当地管理官员为什么无视违规厂房存在？为什么允许违规企业生产？他们的眼睛都瞎了吗？

谢一鸣是老手，处理类似安全事件有经验，他从省城赶到失火现场，接手善后工作安排，一问灾情就知道是“三合一”厂房出的事。当时他质疑地方官员，说现场迹象异常，查下去情况肯定特别严重，失职渎职恐怕还是小问题，言中之义就是该鞋厂违规生产，其后必有官员重大问题，这个问题不能回避，必须追究清楚，否则无法对死者和生者交代，也无法面对公众。

事故调查人员立即开展调查，发现管委会负责官员眼睛并没有瞎，亿利鞋厂“三合一”厂房问题其实早被发现并记录在案。近年来开发区相关部门曾组织过若干次安全生产检查，鞋厂曾数次被列为存有安全隐患企业，有关部门按照规定提出了警告，发出了书面通知，要求该厂限期整改。

为什么该企业始终未改，置若罔闻？鞋厂黄老板辩称自己别有缘故。该厂主楼原本不是“三合一”，完全是按生产大楼设计建设的。后来因为生产扩大，所招外来工经常需要加班，所以才把楼上两层辟为临时宿舍，以方便员工。企业接到管理部门安全警告后并未掉以轻心，曾进行了多项整改，并提出一个彻底解决方案，打算在厂区附近征地，盖一座员工集体宿舍楼。由于征地和建住房手续较复杂，一直没办下来。企业老板的这个说法得到开发区相关官员的证实，他们说这家鞋厂效益很好，是产值和税收大户，安全记录也一直不错，虽发现存在隐患，但不忍心逼它停厂，开发区相关部门一边帮助企业办理征地手续，一边要求它加强内部整改，不料竟酿成大祸。检讨起来是失职，但是还是出于好心。

谢一鸣说：“我不信鬼话。”

他要求调查人员就此深挖。

市安办主任张斌很紧张，把一张报纸悄悄塞给谢一鸣，支支吾吾道：“谢副市长，这件事恐怕有些麻烦。”

这是一张两个月前的旧报纸，本市地方日报。旧报纸有什么大不了的新闻，让安办主任如此紧张？原来相当敏感：报纸头版有一张照片，照片的主角是女市委书记柳英，内容是女书记深入开发区调研。照片上除了柳英和随行人员，还有开发区三位领导陪同，照片拍摄地点不在别处，恰在亿利鞋厂，柳英站在鞋厂车间主楼前的停车场，身边围着开发区三位头头，还有鞋厂的黄老板。照片拍得很传神，光线柔和，柳英笑容满面，神态很生动。

谢一鸣问：“这是谁发现的？”

公开登在报纸上的照片还需要谁去发现？问题是如今报纸上领导

人活动的照片太多了，无关者通常不会特别在意。如果亿利鞋厂没有烧死那么多人，这张照片早已消失得无影无踪，不会再有人提起。但是这么多人被火烧死了，这张照片藏得再深也无处可逃，肯定会被有心者从昨日故纸里发掘出来。

张斌每天上班的第一件事是浏览本市日报，两个月前他肯定见过这张照片，但是一点印象都没有，因为类似照片多得记不住，该照片本身并无特别之处。这一次调查处理亿利鞋厂安全事故，他听到外界议论，说鞋厂有背景，跟市委书记柳英有关系，心里不踏实，悄悄安排手下干部找了一下，果然找到了这张照片。

谢一鸣点头："可以深入研读。"

他抓起桌上一支水笔，在报纸照片上画了几个圈。照片上五个人，除了柳英，还有开发区三位主任和企业老板，谢一鸣在老板和两位副主任的头上各画了一个圈，这三个圈入者此刻都已控制在"点"内，就火灾事故接受调查。

谢一鸣思忖片刻，在柳英身边另一人物的头上也画了个圈。

这是开发区管委会主任，此人姓庄，管委会三驾马车中目前唯他尚未惊动。

"动他。"谢一鸣说。

"这个这个。"

"事故调查，我可以定。"

"柳书记那里呢？"

"你不用管。"

庄主任被通知到"点"上接受调查。关于亿利鞋厂的安全隐患问题，他推到工作部门和分管副主任那里，称自己并不知情，没有具体过问。

"你跟这位企业主有私人交往吗？"

"没有。"

"黄老板跟其他领导有私人交往吗？"

"我不知道。"

按照谢一鸣要求，调查人员暂不问及报纸上那张照片，不涉及鞋厂是否真有背景，与市委书记柳英有何关系。庄本人也没有主动提起。

那一天上午开碰头会，事故处理各工作小组向国家和省安办工作组汇报情况，谢一鸣在会场接到柳英秘书小刘的电话。

“柳书记请你现在过来一下。到她办公室。”小刘说。

谢一鸣请柳英另定时间，上午他走不开，调查组开会，国家和省安办的同志都在。

几分钟后小刘回了话：“柳书记让你会后马上来。”

“可能要过午。”

小刘重复：“她定了，会后马上来。”

两个月前的那张旧报纸上，头版照片五人，其中四位头上给谢一鸣画了圈，唯一一位尚未圈入者就是柳英。对谢一鸣而言，打上这个圈意义重大。

这需要“深入研读”。

柳英到本市接任书记之前，谢一鸣从未跟她打过交道。柳英到来之后，谢一鸣跟她除了工作接触，并无其他往来。谢一鸣曾被称为“谢半市”，分管的事务比较多，号称肩挑市政府半壁江山，一些重大事情免不了要问问书记意见，接触中谢一鸣感觉女书记对他留有距离，有所警惕，所谓瞎子吃饺子心里有数，其中缘故谢一鸣很明白。

这是因为前任书记周长安。周长安在本市当过副书记、市长、书记，执掌多年，留下许多施政轨迹，柳英到任后没有一味按照周长安的路子走，她试图改变，提出了自己的新思路和新做法，但是推行起来并不顺利，领导层中看法不一。谢一鸣是周长安一手重用的干部，加上自命清高，比较自负，有些牛，不得柳英另眼相看不足为奇。

柳英到任后不久，市政府班子略有变动，分工需要调整。程洪市长把谢一鸣找去私下交谈，提出劝告。

“你要想办法跟柳书记沟通一下感情。”程洪半开玩笑，“现在是女老大。”

“这又有什么事？”谢一鸣问。

政府领导分工调整，程洪需要问一问柳英的意见。柳英对谢一鸣管的一大块不放心，觉得谢一鸣跟她的思路对不上，执行不够得力。

“这个啊，没问题。”谢一鸣表态。

他让程洪尽管按柳英的意思办。分工怎么调都可以，管什么都行，他没意见。他不会就这个问题去沟通感情，大家共事，信得过就做，信不过就不做，没什么。

不久就调整了。“谢半市”的半壁江山基本上都交了出去，财政、工业、交通、安全等改由其他领导分管，文教卫体、计划生育和市政府内部管理等项目则由他接手。按照机关里的私下说法，“谢半市”被“边缘化”了。

那时候贺权涉黑案已经开始发酵，外界议论纷纷，都说海上一霸贺老大是黑老大，黑老大后边有黑保护伞，所以为所欲为，这里拿一千亩，那里拿两千亩，聚财无数。黑保护伞为什么保护黑老大？当然是无利不起早。谁是黑保护伞？谢一鸣首当其冲。

从那时起，谢一鸣身边风言风语不断，随着案件深查，渐渐进入旋涡中心。

谢一鸣与柳英的最后一次“感情沟通”发生于省城“课题调研”前夕。那天下午谢一鸣在市政府办公室开会，将近下班时分，市委办通知他马上到柳书记办公室，有急事。谢一鸣一听是书记急召，不能怠慢，赶紧把未了议题交给跟他的市政府副秘书长主持，自己离会赶到市委大楼那边。走进柳英办公室时谢一鸣感觉挺奇怪，因为坐了一屋子人，有人拿摄像机拍来拍去，是中央台记者采访。柳英把他叫来这里干什么？难道接受采访？柳英看他到了，往后边指了指，请他到会议室去。谢一鸣转头进了会议室，一看市纪委书记陪着几个陌生人在里边等候，当时就明白了。

谢一鸣差不多是从柳英的办公室被带走的，“协助调查”，或称“课题调研”。彼此间有这么多感情故事，此刻意外赶上一场大火和35条人命，然后发现了一张旧日报纸，趁难得之机做“深入研读”，给照片上的柳英头上画个圈，于谢一鸣也属自然。这样一个圈意味深长，可以把它读成一个句号，与谢一鸣利害相连，甚至生死攸关。

这天上午的调查组汇报会一直开到过午，与会人员无论大小，一人一盒快餐打发。会议结束时已经是下午1点多，谢一鸣立刻上车，直奔市委大院，按照小刘所转达的柳英之命：“会后马上来。”

很巧，轿车开进大院之时，电话响了，竟是周长安。周长安清楚此刻谢一鸣仍处于“课题调研”环境，他并不顾忌，没有刻意回避，直接打谢一鸣的手机。

“这几天情况怎么样？”他问。

谢一鸣感谢领导关心，简单讲了点调查进展。

“好像已经有所突破？”周长安问。

“是发现了一些问题。”

周长安要谢一鸣抓紧，紧紧抓住。谢一鸣表示明白。

柳英在办公室等着，给了谢一鸣一张旧报纸，这张报纸于他已不新鲜。

“我有了。”他说。

柳英谈了情况。两个月前她到开发区调研，行程安排看几家电子企业，原本没有亿利鞋厂。在前往一家节能灯企业途中经过鞋厂，开发区主任指着鞋厂大门的招牌，说这家厂子生产的鞋子是国际著名品牌，美国“MBA”比赛现场有这种鞋子的广告。主任介绍情况时有些夸大其词，说得好像该国际著名品牌是本开发区自主品牌一般。她不禁产生兴趣，临时决定进去看看，于是就进了鞋厂大门。鞋厂黄老板恰在厂内，跑出来陪同参观，介绍了生产情况，她说了几句鼓励的话，待了10几分钟就上车离开。当天调研有摄影记者随行，拍了不少照片，偏偏就选用了这张。鞋厂大火之后，外边有人以该照片为据，说她与鞋厂老板有特殊关系，那是无稽之谈。

“你觉得有问题吗？”柳英问。

谢一鸣直截了当：“有。”

他没有丝毫含糊，明确点出，以示负责。他说现已查明亿利鞋厂厂房是违规建筑，虽然柳英并不清楚，毕竟留此存照。如果没有一场大火和35条人命，这张照片不会成为问题。但是惨剧发生了，照片轻则表明柳英失察被蒙在鼓里，重则可以说是客观上保护、纵容企业违规，导致大祸。

柳英点点头：“好。”

她忽然转移话题：“他们还没问你什么吧？”

谢一鸣知道她的意思。几天前他被从柳英办公室带走，然后意外返回，直到现在，这是柳英第一次正面问及“协助调查”事项。谢一鸣告诉她，被带到省里后，他们让他“自学”了一天，任务就是研读、消化上级反腐败文件，他读得很认真很深入，以备调查人员面试。不料没来得及做实质性接触就让他走人了。

“你怎么看这件事？”她问。

谢一鸣认为自己没事。贺老大办项目修渔港拿土地，这是客观事实，他不否认，就当时情况，从招商引资角度看，他不认为有什么错。他知道贺老板社会关系很复杂，对这个人相当戒备，贺老板对他也有所顾忌，在他管理范围内不敢太放肆。贺在家乡做项目修渔港之初，并未卷入当地黑社会争斗，成为本地海上黑老大是他调离后的事情。无论怎么追究，他个人没有问题，既不是黑保护伞，也没有为自己牟利，对此他很坦然。在这一点上他感觉与柳英有共同之处。鞋厂一场大火，柳英调研的照片成为问题，无论是轻是重，只要没有隐秘交往，没有牟取私利，可以坦然，最终没事。

柳英说：“你真的没事吗？”

“当然。”

谢一鸣告诉柳英，贺老大曾经砸过一百斤所谓“地瓜”，打算把一个牛书记喂成羊书记，结果未遂。具体情况想必柳英已经有所耳闻。

“我知道还有一盒月饼。”柳英问，“除此之外就没有了？”

“没有了。”

柳英断然否定：“不对。”

她要谢一鸣头脑清醒一点，她对案情有所了解，不像谢一鸣一口咬定的那样。贺老大曾经酒后狂言，称手里捏着众多官员的把柄，谢一鸣最牛，也被他喂成羊了。眼下贺老大虽死，但人证物证还在，事情没有消失。谢一鸣这种性格的人，承认不容易，事实却是事实。办案是上级部门的事情，没要求她介入，但是她还想劝告谢一鸣一句，希望谢一鸣能正确面对，不要心存侥幸。

谢一鸣说：“我对自己心里有数。”

“不要误以为意外有了机会，铸成大错。那不可能做到。”

“柳书记什么意思？”

柳英追问，除了已经上交的公务护照，谢一鸣是否拥有因私护照？谢一鸣一口否定，他不拥有任何因私护照，无论是用本名，还是化名。

“你应当明白我为什么问这个。”柳英敲打。

不需要她多说，谢一鸣很清楚。眼下谢一鸣的妻子女儿都在美国，他自己一个留在国内，是所谓的“裸官”。“裸官”之裸因可能各不相同，其中有不少是腐败官员预留后路：把家人先送到国外，转移财富并避险，自己独自留下，一有风吹草动拔腿就跑，没有后顾之忧。身为官员，出境需要经过批准，办理公私护照都留有记录，护照管理有严格规定，却有些人能够设法绕开，这种人通常掌握实权，预先用种种特别理由，授意管理部门人员制作一套假材料，据此为自己办理一份化名护照，名是假的，护照却是真的，时候一到就拿出来用。这种情况已经屡见不鲜，谢一鸣是否也在其列？目前还不得而知。谢一鸣正在接受调查，其言谈举止受到密切注意，不可能说走就走，但是如果他早有准备，此刻利用一场大火提供的意外机会铤而走险，拿着一份难以查核的化名护照逃走，事情就非常严重。柳英有必要就此提醒，让他断了这个念头。

“把你要回来，我们就有责任。”她说。

谢一鸣说：“我自己无须担心。”

柳英提到让谢一鸣中止“课题调研”回来接手火灾善后的情况，谢一鸣就此了解过。作为当事人，无疑他最想知道自己得以脱身的原因，情况已经大体明白。

为什么柳英会把谢一鸣召回来？首先当然是灾难，这一场大火伤亡惨重，偏偏管事的朱龙辉身子一挺不省人事，临阵折将，这就给了谢一鸣机会。朱龙辉虽是新上任的副市长，年纪却比谢一鸣大，身体不好，心思很重，比较怕事，他最怕管安全，偏偏从谢一鸣手上接了这个。安全事务责任大，没有谁喜欢管，谢一鸣从县里上来当副市长后，程洪把这一块派给他，他管住了，去年曾遇到过几回大事，都被他有效处置，人人说他有办法，其中当然不乏运气。亿利鞋厂“三合一”违规，谢一鸣管安全期间就已存在，当时并不起火，待到一把火烧死 35 人，谢一鸣已经不管了，谁管谁负责，坏事摊到朱龙辉头上。朱龙辉运气不好，接手后重大安全事故屡出，搞得焦头烂额。一个多月前，本市一座违规鞭炮厂发生爆炸，死亡 10 人，上级严肃查究，朱龙辉吃了个处分，还没缓过劲儿来，又是鞋厂这把大火，死伤更是惨重，朱龙辉那种性子哪里承受得住，当场就不行了。这个时候得找个人顶起来，谢一鸣无疑最合适，因为这一块原本就是他管，轻车熟路，问题是大火之前他刚被带走“协助调查”。

市长程洪出头找柳英，建议柳英直接给省里主要领导打电话，可能的话，请求让谢一鸣先回来处理善后，这么大一件事，30 几条人命，比贪污受贿几万几十万严重，大事料理清楚，再查他个人受贿不迟。

“现在能依靠他吗？”柳英质疑。

“别的人不一定靠得住，这个人没问题。”程洪担保。

柳英有理由担心。谢一鸣已经成为被调查对象，哪怕暂时叫出来，如何指望他尽职尽责处理安全事故？程洪担保没问题，理由是谢一鸣其人比较自负，自视甚高，顾惜脸面，只要同意接，就会负起责任。被调查不一定是坏事，这种时候谢一鸣需要将功折罪，至少不敢乱来，以免给自己加罪。

柳英被说服了。

这里边还有一个细节比较不为人知：程洪市长出面找柳英之前接到了一个电话，是副省长周长安打来的。周长安得知鞋厂大火，朱龙辉出事，特地找了程洪。他对程洪说："现在还等什么？去把谢一鸣弄回来。"

周长安运筹帷幄，谢一鸣终得脱身。但是正如柳英所说，事情并没有结束。柳英有必要提醒谢一鸣牢记自己的处境，不要利用机会上下其手。无论是设法逃跑、暗中干扰调查，或者利用一张照片"深入研读"，大做文章，都难得逞，还将罪加一等。

对柳英的警告，谢一鸣以一句回应："我对自己有把握。"

离开书记办公室，返回“点”上，有两件事在这里等着谢一鸣。

第一件事是调查取得突破，亿利鞋厂老板承认送贿。在接到限期整改通知后，他给几个人送了钱，其中开发区主任给了10万。两位副主任各有两万。经派驻在调查组的市纪委工作小组追查，三个基层官员都已供认受贿。

“不出意料。”谢一鸣说。

他要求调查人员立刻向市纪委领导报告案情。鞋厂这笔贿金清楚了，事情并没有完。敢拿两万就敢拿10万，敢拿10万就敢拿100万。开发区这么多企业，到处可以种地瓜，这三人不知道已经吃下多少，得统统挖出来。这已经超出鞋厂火灾的调查范围，必须移交责任部门去处理。

第二件事是谢一鸿从老家来了。谢一鸿是谢一鸣的亲弟弟，在老家县城一所小学当教务主任。他们老家在本市西部山区，谢一鸿前些时候参加教材修订部门一个会议去云南，刚回到家中。一听大哥出事，他非常紧张，从县里赶来看他。

谢一鸣说："我没事。"

待到房门一关，谢一鸣口气急转，发问道："家里凑得出20万吗？"

弟弟大惊："怎么了？"

谢一鸣让弟弟尽快凑20万人民币，马上送去给王春江。王春江可能不敢收，谢一鸿要想办法，无论如何，让王春江收下。

谢一鸿匆匆离开。

谢一鸿小名"臭丸"。本地人所谓的"臭丸"即樟脑丸，这种东西现在已经很少见了。谢一鸿的小名外边人不知道，谢一鸣的妻子却清楚。谢一鸣从省城返回本市的路上往美国打过一个电话，询问"臭丸"到美国后可好？实际上当时"臭丸"正在云南参加会议。谢一鸣靠电波途经美国绕个圈，设法通过其妻把信息传递给谢一鸿，传唤其弟前来找他，这是为了避免让人察觉他在找什么人，想要干什么，因为牵扯到案情，涉及金额达20万。

谢一鸣的时间不多，鞋厂一把火来得意外，眼下机不可失。

4

近10年前，谢一鸣默默无闻，在市政府经济研究室当个小科长，每天中午拿个饭盆到机关食堂吃饭。当时谢一鸣人微言轻，却已经很自负，不太合群，对人对事自有看法，不说则已，一说伤人。机关食堂总是兼为用餐年轻干部的交流平台，有众多信息和言论在餐桌上交换流转，其中时有谢氏言论，往往因尖刻而被转述。

一直以来，最受机关小干部热议的话题，无出人事动态，谁谁上了，谁谁下了，哪个有办法，哪个出了事，等等。有一回机关调整，提拔了10几个干部，常在食堂行走的几位小干部赫然升起来了，其他人看着他们，眼中颇多羡慕，兼具不服。谢一鸣在餐桌边喝汤时发表言论，说食堂这里的人都长眼睛，但是办公楼那边有个瞎子。

有人追问："是谁瞎了？"

"周长安啊。四眼两对瞎。"

所谓"四眼"即戴眼镜的。当时周长安从外地调来本市当副书记不久，管干部，他非常强势，迅速用起一批干部，其中不少人颇受争议。

谢一鸣抨击周长安瞎了，说的是周看人不准，机关食堂里不少人有同感，只是没人敢公开说。

几天后一个午饭时间，机关食堂外来了一辆轿车，周长安从轿车下来，径直走进食堂。食堂里顿时骚动，领导意外光临，认识的不认识的纷纷起身打招呼。

周长安问："哪一个是谢一鸣？"

有人把坐在靠窗餐桌边的谢一鸣指给周长安。谢一鸣手里抓着筷子抬头看，模样有些紧张。周长安抬手招呼，让谢一鸣过来。

"知道我是谁吧？"他问。

"是周副书记。"

周长安指着自己的眼部："这里，眼睛和眼镜，瞎了吗？"

谢一鸣没吭声。

"下午去我办公室。"周长安下令，"跟你谈话。"

就这几句话。而后周长安跟周围人摆摆手，掉头走出食堂。

谢一鸣硬着头皮去了市委办公大楼周长安的办公室。周长安那么大的领导找他这种小科长谈话，本不需要亲自深入机关食堂下达通知，让秘书给市政府经济研究中心主任打个电话，吩咐主任把人给他带来，这就足够了。但是他不，他要在公开场合高调亮相，直奔主题，引而不发，一下子把众人震慑住。

在办公室，他还问谢一鸣："这里边谁瞎了？"

谢一鸣嘴硬："那是比喻。"

"我不知道吗？"

周长安把食堂餐桌上传来传去的消息拿出来说。本次提拔的人员里，某人是某位领导的女婿，某人是某大款的兄弟。某人没本事却有嘴皮，擅长献言，肉麻吹捧，抓住一切机会给领导拍马屁唱赞歌。某人则献金，拿财物轰炸开路。某人是年轻女性，有几分姿色，她的本事是献身。

"这个什么'三献'是你发明的吧？"周长安问。

谢一鸣说："不是发明，是真实情况。"

"不用你说，我一清二楚。"

除了饭桌上流传的各相关人物事迹，周长安还知道谢一鸣怎么回事。谢一鸣为人自负，自命清高，自命不凡，目中无人，所谓"不鸣则已，一鸣惊人”，平时不吭不声，嘴巴一张出口伤人。领导关系和群众关系都差，年年打钩评价，票数总在中下。

谢一鸣不服：“单位里事情做得最多的人是我。”

“你不成气候。”

周长安训斥说，干大事的人必须立足现实，知道自己要什么，怎么去做。任何人都有毛病，也都有其可用之处。不同的人可以办不同的事，不同的事要让不同人去办，什么样的人都能抓住，三教九流都能掌握，这才足以成事。

“以后少在饭桌上叽叽歪歪，什么瞎眼，三献，愤世嫉俗。牛个啥？”

谢一鸣一声不吭，并不是心里服气，只因地位悬殊，不在一个对话平台上。

几个月后机关又提拔了一批干部，谢一鸣居然榜上有名，被派到下边县里，当了副县长。提名他的不是别人，正是周长安。周长安说：“这个谢一鸣不献言不献金也不献身，领导干部队伍里不能没有这种人，就用他吧。”

谢一鸣的感觉可想而知。

他对周长安感恩戴德，在县里干得非常卖力，数年里步步上升，从副县长到常务副县长，到县长，再到县委书记，比一些被他看不起的所谓“三献”人员还快。其顺利发展除了个人努力，更得益于周长安的看重。周长安为官大气，不计较什么“四眼两对瞎”，起初谢一鸣并不让他特别在意，而后渐渐欣赏，看中了，便下力气栽培。他曾说过不能没有谢一鸣这种人，为什么不能没有？因为可取。谢一鸣自负，但是有其本事，最大优点是靠得住，有朝一日谁可能都跑了，他相信谢一鸣还在。

周长安擅长掌握，用了不少干部，真正得他信任的不多，谢一鸣可算其中之一。

两年多前，有一回市里开流动现场会，周长安亲自率领，把各县书记集中到一部中巴车，一天走一个县，现场参观检查，研究问题，称为“拉练”，路线从沿海到山区。谢一鸣任职所在县位于沿海，早早经受检查，拉练后期进入山区，他放松多了。

那一天周长安在中巴车上忽然发话：“今天要查谢一鸣。”

谢一鸣声明：“我已经过关了。”

“这里还有一关。”

流动现场会当天所到地点与谢一鸣有关，不是任职地，却是老家。谢一鸣的情况比较复杂：祖籍在市区，父亲读师范后支援山区，落地生根，他出生在这个山区县，小小年纪被送回市区，在祖父家长大，读书工作都在市区。很多人不知道他在这里有个家，周书记倒是记在心里。

不由得谢一鸣惊讶：“周书记真是好记性。”

“现在也学会‘献言’了？”

“是真话。”

周长安说：“我也是真话：今天查你。”

周长安果然来真的。晚饭后，周长安叫上当地县委书记蔡琪，让谢一鸣领路，深入调研，上门检查，去了谢一鸣家，准确点说是谢一鸣父亲的家。

谢一鸣的母亲已经过世，父亲退休在家，身体不好，长年卧病在床。谢一鸣的弟弟谢一鸿与父亲一起生活，谢一鸿子继父业也当小学老师，弟媳原在一家企业工作，企业倒闭后无业，儿子刚上初中，经济比较紧张。谢家住县城北部“教师新村”，是20世纪80年代的住宅区，周边道路狭窄，满眼旧屋，已经十分破败。当年谢一鸣之父分得这里一套住宅，一厅两室50多平方米，位于7层公寓楼顶层，没有电梯。周长安率一行人用脚一级级走上楼，看望谢家老父，视察谢家旧房。由于事出突然，家里人措手不及，没能很好收拾，加上屋旧房小人多，满眼凌乱，探访者几乎转不开身。大家开玩笑说，教师节还有些日子，周书记这是提前探望老教师，慰问教育困难户。

蔡琪当场埋怨谢一鸣：“你怎么搞的？把老父亲藏到这种小地方，是想让周书记受累，还是要让我们出丑？”

谢一鸣还要自夸：“地方虽小，地段不错。”

周长安批评：“你这个大儿子没用。”

谢一鸿替大哥辩白，说谢一鸣每月寄钱，每次回家都把父亲背下楼去晒太阳。

周长安点头：“我没说他不孝，是说他没用。”

他交代蔡琪帮助解决谢家住房问题：“今晚查过了，情况属实。我在这里现场办公，这个事你帮他办，作为任务下达。”

谢一鸣说：“这事我们自己处理吧。”

周长安再批评：“你清高什么？我听说你们家老教师住贫民窟，特地来看看，名不虚传嘛。你这种人放不下脸，我替你出面。”

当着大家的面，谢一鸣不再多说。

一个月后，蔡琪给谢一鸣打电话，说问题解决了，他们县机关管理科手中掌握几套住宅，是用旧机关公房土地跟开发商置换的。地点和户型都不错，他已经协调清楚了，可以安排一套给谢家。

谢一鸣道谢，一口回绝。他说周书记那天是表示关心，所谓“下达任务”是开玩笑。这种事当然还得自己解决。他能处理，没问题。

蔡琪笑：“你要让周书记骂我没用？”

“我给他解释。”

蔡琪这才承认自己其实就是讨个人情。他心里有数，谢一鸣这么顾惜面子，肯定不会让别人管这个事。不过他还要表个态，有什么需要尽管开口，毕竟他在这个县里现管，处理起来方便，帮这种忙很应该。谢家旧房虽然不算什么贫民窟，条件确实差了点，还是应该重视解决。谢一鸣大小是个县委书记，廉政要注意，老爹老弟还得像个样子，否则有碍观瞻，不利尊师重教，也影响县委书记大家的面子。

谢一鸣说：“这个罪过大了。”

谢家人其实早就在物色房子了，改善居住条件，让父亲借以安度晚年。谢一鸣自己生活在市区，县里的房子主要是弟弟一家使用，买房以其弟为主考虑，谢一鸣在经济上予以支持。他当官，日子比弟弟好过，父亲跟弟弟一家共同生活，当大哥的有责任分担困难。谢一鸣之弟为人谨慎，买房子不是小事，要备下足够的钞票，看满意了，再指望房价掉一点，这才能买，事情因而一拖再拖，弄得惊动领导，成了面子问题。

于是抓紧解决。几个月后弟弟给大哥打电话报告，说看中一套房子了，地点和户型很合适，大家都很满意，包括父亲。

“大哥要不要回来看看？”谢一鸿问。

谢一鸣答应找个时间回家看房子，但是不必等他，满意就定，需要多少钱他先汇过去。谢一鸿回答不必，钱够。得感谢县领导，房子是他们帮助找的，开发商叫王春江，给了很大的折扣优惠。

谢一鸣问：“多少折扣？”

“五折。交代我们不要在外边说。”

谢一鸣一声不吭，对着话筒不说话。

弟弟谢一鸿发觉不对，顿显紧张：“大哥！不行吗？”

谢一鸣发话：“你们看好就买，事情我处理。”

他打电话找蔡琪了解情况。蔡琪告诉他，周长安再次问起谢家住房这个事了，领导居然一直记着，催促他赶紧办理。周长安不只发话，还亲自安排，派人过来把问题处理清楚，县里没有花钱，开发商不吃亏，事情办成了。他蔡琪其实就是给开发商打个招呼，没帮什么忙，具体细节他没过问，谢一鸣也不用管，记得感谢周书记就可以。

谢一鸣找周长安。周长安问：“你家老教师的房子解决了？”

“感谢领导关心。”

周长安批评：“你没用，蔡琪拖拉，贺老板还可以。”

他没跟谢一鸣多说，让谢一鸣不必多问，去做好自己的事情。

当时贺老板的项目已经动工。比起海边的1000亩地，以及被谢一鸣退还的月饼和地瓜，山区县城开发商的房子打点折不算什么，小菜一碟。开发商王春江是什么人？他跟贺老板是什么关系？事情是怎么办的？谢一鸣无从得知。他曾查问贺老板，贺老板装傻，称贺老大脑子里一笔糊涂账，要搞清楚只能去查周长安。

隐患就此种下。眼下谢一鸣的父亲和弟弟一家已经住进了新房子，贺老大已死，涉黑案越查越大，这笔糊涂账让谢一鸣渐感威胁。按照当时市场价，房子的折扣满打满算不到20万，数目不算巨大，足以造成麻烦。谢一鸣一再声称自己“没事”，心里却有数，无须柳英警告，他被带到省城参加“课题调研”，于两个工作人员陪伴看管下在床上翻身，反复思忖时，总是想起弟弟谢一鸿的房子。

但是这20万折扣算什么呢？如果贺老大真的酒后狂言，称最牛的谢一鸣也被他喂成羊了，这笔数目是不是小了点？够得着吗？

无论如何，以安全计，潜在的威胁依然需要消除。

5

亿利鞋厂火灾事故调查中发现了一位年轻电工，与暴露出来的几个腐败官员相比，该年轻人提供了本次事件中可圈可点的一大亮色。年轻电工叫陶添福，是外来打工仔，来自湖北，为鞋厂火灾中35位死者之一。当晚死者中，唯有他事发时身处火场之外，本可以逃生，却见义勇为冲进火场救火，丧生于主楼二层。其他死者分别于其后被烧死于四楼、五楼员工宿舍层，或者带火跳楼，摔死于楼下水泥地面。

火灾发生的那天午夜，年轻电工陶添福从厂外租住宿舍到鞋厂电工房轮班，该厂电工房设于西侧库房的边上。年轻人到达厂区时，大火已经烧起来了，当晚的四个值班保安惊慌失措，全都跑到附属楼失火库房外边，试图用值班室所备普通灭火器灭火，那已经像小孩对着满山野火撒尿一样无效。陶添福从大门跑过来，向几个保安大叫，让他们赶紧到主楼那边，他看到主楼一层的原料间有火光，火已经蔓延到主楼了。几个保安一听就傻了，因为主楼上住着好多人，进出大楼都要经过楼下卷闸门，它就在楼道边，晚间卷闸门关闭上锁，不打开的话一个人都出不去。主楼有一个后门，安的是铁门，一向紧锁，不供人们出入。

从防火安全角度，主楼前边的卷闸门不应当全部上锁，至少得留下一条紧急逃生通道，但是由于大楼原料间曾被流窜偷窃人员光顾过，老板考虑防盗，让值班保安每晚紧锁大门，有急事才能打开。值班室的抽屉里有钥匙和遥控器，用它们可以打开卷闸门。值班保安一听电工陶添福喊叫，赶紧扑回值班室取家伙，然后去开门，卷闸门却没有动作，卷不上去，大家这才意识到主楼已经断电，门打不开了。

陶添福大叫："砸开！砸！"举起灭火器扑上去硬砸。有一扇卷闸门被他砸松动了，他把身边人喊过来，一起合力上推，一下子推上去半人高。却不料其时大火已经烧到门厅，卷闸门一开，大火跟着气流往外冲，巨大火舌从里往外喷，当时就把站在门边的陶添福和两个保安的头发和衣服烧着。两个保安在地上滚，扑灭头上身上的火苗，惊魂初定，抬头一看，火头已经从闸门洞缩回门厅，一股呛人的浓烟从门洞里钻出来。

他们面面相觑，发觉陶添福不见了，眨眼间消失得无影无踪。

直到大火被扑灭，消防队员进入主楼搜索，才在主楼里找到陶添福的焦尸，地点在二楼通往三楼的楼梯转角处。根据几位幸存保安的讲述，以及现场勘察，调查人员推断出当时大体情况：可能由于气流变化，火头暂时回缩，陶添福抓住短暂时机从半开的大门钻进门厅，顶着浓烟快步扑向楼梯，试图冲上楼解救受困人员。可惜这条求生通道已经被大火阻断，他没能成功。

这个小伙子本不该死。应当说亿利鞋厂火灾中的35条冤魂哪一个都不该死，但是陶添福死得最悲壮。别的人是不得不死，他们从梦中醒来时已被大火团团围困，无路可逃，陶添福不一样，他是自己选择死亡，顶着火焰钻进大楼，无惧生死。

陶添福的事迹被本市媒体记者发现了，记者比调查人员有心。对调查人员而言，陶添福只是事故中一个死者，其死因与其他人有所不同，有必要查核认定。记者们则以其职业敏感发现了熊熊大火中这位死者的特殊光彩，几家媒体迅速组织联合采访，很快形成一篇事迹报道。重大事故尚在调查阶段，任何相关消息披露都比较慎重，报道先以内部通讯发出，该内部通讯当即引起各方的重视。

这个年轻打工仔无疑极具价值，虽然其英勇行为的唯一效果就是把自己葬送，但是所表现出来的见义勇为和无所畏惧，无疑给这一起悲惨事件生色。他被采访记者誉为“救火英雄”，认为足以成为一个感动人物，火灾烧过，需要调查原因，追究责任，更需要振奋精神向前看，对英雄人物事迹的宣传有助于促进人们于灾难痛苦中奋发，而不是沉溺不拔。市委书记柳英非常认可，在内部通讯上做了批示，要求相关部门把事迹核对准确，提出完整宣传计划。

谢一鸣却有异议，认为目前不宜。从调查情况看，陶添福为了救人置自己生死于不顾，事实是准确的，但是事故原因还在调查，责任尚未追究，这种情况下突出宣传救火英雄，弄不好会被人疑为转移视线，逃避责任。陶添福本人冲进火场的具体原因需要进一步了解，其责任也待确定：专家们倾向于认为火灾的直接原因是库房照明电路打火，陶添福身为电工，是否有所相关？

柳英下令：“这几个问题赶紧搞清。”

很快有了进一步情况：陶添福奋不顾身冲进大火，可能真有些个人因素：他有一位女友，是他老乡，两人一起进入鞋厂打工，时间才半年多。当晚他的女友当班，住在主楼四楼上。陶添福舍命冲进主楼，搭救自己的女友是一个合理解释。但是谁也不能因此断定陶添福见义勇为只为了救自己的女友，谁能说除了女友，其他人他一概不救？女友的存在给了他一个真实可信的动机，却不伤害他奋不顾身入火救人的性质。说来可叹，陶添福死于火场，他的女友却在当晚侥幸生还，她从四楼冒险跳楼，没有摔死，但是重伤瘫痪躺在医院，腰椎以下已经失去知觉。

陶添福作为电工对火灾所负责任也得到澄清：经查，亿利鞋厂有四个专职电工，陶添福是最年轻，资历最浅的一个。库房电气设施老化，老板舍不得花钱更新，主要责任在老板，不在电工。哪怕电工有责任，主要也在那些老电工，不在他。

谢一鸣却坚持："是电工就有责任。"

周长安副省长打电话了解事故调查进展，问起了陶添福。谢一鸣告诉他，该年轻人死在主楼二层，考虑到当时的火情，能够在火焰浓烟中冲到二楼堪称奇迹，可惜无济于事。现在也一样，对于火灾死者和事故追究，一个救火英雄无济于事。

周长安也说："死人救不了活人。"

周长安将于下月初带一个经贸团组赴欧洲考察洽商，筹备工作紧锣密鼓，但是他始终牵挂谢一鸣这里的火灾善后。他跟谢一鸣的通话表面上没有敏感内容，其实内涵丰富，该内涵只有他们自己彼此心里明白。周长安管经济工作，并不负责安全事故，他没有理由干预事故调查，他对此事的关注是有重点的，这个重点是事故责任，要点不在电工陶添福是否该为电线老化负责，而在柳英。

亿利鞋厂这一把大火造成重大生命损失，到头来必定有负责官员要受处分，处理的面多宽要根据事故调查结果，其中有一个人肯定跑不掉，那就是朱龙辉。朱是分管安全的副市长，负有直接领导责任，他已经被这个责任压垮，在火灾现场变成了植物人，与这一非人处境相比，再严重的处分又算什么？除了朱龙辉，市长程洪也可能会受到一定追究，这要看事故影响及程洪本身情况。柳英作为市委书记，第一把手，对经济工作和安全生产是宏观领导，直接责任并不在她，通常不会受火灾牵累，但是这一回她有麻烦：火灾前的一次视察和报纸上的一张照片把她与火灾联系在一起。生命损失如此严重，她的照片不会被忽略，即使她与鞋厂老板毫无关系，视察完全出于偶然，依然涉嫌失察和客观上助长企业违规。她对事故不负直接领导责任，不会被撤免或者记过警告，但是很可能因此引咎调离。

对不少人而言这是个好结果。柳英上任后以“打黑书记”闻名，谢一鸣已经被牵扯入案，案子可能还会延伸，甚至动到省内高层例如周长安。此时此刻如果柳英离开，案件推进的力量可能减弱，情势有望发生变化，贺老板涉黑案可能及早画上句号。

这有赖于谢一鸣“深入研读”，把旧报纸照片上的最后一个人头圈下。柳英不是一般人物，在她头上画圈必须确保成功，需要足够功力。

鞋厂老板和开发区官员分别承认送贿受贿之后，本次火灾已经如谢一鸣所估计，不再只是单纯的安全事故案子，牵扯到官员腐败。谢一鸣在掌握火灾事故调查中紧紧盯住相关官员，追查事故背后的腐败，态度非常坚决，措施十分有力，其实他自己身负要案，涉嫌腐败，正在接受调查。人家查他腐败，他也查人家腐败，这是为什么？因为30几条人命不能一把火白白烧掉，死者与生者都要讨个公道，需要让腐败官员付出代价？或者他就是以此发泄，视为表现，以牙还牙？甚至是自知难逃被查，下场堪忧，最后要拉几个大小官员为自己垫底陪斩？

无论什么原因，调查已经有所突破。

那一天工作小组在“点”上开会，研究火灾死伤人员家庭抚恤事宜，谢一鸣听着听着，忽然提出一个问题：“鞋厂轮班为什么会在午夜1点半？”

会场上的所有人一时发呆，都不知道谢一鸣说的是什么。此时的议题是抚恤，有一个死者的母亲患心脏病，闻知女儿葬身大火，悲伤过度没能撑住，于家中猝死，家属要求列入火灾死难人员，给予全额赔偿，大家认为不妥，但是可以考虑用困难补助方式给予一点经济帮助。谢一鸣的心思却不在困难补助这里，想到了其他事情。

他下令：“把这个弄明白。”

谢一鸣讲的是什么事？陶添福工作情况。根据原有说法，陶添福于火灾当夜从所租住房间到厂里轮班，遇火灾而见义勇为。此前大家的注意力集中于陶添福的英雄行为与动机的考察，对其他情况有所忽略，直到谢一鸣提出疑问，大家才意识到需要一个解释，因为工厂轮班，无论两班倒还是三班倒，通常很少安排在午夜时分倒班。

张斌赶紧安排人员核实，情况迅速明朗：所谓“倒班”的原始出处竟是记者。记者采访陶添福事迹时，重点放在陶救火举动，他为什么于午夜进厂不重要，记者没太在意，觉得应当是进厂轮班，就那么写了。

事实上该厂电工房夜间安排值班，却不轮班。当晚值班电工不是陶添福，是另一个电工，这个值班电工的妻子生孩子，还在月子里，他未按规定于电工房值夜，于晚 11 点偷偷溜回家去，当晚睡在家里，脱岗，违反了出勤纪律，却捡了一条命。事后他不吭不声，怕被追究，直到调查人员找他查问陶添福轮班问题，才无奈说出自己的情况。

“有人发现他脱岗回家吗？”谢一鸣问。

当时没有。厂大门有保安，几个保安围在值班室打牌消遣，没有注意，电工从伸缩门边的窄缝里侧身钻出去，没有被发现。

“那么陶添福怎么回事？半夜三更跑到厂里干什么？”谢一鸣追问。

调查人员已经问过脱岗的值班电工，该电工不知道，他偷偷跑回家，不敢告诉任何人，陶添福到厂与他无关，不是来轮班接替他。此前他有两天没见到陶添福了。陶添福的女友已经证实电工的话，她不知道陶添福那两天跑到哪里去，当晚为什么又回到厂里。该女子痛哭不止，说陶添福为她死了，她成了瘫子，生不如死，实在不想活了。陶添福本人已经死亡，他当晚回厂的具体原因无从得知。

谢一鸣断然道：“不行，无论如何要弄明白。”

这有必要吗？陶添福奋不顾身救火，人证物证俱在，经过反复核实，没有任何疑问，已经得到确认，这是基本事实。与这一基本事实相比，陶添福本人的其他行为并不重要，他半夜三更回厂也许是有事找其女友，火灾前 48 小时的行踪是他自己的事情，无论他在租住屋里蒙头大睡，或者跑到哪里去与朋友神侃打牌，那都与火灾事故无关，死后翻出来晒太阳，实在无济于事。

谢一鸣不听异议，严令搞清，非要在鸡蛋里挑出骨头。市委书记柳英显然有意在这场大火里发现一位英雄，谢一鸣偏要从中作梗，对死者的焦尸百般挑剔，如同对相关一张旧照片的“深入研读”。谢一鸣本人正在参与某个“课题调研”，身受切肤之痛，他以牙还牙，在火灾事故案中认真反腐败，办出一个基层官员腐败案，想来可以理解。年轻电工陶添福不是贪官，无缘腐败，谢一鸣还不放过他，得饶人处不饶人，这就令人费解。年轻人已经死了，给他一个救火英雄又怎么啦？值得谢一鸣如此计较，耿耿于怀？难道他自己想要这个“救火英雄”？谢副市长虽然自负，不记得自己此刻身陷险境，面临调查，前景未卜吗？

陶添福死后，有关方面通知家属前来处理后事，其大哥从家乡赶来本市，这是个老实农民，很合作。警察奉领导之命，带着陶兄去了陶添福的租住房，打掉紧闭的门锁，入室搜索了死者的遗留物品。陶添福的租住房杂乱不堪，值钱的东西不多，家徒四壁。警察在房间里找到的最有价值的线索是一个垃圾袋，里边全是废弃的方便面包装袋，另外还有几个空酒瓶，其中一瓶还留了点底，是喝剩的劣质白酒。

陶添福的行踪就此确定，年轻人死亡之前曾消失两天，他并没有跑到哪里作奸犯科，是足不出户，“宅”在自己的租住房里无所事事，以方便面和劣质白酒度日。

但是其女友、工友和兄长都一口咬定，陶添福并非酒徒，年轻人以往基本不喝酒。

“为什么忽然酒鬼了？怎么回事？”谢一鸣追问。

还得深入调查。火灾事故调查细致到一个见义勇为者的食物分析，可称颇具开创性。谢一鸣对年轻电工陶添福本无太大兴趣，认为弄出一位救火英雄无济于事，现在忽然变得如此重视，身边的人都感觉费解。谢一鸣不管，就要这么做，此刻他说了算。

警察和调查人员搜查年轻电工房间里的垃圾袋时，谢一鸣的弟弟谢一鸿再次来到“点”上，找到了大哥谢一鸣。

“事情办好了？”谢一鸣问弟弟。

“好了。”

“好了就行，来干什么？”

“还有，还有。”谢一鸿汗都冒了出来。

谢一鸣安慰：“别急，慢慢说。”

谢一鸿倾尽家产，遍借亲友，凑齐了20万元，悄悄送去给开发商王春江，补齐住宅的大额优惠折扣。王春江不收，谢一鸿按照大哥吩咐，几番上门，坚决要交，王春江终于收下，打了收条，谢一鸣心里极不踏实的一个破洞至此得以填补。但是破洞不止一个，老家县城这个补上了，美国那里忽然又冒出一个，美国在地球另一边，隔得太远了，那边的破洞之大让谢一鸣始料不及。

与时下人们所知的“裸官”相比，谢一鸣还不算“全裸”，家里留的衣服却已经非常有限。谢一鸣的女儿眼下在美国的麻省理工读书，那是世界著名学府。谢女在国内读中学时成绩不好，中考录取在市区一所一般中学，当时谢一鸣在县里当书记，谢妻爱女心切，背着谢一鸣找关系把女儿弄进本市重点高中寄读，谢一鸣回家后知道了，坚决让女儿退回原校，以免外界指责他利用职权违规安排，女儿大哭一场，无奈退出，从此厌学，成绩越来越差，到高二时已经基本无望，以其成绩估计到时候连大专都考不上。孩子的小姨早年去美国，定居在旧金山，听谢妻一说，主动提出安排外甥女来美国读书，谢一鸣夫妇考虑让女儿换个环境也好，有小姨照料可以放心，便倾其积蓄，把女儿送到美国当小留学生。孩子到美国后变了一个样子，学习非常努力，比别人多花了两年时间，终于考上名校，还拿到了奖学金。

然后谢妻也去了美国，陪女儿读书。谢妻大学里学的是食品，毕业后在市罐头厂当技术人员，因厂子改制，她身体不好，40来岁就买断工龄，回家当全职太太，相夫教女。以谢一鸣的资源和关系，未雨绸缪，提前为老婆找一个好单位并非做不到，但是他没去运作，不想开口求人，于是顺其自然。当官掌权，享有许多方便，不需贪腐日子就挺好过，老婆退职金多少不太重要，谢妻无业也有一好，出国不必请假报批，护照上盖几个戳，来去方便，说走就走，比“裸官”容易。谢一鸣夫妻只有一个女儿，女儿很得母亲娇惯，去美国后不太适应，小姨家境一般，天天为生计忙碌，无法像母亲一样照顾她。谢妻心疼女儿，总怕她水土不服，吃不惯那里的奶酪，搞坏了身体，所以忙不迭地跑到美国去给女儿做饭。老婆舍夫就女的行动得到了谢一鸣的充分支持，因为女儿更需要照顾，谢一鸣对这个孩子其实非常上心。

几年里谢妻来来去去，大部分时间在美国照顾女儿，抽空也回国看看丈夫。她和女儿在波士顿住姨夫亲戚家的房子，房子离学校不远，到超市也方便，是一幢两层木屋，屋前有草坪，屋后有个园子，环境很好。房主另有产业，这个房子以往空置，谢妻到来后交给她们母女居住管顾。

问题出在这幢房子：它其实与亲戚无关，眼下已经过户到谢妻的名下，成为谢氏房产。供谢女上学的所谓“奖学金”也有名堂，那是一位捐赠者特别安排的。出面办这些事的是一个代理人，委托人却是贺老板，贺老板自称得到谢一鸣许多帮助，只是略加回报，帮点小忙，没什么大不了，房子需要就用，到时候不用了还给他就行。他特别交代谢妻不必跟丈夫多说，谢一鸣为人清高，知道了反而麻烦。

谢妻比旁人更了解丈夫，知道谢一鸣可能做何反应。当年谢一鸣让女儿从寄读的重点中学退学，误了女儿的学业，眼下谢妻绝不让女儿再被叫回去，读什么三流大专，耽误一生。为了女儿谢妻不惜自行其是，把真实情况暂时瞒了下来。

现在瞒不住了。谢妻在美国听说丈夫出事被人带走，吓出一身冷汗。惶惶不可终日之际，丈夫忽又出来，打电话报了平安。后来谢妻跟丈夫通过几次电话，每一次都想透露美国房子和奖学金的真实情况，话到嘴边都咬住了，因为知道不能在电话里讲。谢妻急得不行，终于想到办法，照搬丈夫的方式，求助于"臭丸"，绕个弯把简要情况告诉谢一鸿，谢一鸿急忙来找大哥报告。

一听说美国有那么大一个破洞，谢一鸣一张脸顿时黑了。直到这个时候，他才明白贺老板所谓"把牛喂成羊"尽管有些夸张，毕竟不无依据。

谢一鸿发觉大哥神情不对，顿时六神无主："大，大哥怎么办？"

谢一鸣不吭声。

"大哥，大哥。"

谢一鸣迅速缓过劲来，忽然一笑："没事，不要紧。"

"要，要做什么？"

谢一鸣让弟弟别操心，他会处理。

他安排谢一鸿吃了中饭，让司机把谢一鸿送到长途车站，搭客车返回。

隔天，救火英雄陶添福的感情生活有了新发现：调查人员通过周边了解，得知陶添福与女友间的感情近期似有问题，两个年轻人是同乡，一起到亿利鞋厂打工，虽尚未正式登记为夫妻，已经于租住房同居。前些时候陶的女友突然搬离租住房，住进鞋厂四楼宿舍，与陶不见面，以至数日里陶添福闭门喝酒吃方便面，其女友一无所知。

安办主任张斌的警觉被引发了："可能有情况。谢副市长英明。"

谢一鸣一声不吭。

张斌提出从陶添福女友处往下深查，问是否合适？谢一鸣说："我考虑一下。"

当晚周长安副省长从省里再次挂来电话，谢一鸣吃了一惊。

“领导还没走啊？”他问。

周长安本该率团去欧洲，不巧情况有变。北京有个重要会议，他脱不开身，临时决定不走了，那个经贸团组交给其他人带。

“你都好吧？”周长安问。

谢一鸣称自己遇到难题了，下决心不太容易。

周长安笑笑：“谢一鸣难得有谦虚的时候。”

他让谢一鸣不必多虑，该怎么办就怎么办。他知道谢一鸣碰上什么难题了，他也知道谢一鸣会怎么做。所谓江山易改本性难移，谢一鸣从来都是机关食堂饭桌旁那个“四眼两对瞎”，他早就把谢一鸣看透了。不管别人说什么，听自己的，无怨无悔。

谢一鸣差一点哽咽：“谢谢领导理解。”

隔日谢一鸣到市政府参加一个会议，这才意外得知，周长安没按原定计划率团前往欧洲，并非自称的“北京有重要会议”，他已被通知限制出境。

显然案子已经延伸，周副省长岌岌可危。

消息是程洪私下里跟谢一鸣说的。那天市政府会议之后，程洪拿眼睛示意，谢一鸣知道他有事找，跟他进了市长办公室。程洪说了周长安的情况，谢一鸣颇觉震惊。

“电话里一点没听出来。”谢一鸣说。

“他就那样。”

程洪转口问起鞋厂火灾调查进展，这是他找谢一鸣交谈的主要原因。

“听说那个电工有些事？”他问。

谢一鸣说：“看起来不是那么简单。”

程洪直截了当：“说说你是怎么想的。”

谢一鸣告诉他，接手火灾处理时他已经说了，那么多条人命不能冤死，要给死者和生者一个说法。这个说法必须真实可信，死者不能被糊弄，那不公道。

“挖这电工对谁有好处？”

谢一鸣觉得除了好处与坏处，也应当考虑孰是孰非。

“柳书记给过什么信息吗？”

迄今为止，柳英还是愿意在大火灰烬里发现一位英雄，这方面的道道她不懂。谢一鸣自己不去点破，因为没有用。柳英没有给过信息，没有任何承诺，他也不需要。他知道无论自己做些什么，柳英不会就此收手，人家有其原则，“打黑”也有其合理性。挖这个电工对谢一鸣自己没有好处，但是他不能无视事情的本来面目。既然让他来管这个事故，他要面对事故相关的所有死者和生者，为他们负责，别人不能给他们的，他要给。他这个人一向如此。

“你怎么面对领导？”

谢一鸣没有吭声。

程洪送他出门，最后表明了自己的态度：“听我说，算了。”

谢一鸣回答：“我会考虑。”

市长程洪有经验，知道陶添福这件事可能有何意义。他提醒谢一鸣出于好意，也有其个人想法。程洪跟周长安搭档多年，彼此关系不浅，柳英主政不一定容他一直当市长，柳英离开倒可能是他的机会。在程洪看来，眼下哪怕谢一鸣不想再“深入研读”一张旧照片，停止在上边画句号，也没必要去跟陶添福的焦尸过不去。

返回路上，谢一鸣打电话给张斌，下令立刻召集各组负责人会议。10几分钟后到达“点”上，会议室里已经坐了满满一圈。谢一鸣一到，会议即宣布开始。

谢一鸣没有听从程洪劝告，他布置全面彻查陶添福，要求对火灾现场遗存物再进行一次全面搜索，对陶添福的女友做细致工作，攻心为上，让她讲实话。主攻方向是企业黄老板，谢一鸣断言这个人有情况。

“要尽快突破。”他下了命令。

6

亿利鞋厂火灾事故调查有了戏剧性变化。

鞋厂黄老板除了贿赂地方官员，让自己的企业逃避消防警告，违规生产之外，他还是个好色之徒，以小恩小惠笼络若干女工与之发生关系。黄老板看上了青年电工陶添福的女友，千方百计终于得手，弄到了床上，事情被陶添福察觉，陶与女友大闹一场，一拍两散。陶添福咽不下这口气，以酒壮胆，实施报复。他知道值班电工的妻子生儿子，每晚都溜回家，也知道大门保安打牌成瘾，疏于防范，出事当晚他潜入鞋厂，躲进电工房，于午夜过后纵火，制造了这起骇人灾难。

为什么陶添福纵火之后没有悄悄溜走，反而转身救火，奋不顾身，直到自己丧生火海？显然他只想报复黄老板，并没有打算烧死自己的女友和其他工友。他放火烧了库房，这里堆满成品，尽烧毁之，足以让老板倾家荡产，却不会伤人。但是当夜的大风和强劲的火势出乎料想，火烧起来就失去控制，迅速波及主楼。陶添福良心未泯，一发现自己放的这把火可能烧死许多无辜者，他无法承受，于是拼命努力，试图有所弥补，却已经无能为力。

黄老板和陶的女友分别供认了他们间的隐情，验证了陶添福的纵火动机。警察在库房废墟的灰烬里找到了一个打火机残体，还有一块拳头大的鹅卵石，根据现场情况分析，当晚纵火者用该鹅卵石敲破库房窗玻璃，用打火机点燃引火物品，可能是几张纸，或者一块沾有汽油的破布，引燃物被纵火者丢进库房，打火机亦被随手丢弃。

亿利鞋厂火灾的性质就此发生变化，从一起重大安全责任事故转为重大刑事案件，救火英雄陶添福变成了纵火嫌犯，一时令人目瞪口呆。安全责任事故需要追究领导责任，刑事案件则追究罪犯，性质不同，处置的重点有别，其一个直接后果就是市委书记柳英得以解脱，曾经相当敏感的一张照片顿时暗淡，被一只打火机残体取代。

谢一鸣曾经讥讽柳英不懂这里边的道道，想在灰烬里发现英雄。比较而言谢一鸣足以自负，他研读精确，洞察大火，从中抓住了一具焦尸，还火灾以真相。他知道自己将因此付出代价，他不可能不明白自己眼下的处境，但是他就是如此行事。对他而言，这件事能否办得准确清楚，事关对死者与生者的交代，也关乎自己的脸面与声誉。

柳英的“打黑”立场因此更为坚强，这一结果早在谢一鸣估计之中。

那一天晚间 10 点，谢一鸣的妻子从美国打来一个电话，当时大约是波士顿的上午 9 点，电话打到市政府大楼谢一鸣的办公室，谢一鸣在那里整理抽屉个人物品。

谢妻在电话里非常慌张：“臭丸出事了！”

谢一鸣的弟弟谢一鸿突然被人从家里带走，“协助调查”。谢一鸿只是个小学教务主任，他个人不会有什么问题，谢家兄弟很多方面如出一辙，弟弟比哥哥更得父亲真传，为人厚道，行事小心，从不惹麻烦。谢一鸿意外出事，肯定是受兄长连累。谢一鸣从省城“课题调研”宾馆脱身返回本市后，兄弟俩频频联系，谢一鸿找开发商退款，其举动显然受到有关方面注意，认定已经介入案情。

谢一鸣对妻子说：“别慌，没事。”

他问妻子从哪里得到的消息？臭丸在美国怎么搞的？妻子在电话里支支吾吾，半明半暗说了半天，谢一鸣听明白了：弟弟给弟媳交代过，无论出什么事，眼下不要直接给大哥打电话，怕给大哥招麻烦。弟媳担心丈夫，求助无门，绕个圈把电话打到美国波士顿，由谢一鸣的妻子再把消息传回来。

“这可怎么办啊！”谢妻焦虑不已。

“不要紧。”谢一鸣让她稳住，“臭丸没事。”

这一点毫无疑问。最终有事的不会是他弟弟，只会是谢一鸣本人。谢一鸣曾经咬定自己没事，曾经设法补过一些破洞，但是已经是徒劳，有些破洞眼下很难弥补。但是这不是最重要的，办案人员的目标不止于谢一鸣，周长安副省长已经被限制出境，这个大人物才应当是本案的主要目标。谢一鸣深得周长安信任，他知道周长安与黑老板贺老大间的许多交往情况，包括贺老大与更高层次人物的特殊联系。一旦谢一鸣重新参加“课题调研”，除了自己的破洞，交代出周长安会是他面临的主要问题。

亿利鞋厂大火次日，周长安视察火灾现场时，当着程洪的面训斥谢一鸣“自命清高”，责怪谢一鸣不给他打电话，周长安其实是在表示关怀，并致深情。谢一鸣身陷贺老大案后，始终没有找周长安求助，意外从“课题调研”脱身，他也不给周长安打电话，这是因为谢一鸣知道自己的处境，不想因自己而牵扯到周长安，周长安很清楚他是为什么。对谢一鸣来说，周长安出什么事都有可能，无论出什么事情不要是因为他。

现在他还可以吗？

谢妻惊慌失措：“你会不会再？”

“放心，我没事。”谢一鸣一如既往。

“急死我了！”

“我对付得了。”谢一鸣问，“女儿怎么样？”

女儿很好，至今什么都不知道。

“可以跟她稍微说一点，有个思想准备。”谢一鸣交代。

妻子问该跟女儿说什么？谢一鸣让她说说这个世界，很多事情很复杂。人在这个世界要面对很多情况，有的比较容易面对，有的很难。所谓难与易也看这个人的本性。

“告诉她，爸爸这个人比较清高。”

“为什么说这个！”

因为前几天谢一鸣跟“四眼两对瞎”通过一次电话，这个世界上很少有谁比“两对瞎”看他看得透。人家清楚他深挖陶添福是要干什么，清楚这么干对谁有好处，却没有一句责备，非常理解，只说江山易改本性难移，让他不必多虑，该怎么办就怎么办，不管别人说什么，听自己的，无怨无悔。因为有这个人，他才有今天，眼下让他最难面对的除了家人，就是这个“两对瞎”。

妻子大骇，谢一鸣的交代她听不明白，却感觉紧张。谢一鸣吩咐不必担心，好好照顾孩子。他的事情别人帮不上，应当自己负责，无论如何他都能对付。

隔日上午，谢一鸣跳楼身亡。

他在畏罪自杀前仔细料理过后事，作为一个打定主意行将离去的“裸官”，需要他收拾的行李已经不多。他办公室里的文件整理得很清楚，个人物品放置在一只旅行袋里，供日后查验毕作为遗物交还家人。办公桌上放着亿利鞋厂火灾事故起因的调查报告文稿，文本中做有多处修改，一些措辞、提法经他反复斟酌确定，文本后签了他的名字以示负责。除了这份材料，他没有留下其他文字，没有遗书，没有遗言，既无交代悔过，也无剖白辩解。

以谢一鸣的个性，如此行事不足为奇。其纵身一跃可视为他的全部遗言，与他留在调查文稿之后的签字异曲同工，彻底逃避，并以示负责。

身在此境，他这种人似乎只有这个结局。

亿利鞋厂火灾案起因得以确认，众多死伤者拿到应得赔偿，数位基层腐败官员锒铛入狱，市主要领导安然无恙。本案至此画上完整句号。

古时候那头驴

1

……。丁海洋意外死亡不久，外界传闻纷纷，网络上一则《代县长离奇丧命》的帖子传播甚广，造成多方面影响。为了弄清真实情况，在省、市领导的高度重视下，相关部门迅速抽调人员，组织联合调查小组，对丁海洋死亡一案进行全面调查，围绕该案的几个主要疑点，深入了解，细致取证，掌握了该案的基本情况。

——摘自《联合调查小组情况汇报》

事后回溯，丁海洋在出事当天确实有若干异常，只是当时未被大家充分注意。类似事件通常都是这个样子，人们总是在事后才一下子记起此前某些迹象。

出事那天是星期六，双休日休息时间。当天上午 9 时 30 分，丁海洋抵达沿山高铁广场，专程前来参加预演，以项目建设总指挥身份，现场检查督促。预演定于 10 点开始，丁海洋提前到位半个小时，场上负责官员请他到站内专设首长休息室稍事休息，他不听，声称要“散散步”，下车后提提衬衫领子，正正眼镜，即从广场通道口步行穿越广场，身后跟着一干人员。丁海洋此刻“散步”的用意不详，他不说，大家不便多问，特别是该领导到场后不哼不哈，板着个脸，脸色不太阳光，比较缺乏温暖，这种时候不会有人没事找事去招惹他，众人均一声不吭，只是跟着走。

走着走着忽然出了意外：丁海洋于行进中扭头看一下周边，似乎想了解个什么，没留神间脚步绊了一下，顿时一个前扑摔出去。走在他身边的县政府办主任眼疾手快，一把扯住他的手臂，一时之间却难扯牢，丁海洋身体失控，旋了半个身子，一屁股坐到水泥地面上，眼镜掉在地上。还好被拉了一把，未曾在众人面前摔个大跟头，只是额头蹭到路旁一个水泥护树桩，留下一块青紫。

没等大家回过神，丁海洋已经从地上爬起来，对着身后的范秋贵大发其火。

“范总，你的人都是饭桶吗？”他质问。

范秋贵瞠目，表示不解：“丁县长这是？”

“为什么满地都是沙子？不会扫干净点？”

范秋贵睁大双眼往地上看：“沙子？不会吧？”

身边人赶紧为领导拾起落在地上的眼镜。丁海洋一边戴眼镜，整衬衫，一边继续揪着范秋贵训斥：“什么会不会？滑了我不要紧，到时候让省领导滑了摔了怎么办？是存心暗算还是肆意谋害？你认哪条罪？”

范秋贵把双手高举：“丁县长饶命，我害怕。”

队中有人忍不住发笑，丁海洋扭头后看，严厉搜查，看是哪个家伙竟然如此开心？但是肇事者并未找到，笑声收敛得足够及时。

丁海洋问：“大家看看，这地上有沙子吗？”

有数人赶紧回应：“是啊，是啊。”

“有吗？”

“有的！有的！”

丁海洋这才笑出声来。

“妈的，你们冤枉人家范秋贵啊。”他说。

他表扬那几位在水泥地面上看到沙子的人一定有前途，因为他们知道领导喜欢听什么，该叫唤的时候会叫唤，该响应的时候知道大声响应。相比之下，范秋贵这样的人就不行。范总要是改个行，不当私企老板，考个公务员进机关，准定吃不开，因为太精明，太会算计。范秋贵当私企老总搞建设项目，该有的毛病都有，眼睛只看见钱，没看见人，但是也有一好，做事基本认真，至少知道轻重。让范总去修公厕，偷工减料估计少不了，做这个高铁广场那一定不敢，免得给自己留下一辈子麻烦。至于脚下水泥地面有没有沙子？还是应当问范总，因为是他的人负责广场清洗整理，这么重要的事情，想必不敢马虎。

范秋贵保证没问题：“我们清理了三遍，我亲自检查过，确实不敢有半点马虎，不能说一粒沙子都没有，洒得能滑倒人，那肯定不会。丁县长让我修公厕也尽管放心，保证不偷工减料。”

“看来范总同样也有前途。该叫唤的时候也叫唤，叫起来还挺大声。”丁海洋说。

丁海洋摔了一跤，心情竟然似有好转，亦能调侃几句。他一边率众“散步”，一边解说成语，讲了个古时候贵州毛驴故事，也就是“黔驴技穷”。他说古时候贵州那只毛驴有两大本事，一是会叫，二是会踢。驴碰上老虎时大叫一声，居然让老虎吓了一跳，可见要紧时候叫唤非常重要，生死攸关。人跟毛驴可有一比，关键不在会不会踢，而在会不会叫，叫得大声还是小声，好听还是难听，能不能让领导听得进去。所以眼下大家经常在琢磨怎么叫，不太琢磨怎么踢。

众人知道丁海洋是在调侃，这一话题不太好响应，一时无人响应。

那天上午于沿山高铁广场进行的所谓“预演”亦称“彩排”，类似于非正式演出。该广场工程已告基本竣工，拟于8月8日上午举办落成典礼。时下各种典礼举办少了，可不办则不办，办则必须从简，由于高铁广场为本市、本县一大重点项目，丁海洋力主落成时还应当办个仪式，邀请省、市领导隆重光临，前来重视，让建设者和做出贡献者享受喜悦，借之扩大宣传，显示成果，鼓舞人心，这才不像小偷入室行窃得手般光顾着拍屁股走人。只要按照“简朴、热烈”要求办仪式，那就不违反上级精神。作为项目总指挥，丁海洋亲自策划组织这一仪式，为保证到时候不出差错，特意提前安排进行了这一次预演，他本人亲自前来督阵。

丁海洋率众“散步”之际，预演队伍按时进场，到达各自指定位置。当日预演的主体是一个“建设者方阵”，该方阵其实就是一支农民工队，来自范秋贵手下各建筑工地，总计200余人。按照丁海洋的要求，范秋贵召集了这一队人员，发放全套新工作服，包括黄色安全帽和白色工作手套，并加以适当训练，整得像模像样，于当天上午正式摆布到丁海洋及众人面前。该队伍入场时，有指挥员在一旁喊口令，队列成四排纵队“一二一”齐步走，虽达不到部队阅兵那般齐整，却也略有气势，辅以整齐的黄帽子白手套，看起来颇为亮眼。

丁海洋即指着该方阵说：“今天我重点检查这个。”

他停止“散步”，率队来到站台前，“建设者方阵”已在站前广场中部前排预演位置站好。丁海洋一行刚刚到达，即有一声号令响起，全体人员整齐鼓掌，而后高喊口号："欢迎欢迎，热烈欢迎！"

丁海洋扭头问范秋贵："范总，车呢？"

范秋贵招招手，一辆黑色奔驰车从前边驶过来，停在丁海洋一行身边。丁海洋带着县政府办主任上了车，命驾驶员把车开出广场，再从广场通道口开向预演区域。轿车即将到达之际，预演队伍鼓掌、喊口号，时机掌握得非常恰当。

丁海洋坐在前排助手位上，他摇下车窗，探出身子对鼓掌队伍招招手，掌声口号声更为热烈。丁海洋再招手，掌声口号声戛然而止。

丁海洋在车窗里喊了一声："同志们好！"

队伍回应："首长好！"

"同志们辛苦了！"

"为人民服务！"

丁海洋命驾驶员停车，他打开车门走下车，站在队伍前边。

"喊什么呢？"丁海洋批评，"我都听到啥了？"

他是嫌人家喊声不够大，气势不足，不像那么回事。一队戴了白手套的民工毕竟还是民工，不好拿去比照阅兵式上的士兵，丁海洋却不依不饶，非要人家喊出那股味儿来。于是就在那里当场训练，一遍两遍三遍，广场上"首长好！""为人民服务！"的口号声此起彼伏。民工们终于都懂得扯开嗓子大吼了，丁海洋还意犹未尽，还好一旁县政府办主任把他拉了拉，手里拿着个手机示意有电话，丁海洋这才作罢。

来电话的是县委组织部一位副部长，有一件急事：县人大常委会已定于两天后即星期一上午召开，会议主要议程是通过丁海洋任职相关事项，按规定需要准备一份丁海洋的简历材料，供人大代表委提交给人大常委会。这份材料需要请丁海洋亲自过目一下，以避免错漏。由于时间紧，又赶上双休日，只能麻烦领导抽空加班审阅。该副部长询问丁海洋什么时候能安排时间看一看？怎么送给丁海洋？

丁海洋问："就是那么回事，也得搞那个东西？"

"要的要的，规定的。"

"那么就弄吧。"丁海洋说，"也就那几句话，你们看合适就行。"

对方为难："还是要请丁县长审一审。不会费县长太多时间的。"

丁海洋告诉对方此刻他在沿山高铁广场这边检查工作，接着还有其他事情，不准备回县城了。如果材料非要他过目不可，那就发个传真吧，直接发到项目指挥部。

对方表示马上就会将材料传过来。由于材料需要印发给与会各位人大常委，得麻烦丁海洋尽快抽空看一看，如果需要修改，可以直接改在上边，然后传回给他，他再安排人员打印装订。

丁海洋说："马上传过来吧。"

这个意外电话让"建设者方阵"得以侥幸解脱，不再需要一遍遍大喊"首长好！"丁海洋把督阵任务交给县政府办主任等人，吩咐他们按计划组织预演，无须等他。他自己带着小吴匆匆上了一旁的奔驰车。小吴手里拎着个大公文包，他是县政府办干事，跟随丁海洋，公文包是丁海洋的，小吴干事本人还用不上那么大的家伙。两人上车后，奔驰车即启动，向广场角落的一排临时工房开去，指挥部就设在那里。

丁海洋进指挥部时，一份传真件已经摆在办公桌上，以《丁海洋同志简历》为题，只有两页纸。丁海洋拿着那两张传真纸调侃，似有不甘："加起来也没几个字嘛。"

虽然只有几个字，眼下却是少不了的，没有它就不好开会了。星期一的县人大常委会内容有两项，一是决定丁海洋副县长为代理县长，二是决定于两周后召开县人民代表大会，大会主要议程是选举县长，这就是要将代县长丁海洋选为县长。按照法律规定，县人大常委会可以选举副县长，决定代县长，却不能选举县长，因为该权限属于人民代表大会，得分别完成。由于通过人事事项需要提供相关材料，供与会人员审议时参考，丁海洋同志要成为代县长，需要向人大常委会与会常委们提交一份《丁海洋同志简历》，这份简历字数不多，却需包含个人基本情况、履历，以及简短的任职评介。个人基本信息和履历取自个人档案，不外"某人，性别某，某年某月生于某地"等，信息取自个人档案，通常不会有错，摘引时偶尔也会有所疏漏，因此需要请本人核对。任职评介不外"该同志政治素质好，能与党中央保持高度一致"等，内容为上级主管部门提供，主要取自考核材料，这部分内容不能没有，却难具体，表述相当格式化，意会即可，不需要丁海洋费心斟酌。却不料丁海洋偏要为此费一点劲。

他在指挥部一个小会议室关上门看材料。不过10分钟，电话又来了，询问丁县长看过材料没有？有没有什么问题？可以打印吗？丁海洋回答:“我看问题很大。”

对方在电话那头一愣:“丁县长，这是这是?”

丁海洋说，材料里“某人性别某”没有错，都是档案里抄的，没把男的抄成女的就可以了。问题主要在后边。“该同志政治素质好”什么的，怎么都那么千篇一律?不能具体生动一点吗?比如丁海洋同志，为什么不写一写“此人只会穿白衬衫戴眼镜，能力平庸，除了投合领导，一心向上爬，工作没有政绩，乏善可陈”?还有关于权钱交易什么的，为什么不见表述?例如“该同志利用其主管沿山高铁广场项目之机，从建筑商范秋贵手里收受巨额贿赂”，为什么不写一写?即便把握不大，也可以写明为“据一些群众反映”嘛。

这些话一听就不是那么回事，不外借题发挥，宣泄一下情绪而已。但是丁海洋郑重其事，像是非常较真，让对方听了禁不住发蒙，一时口吃:“丁，丁，这不是……”

“不是什么?”

“那个那个…….”

丁海洋这才发笑:“行了，紧张啥?开你玩笑。”

“啊啊，是这样。”

“就这样吧。”

他同意对方将材料交付打印，底稿上可注明已请丁海洋本人亲自审阅。

刚放下电话，外边砰砰有人轻敲了两下门，而后小吴推开门探进个头来。

“丁县长，范总有事找您。”小吴说。

“范秋贵?他有什么好事?”

“他在这里。”

丁海洋摆摆手，范秋贵即从门外走进小会议室。

根据后来取证，当天上午，高铁广场进行预演之际，丁海洋与范秋贵在指挥部小会议室闭门密谈，时间不长，也就半个小时左右。准县长和私企老板在这半个小时里谈些什么?涉及什么敏感内容?只能由范秋贵提供旁证。范秋贵声称他们其实没谈什么，当时他跑到指挥部找丁海洋是要一笔工程款，这种事不好当着众人面说，因此他趁丁海洋独自离开看材料时凑过去找。这件事其实没什么问题，丁海洋告诉他已经跟建设和财政部门研究过了，待相关手续完成后就付。而后两人闲聊片刻，范秋贵起身告辞时，丁海洋才突然问起一件事。

“民工的补贴给了吗？”他了解。

丁海洋问的是场上大喊“首长好！”的“建设者方阵”。这些农民工参加训练，需要占用一些工余时间，应当酌情支付若干补贴，这事曾经商议过，丁海洋要求范老板放点血，补贴由范秋贵自行负责发放。

范秋贵回答说：“补贴没问题，落成典礼完了再发吧。”

丁海洋说：“不要等，赶紧发掉。”

“急啥呢？”

丁海洋命范秋贵在今天“预演”完成后一定立刻发放补贴，算一个了结。而后队伍可以解散，民工该回哪个工地就回哪个工地，不必再继续训练走步喊口号了。

范秋贵吃惊：“为什么！”

“看来用不上了。”

丁海洋这才告诉范秋贵，他刚得知一些新情况，原定的落成典礼有可能会给取消，上级可能不批，即便批了，估计也不会有重要领导前来参加。现今情况与以往不同，领导们格外注意影响。

范秋贵不禁抱怨：“妈的，这不白干了？”

丁海洋即拉下脸：“谁说白干了？广场没修成吗？”

“嗓子白喊了。”

丁海洋问：“我听了不算吗？”

范秋贵赶紧改口：“县长也是首长，听了也算。”

丁海洋这才有了笑容：“你不如说县长算个屁。”

“我可没这么说。”

“你说了也是白说。”丁海洋问，“车在吧？”

“在外边。”

丁海洋还要用那辆奔驰车。丁海洋把守在外头的小吴喊进来，让小吴回广场去，告诉那边他有急事必须先走，大家不要等他了。

而后他自己上了奔驰车离去，当时为上午10点半。

当天丁海洋一行是乘坐县政府的中巴到沿山高铁广场的，此刻他撇下众人，临时征用企业老板的私车独自离开。没人知道他为什么要这么做，打算去干什么。据了解当天上午从县政府大楼出发前，政府办主任安排有轿车送他，他不用，径自上了中巴，做与大家同乐，秀一秀准县长优良作风状。没有谁料到该举止并非心血来潮突然起意，竟是精心策划，为其后征用私企老板豪车潜离埋下伏笔。就许多不宜阳光之事项而言，公用车辆目标太大，极容易引起注意，必须尽量弃而不用。

8 个多小时后，当天黄昏，丁海洋于省道风雨亭处被人意外发现。发现者为一位青年女子，当晚开着一辆丰田轿车从县城经省道前往市区，行经县境边缘的风雨亭。那一段道路位于丘陵地带，起落转弯较多，加之天黑，能见度不好，女子开了大灯。风雨亭位于下坡拐弯处，轿车经过时，灯光扫过路旁的亭子，女子忽然发现亭边石栏上坐着个男子，身穿白衬衫，在车灯照射下相当显眼。女子不禁多看了一眼，该男子侧脸避开车灯光，没有正面相对，其长条脸和脸上的一副眼镜却清晰可辨。女子注意到他坐的石栏上还放着一个公文包，认出他似为丁海洋，一时惊讶，下意识地踩了刹车。刹车片“吱”地只一响，女子随即改变主意，松开脚，加油门，轿车“忽”又蹿出去，眨眼间掠过了风雨亭。

该女子没有跑远，下坡转了个弯，她再次改变主意，掉转车头，沿坡下往上，从另一方向开近风雨亭。车灯远远扫过亭子，风雨亭的柱子石栏八角顶俱在，里边却已空空荡荡，刚才那个人以及他的衬衫眼镜公文包都不见了。

女子这一个来回不过 5 分钟工夫，这点时间已经足够让一个人消失，特别是在夜晚，在空旷的荒郊野岭丘陵道路间。

女子把车停在路旁。天色已晚，山野间到处黑乎乎的，她不敢贸然下车找人。她在车里摇开车窗，对着风雨亭后边黑暗中的山岭喊了一声：“丁县长！”

没有回应。

女子再喊：“丁海洋！”

依然没有回应。

女子打开手机挂电话，电话没人接。几分钟后她放弃了，掉转车头，下坡离去。

后来，丁海洋的踪迹正是在风雨亭附近被发现。

那是数十小时后的事情，其时丁海洋失踪已经沸沸扬扬：星期一上午，县人大常委会如期召开，人们忽然发现没有看到丁海洋的眼镜和白衬衫，于是便着急起来。按照惯例，当天上午的会议丁海洋必须参加，不能缺席，因为议程中有他的内容，他必须以一个良好形象出现在会议上，做个合适的自我说明，表示自己将不负上级和在座人大常委们的重托，履行好自己的职责等。但是直到会议召开之前，丁海洋一直没有露面。工作人员着急了，四处打电话联络，这才发现丁海洋无从联系，没有人知道他在哪里，包括丁海洋的妻子。丁海洋失踪前，曾于周五下午打电话到市区家中，告诉妻子自己有事要留在县里处理，这个双休日不回家了，因此丁妻一直以为丈夫在县里忙，直到县里找过来，才知道丁海洋已经不见了。

由于事出突然，没有时间多斟酌，县里几个领导一碰头，即迅速把情况报告市委。当天的县人大常委会被紧急暂停，相关议程暂不进行，等待情况明朗。而后市、县两级相关部门即动用各种传统办法和技术手段，全力追踪丁海洋。丁海洋的最后踪迹很快得到定位，确定在省道风雨亭附近。一组追寻人员立刻赶赴该处，迅速在风雨亭后河岸边草丛中发现了相关物品：丁海洋的公文包被平放在草丛中一块石头上，公文包上放着他的衣物，包括白衬衫、背心和西裤。衣物放置得整整齐齐，上面还压着丁海洋的手机、手表和充电器，似乎是防止山里间歇而至的风把衣物吹散，以备回头再穿。根据河边草丛的踩踏痕迹，搜寻人员推测丁海洋是把自己脱得只剩一条短裤并妥善放置好衣物后，再从这里一步步走下河。

那一段时间恰值炎夏，天气闷热，丁海洋或许是在这里下河游泳以解暑？这种可能当然不能完全排除，但是显然除了神经病患者，没有谁会独自于夜深人静之际如此下河戏水，更别说这个人还是个准县长。

现场没有发现第二个人的踪迹，丁海洋钱包里的数百元现金均健在，可以断定此间没有抢劫或搏斗一类情节。丁海洋的公文包里没有什么值得注意的东西，只有几份简报、丁海洋自己的几份讲话稿，以及上午传真到高铁广场项目指挥部的那份《丁海洋同志简历》。根据现场种种迹象，搜寻人员断定丁海洋是自己走下河的，在事发当天之前，他似乎还曾仔细清理过自己的公文包，让它干净得出奇，有如他身上白衬衫的领口。显然丁海洋不是忽然热得受不了急着把自己扒光下河，他似乎早有预谋。

风雨亭边的河流不宽，最深处也仅齐腰，只因地势原因，水流比较急。风雨亭是一座界亭，坡上属于本县，下坡就是市区地界，亭边河流也一样，丁海洋下水之处属于本县，下游百余米外就不是丁海洋的地盘，而后再往下游数百米，小河汇入了南门江。搜寻人员在丁海洋下河处附近岸边没有发现他上岸或停留的踪迹，估计他是顺流而下了。丁海洋会游泳，理论上说，只要体力足够，他可以从这里一直游到南门江，再沿南门江一直游到太平洋去，有如他的名字所暗示。

但是他没有去那么远。星期一下午，有钓鱼者在下游50余公里处南门江水闸边的乱草丛中发现一具男性裸尸，迅速报了警。尸体身份很快被确认，他就是丁海洋。经法医检查，确定其直接死因是溺水。

死者体内还检出酒精残留，未曾被时间和流水冲洗挥发干净。

没多久，一篇《代县长离奇丧命》的帖子迅速蹿红于网络。

2

……。丁海洋意外死亡后，外界纷传其牵涉重大案件，怀疑其为畏罪自杀，一些网络帖子直接点及沿山高铁广场项目，称丁海洋涉嫌利用职权收受承建商范秋贵巨额贿赂，正在接受调查。据查，目前各级纪检部门并未对丁海洋进行立案或初审，在查案件目前也未发现涉及丁海洋。丁海洋涉及重大案件传闻并非初起，去年秋季丁海洋曾被提名为拟任县长人选，不久因故取消，其后即有相关传闻发生。当时丁海洋本人虽有情绪波动，总体表现并无大的异常。

——《联合调查小组情况汇报》

当初丁海洋只是高铁站广场项目的副总指挥，他没把该头衔太当回事，私下里自嘲为“六指”，也就是多余的。众所周知，人的一只手掌通常生有5个指头，但是偶有异相，某人的某手掌侧边多长了个指头，大都为畸形，这就是所谓六指。六指不仅无用，伸进袖子钩钩挂挂，还有碍观瞻，如今多在婴儿时即被手术截除。丁海洋并无异相，天生10个手指头，唯“丁副总指挥”确为六指，基本无用。

那时候沿山高铁广场项目号称“一号工程”，由王涛亲任总指挥。王涛时为本县县委书记，第一把手，高铁广场是重点项目，王涛亲自挂帅以示重视。工程项目这种事毕竟还应当有政府方面的领导参与，王涛说县长事多，不必扯进来，让丁海洋挂吧。丁海洋是常务副县长，县政府领导里排名第二，在高铁项目里也排第二，列王涛之后。王涛让丁海洋荣“挂”副总指挥，要求他认真参与该项工作，衬衫要白一点，眼镜要亮一点，“院士”高见多发表一点，以推动项目建设。

丁海洋表态：“王书记一声号令，丁海洋坚决照办。”

王涛其实没打算让丁海洋多管这个项目，他拿丁海洋的衬衫和眼镜开玩笑，表示其摆设意义重于实际，让丁海洋发表“院士高见”实带贬义：丁海洋到县里任职前在市委办工作，市委机关位于市区南郊，近旁有座南山，机关大院俗称“南山大院”。里边有一批干部年纪不大，却已有相当机关经历，多在领导身边工作，或当领导秘书，或给领导写材料，地位比较特殊，通晓机关事务，彼此因工作便利和需要经常混在一起，互相笑称为“南山大院院士”。丁海洋下来任职前为一大“院士”，他是写材料出身，当年有一位姓李的市委书记比较中意他的文字，每有讲话稿，都要求让丁海洋过一下，“院士团”便有笑话，称李书记离了丁海洋就不会讲话了。后来李书记荣升到省里去了，丁海洋有自知之明，清楚自己的手笔对李书记的胃口，不一定合张书记的胃口，他在李离任之前提出要求，希望能下到县里任职，有些基层经历。念他讲话稿写得不错，李书记开了口，他给派到本县，当了常务副县长。本县县委书记王涛是一位强势领导，起自基层，丁海洋不太让他放在眼里，“院士高见”到他那里其实就是屁话。丁海洋在他手下很低调，任何时候丁海洋的“高见”都是态度：“按王书记意见办。”丁副县长“院士”出身，知道怎么与上级相处，如何掌握分寸，王涛让他“挂一挂”，他就挂一挂，王涛交代什么他照办，王涛没开口他就不过问。如果有人请示相关事项，他首先要问：“一号知道吗？有什么意见？”这里边的“一号”就是指王涛。如果王涛还不知道，那么先去报告。如果已经知道，那么等王涛定了再执行。在各相关场合，无论是向上级汇报项目，或者召集下级开会部署，丁海洋都会适时发表“高见”，发言总是紧扣王涛不放，从“王书记怎么怎么说”到“王书记运筹帷幄，高屋建瓴”什么什么的，哪个词汇流行就用哪个表扬，毕竟丁海洋写材料出身，在这方面有优势。王涛没怎么把他当回事，并不妨碍他一再表扬领导，因为有必要。王涛之强势并不是虚张声势，这个人背景不凡，很得上边一位省领导欣赏，是其一员爱将，上升在即。丁海洋作为下级，需要努力靠拢，至少得表现出那种姿态。当时丁海洋曾在“院士团”里拿“古时候那头驴”自嘲，说驴见了老虎不能踢，一踢就露出驴腿，暴露底细，立马送死。所以驴只能叫唤，发表“高见”，讲究唱功，努力唱得一号乐开怀。

后来，王涛提任本市副市长，带来本县领导班子一番轮替，原县长很快被提起来接任书记，丁海洋作为常务副县长，县政府老二，有望顶上去当县长，却迟迟不被提名。有了解情况的“院士”私下告诉丁，王涛在这个问题上具有相当影响力。王涛认为丁海洋虽会表态，未必真实，脑子里不知都想些啥。王涛比较中意另一个人，该同志排名在丁海洋之后，却跟王涛走得近。

不禁丁海洋骂娘：“咱们脑子里他妈的还能想些啥？”

当时谁也没料到，王涛只当了三个来月副市长，屁股还没把椅子坐热，忽然就出了事：因为市区一个热门地块的收购转让事宜，有人把一封实名举报信寄到中纪委，告王涛副市长利用分管土地、建设之权，安排暗箱操作，收受某开发商巨额贿赂。当时王涛后边那位省领导已经退到二线，王本人因独断霸道早被人反映，这一次实名举报恰当其时，立刻引起上级重视，相关部门就信中提供线索迅速展开调查，没多久王副市长就让办案人员从办公室带走了，从此于公众的视野里消失。

那时候范秋贵忽然给丁海洋打来一个电话，紧急求见。

丁海洋问：“什么事？”

范秋贵说：“项目上的事，很急。”

丁海洋问：“一号什么意见？”

范秋贵顿时结舌：“他，他…….”

“去找他，不必找我。”

丁海洋是在调侃。王涛任副市长后，相关人事安排还未完全跟上，沿山高铁广场项目总指挥一直没有更换，“一号”还得算他。现在他被带走了，让范秋贵去哪里找人？丁海洋也不全是调侃，因为范老板此前什么事都直通王涛，从没把“六指”太当回事。

那个星期六，丁海洋回到市区家中，丁妻从橱柜里取出一只密码箱交给丁海洋，说是当天下午有一个叫范秋贵的人上门，声称箱里装着

“一号资料”，是为丁海洋出国准备的，请丁妻转交给丈夫。当时省里有一个经贸团组将参访美国友好州，丁海洋是成员之一，正在做出国准备，几天后就要动身。丁妻以为所谓“一号资料”是丈夫要带出国用的，便把密码箱留下来放进柜里，于当晚交给丁海洋。

这只密码箱打不开，已经上锁，范秋贵并未留下密码。丁海洋把箱子拎在手里掂掂，感觉挺有分量。他决定打开一瞧，于是就去试试密码，只一眨眼功夫就把箱子打开了。原来范秋贵已经有所提示，“一号资料”的密码就是“001”。箱里相关资料很多，种类单一，全是百元美钞，一共 500 张，合 5 万美元。

丁海洋立刻给范秋贵打电话，让他来把资料取回去。范秋贵说:“领导别客气。”

“赶紧给我来。”

范秋贵声称他在省城办事情，暂时还不能返回。

“星期一之前，你要是不来，后果自己负责。”丁海洋立即警告。

两天后是星期一，范秋贵销声匿迹，连个影子都没有。丁海洋并未食言，他把密码箱带回县里，交给了县纪委，请纪委书记送交上级。

而后他随团组去了美国，一周后返回，时沿山高铁广场工地已经乱成一团。

范秋贵“跑路”了，与王涛一案相关。王涛副市长因市区地块出事被查，办案中扩展到其县委书记任上的问题，高铁广场项目成为疑点之一，范秋贵进入办案人员视野。范秋贵是本市人，其企业近年来到处承揽工程，发展迅速，已具相当规模，在本市建设行业排进前五，外界却有议论，指他拿工程靠的就是敢砸大钱。丁海洋上交的那只密码箱使范秋贵嫌疑大增，办案部门决定让他来配合调查王涛案，范听到风声，顿时跑得不知去向。范秋贵“跑路”造成工地施工中断，民工一哄而散，部分被拖欠工资较多的民工结队上访，一时沸沸扬扬。上级相关部门为工程突然停工着急，要求县里督促原承建单位复工，或者中途换马，另找承建单位，以尽快恢复工程建设。丁海洋身为项目副总指挥，在“一号”不存之际，负责牵头研究处置工地问题，他却不急于处置，提出情况比较棘手，一些问题以他目前的权限还难以协调。

“明确之后就可以解决清楚。”他说。

丁海洋所谓的“明确”就是正名，确定身份。王涛出事后，市里几经斟酌，研定提名丁海洋为本县县长人选。丁海洋主动上交范秋贵重贿，提升了上级的信任度，加之他本来就在备选人员之列，提名他也算顺理成章。按照现行干部管理办法，县长人选市里可以提名，却要由省里研究决定，这就是丁海洋需要等待的“明确”。“明确”需要一点时间，有时候还会大费周折。

这一次果然不顺，有一个人出来搅局，竟是范秋贵。范老板受不了跑路藏匿之累，躲了几个月又突然现身，跑出来投案自首，而后哗啦哗啦交代出一堆人和事，涉及数十位官员，包括王涛和丁海洋。原来范秋贵之所以敢上门送“一号资料”，接丁海洋警告还拒不将其回收，是因为丁早就拿过他的钱，数额达到 10 万人民币。范秋贵认为丁海洋只是假正经做姿态，既然以前拿了，这回当然还会笑纳。没想到丁海洋一翻脸居然真把密码箱交到纪委。

丁海洋对范秋贵所供 10 万元贿金供认不讳，其来路与范秋贵举报基本一致。这笔钱是范秋贵拿到沿山高铁广场工程后给的，当时丁海洋同王涛到工地视察，范秋贵往两人的轿车后备厢各放了一个资料袋，说是春节快到了，送一份公司的宣传画册慰问领导。丁海洋一听感觉有异，但是王涛没有表态，丁海洋只能“按一号意见办”，跟着装聋作哑。待回家后取出来一翻，才发现资料袋里装着钱。

“钱现在在哪里？”办案人员追查。

“你们可以问小吴。”丁海洋说。

小吴为领导拎包，居然也帮助洗钱。据小吴交代，当时他按照领导要求，以“爱心人士”为名，把这笔钱分两次汇入一个户头。该户头属于市妇联，当时正在为一位家境贫寒的白血病患儿做手术筹集善款。

经办案人员取证，丁海洋与小吴所称属实，这笔款确实去了那个地方，以一种偷偷摸摸的方式。丁海洋为自己分辩，说当时之所以没有声张，没有退款也没把钱上交纪委，都因为涉及王涛。他把这笔钱公开，相当于暗指王涛拿钱。退还给范秋贵，“一号”知道了肯定猜忌。无论怎么做都会有后果，他难以承受。所以只好那么悄悄处理。

“王涛出事后你为什么不交代这笔钱？”办案人员追查。

丁海洋称自己不想没事找事。

无论如何，该他的事终究躲不开。尽管可以排除受贿，却不能说丁海洋做得正确。丁海洋没有因范老板的10万元受追究，他所等待的“明确”也跟着烟消云散。按照省里主管部门要求，市里迅速从机关另外物色一个干部作为新的县长人选，上报省里研定。由于新人选提出并上报之后难免为外界所知，市委书记指定组织部长即把丁海洋找来作一次谈话，作为被替换的原定人选，得要求他正确对待这一变化。同时也让丁海洋有个思想准备：一旦省里作出决定，新的县长人选确定，市里拟将丁海洋调回市直单位安排，因为经过这一番起落，让丁海洋继续留在本县工作已经不合适了。

丁海洋没料到结果竟是如此明确。他当场表示不服：“这不公平。”

他强调自己被提名早为人们所知，现在突然改变，外界肯定议论纷纷，断定他有问题。他有什么问题？不就是范秋贵那10万块钱？他没有拿那钱，情况已经查实，因为那个把他拿掉，他难以接受。

领导说：“不仅仅这个。”

领导告诉丁海洋，外界对丁海洋还有质疑。沿山高铁广场项目包括多个方面，除了广场主体工程，还有绿化工程，道路建设等等，牵扯的不仅范秋贵，还有其他承包商。丁海洋跟范秋贵有十万元交道，跟其他承包商有没有呢？具体情节如何？全都交到妇联了吗？高铁广场有疑问，其他项目呢？除了廉政问题，也有人质疑丁海洋的政绩。丁海洋下来担任常务副县长后干过些什么？有什么突出表现？是不是只有“按一号的意见办”？这些质疑至少表明丁海洋有一些反对者。上级决定让丁海洋离开，某种程度上也是对他的保护。

丁海洋辩解：“这些事都可以查。”

“你要求上级派人查你吗？”

丁海洋说：“我是清白的。”

丁海洋坚持不服，最终还是表示服从。此刻木已成舟，除了表达若干不满，已经无力改变结果。

那天晚间，“院士”团在老农土菜馆小聚，丁海洋按时到场。老农土菜馆位于郊区，比较隐蔽，有利于“院士”们聚会。丁海洋被换掉的消息迅速传出，即有人在第一时间出面召集若干伙伴聚会，陪丁海洋喝两杯，聊表慰问，帮助排解，一起分析研究。这种场合没有外人，可容丁海洋尽情发泄，却没想那天他喝得很闷，并无太多表现，除了偶有几句“妈的”，没有更多言论。朋友们劝他放开一点，他回应基本正面，说自己“院士”出身，什么情况都见过，都知道，反正就这样。他提到近日里他算是内外交困，外头有问题，家里也有，老婆为一个电话醋劲大发，严重怀疑，其实都他妈的莫须有。事到如今还能怎么办？算了，放不开也还得放开。县长那种苦差事不让干也罢，没啥了不起，不就是再回头当“院士”吗？

聚会期间，突然有电话打到丁海洋手机上，是县政府办公室主任的告急电话，称本县发生群体性事件，数百上访村民趁夜举事，围堵省道路口，阻碍交通，事态有进一步扩大之势。县委书记命通知丁海洋速赶回县，负责处理该事。

“为什么是我？我的眼镜好还是衬衫好？”丁海洋问。

原来与眼镜和衬衫无关，只因为沿山高铁广场项目。闹事的是沿山镇周边两个村庄村民，这两村庄因靠近溪流和石山，村民历来除务农外还营采沙采石，沿山高铁广场建设时，王涛确定一条，当地村民征地拆迁按规定给予相应补偿，项目施工单位所需要的砂石也包给这些村庄，让村民可以更多得利，以此换取合作。不料王涛出事，范秋贵跑路，施工停顿，一些砂石款拿不到，村里积压的砂石也无处可去，村民派代表找政府相关部门交涉无果，情急之下聚众闹事。丁海洋眼下还是项目副总指挥，所以要他出面处置。

丁海洋问：“一号什么意见？”

“是书记的意见，他请您赶紧回来。”

“我是说王涛。他什么意见？”

县政府办主任一时说不出话来。

丁海洋郑重其事说，村民闹事，追根究底应当是当初王总指挥行事决定有些问题。眼下这一裤子屎别人擦不干净，所以建议还是去请他。

王涛已经被关起来了，丁海洋这么提议算什么？推诿还是调侃？难得他煞有介事，似乎真在发表“高见”。话说回来，此时此刻丁海洋以这种方式表示一点情绪也不奇怪，作为一个已经被“拿掉”的出局官员，县里刮风下雨那些事已经跟他不太有关系了。

但是他也没敢在土菜馆再待太久，毕竟人还没走，不能落下把柄，被指为事件突发之际敷衍塞责。接电话后丁海洋在土菜馆稍待片刻，即提早离开，匆匆返回县城。

赶到县政府时大约是晚 9 点，县政府大门边停着几部车，聚着 10 几个人，都是相关部门负责官员，等着随同丁海洋赶赴现场。丁海洋的车一到，那些人一起围上来。丁海洋开门下车，脚刚点地，突然当众一个跟头，脸朝下扑倒在地上。现场所有人都大吃一惊，大家赶上前七手八脚扶丁海洋，丁海洋双目紧闭，竟然昏迷不醒。

立刻有人叫："别动！别动！让他躺着！"

几个手快的人赶紧打 120 叫急救车。不想刚叫了车，丁海洋忽然苏醒，一翻身扶着轿车门站起身来。他的脸上流着血，是摔倒时擦伤了脸颊，身子发抖，但是翻身站立的动作基本流畅，大体麻利，不像中风脑梗之状。

"我没事，别，别叫那个车。"他说话了，语速显慢，有些吃力。

身边人劝告："丁县长还是先上医院好。"

丁海洋问："小，小吴？"

小吴从人群后边钻出来。丁海洋即吩咐："去医院。"

小吴点点头，什么都没问。

丁海洋上了车，领着一行人直奔现场。

半个多小时后，小吴领着县医院院长匆匆乘车到了现场。他们在公路边养路段工房里见到了丁海洋，当时丁海洋正在与闹事村民代表谈判，一见小吴和院长进门，他就眉头一皱："小吴怎么搞的？"

小吴支支吾吾："常佳医生，常佳医生不不。"

丁海洋摆手，没让他说下去。医院院长赶紧接上话，说当晚他在医院处理一件事情，刚好看到小吴来，一听说丁县长身体不适，就自作主张跟着过来看看。

丁海洋笑道："那就劳驾院长帮助检查这几张创口贴。"

这时丁海洋脸上的擦伤已经做过处理，贴着几张创口贴。县医院院长是该院外科第一把刀，丁海洋让他检查创口贴纯属调侃。

那一次群体性事件闹到凌晨，终于平息。其平息基本不是得益于丁海洋，以丁海洋当时的状况，实难有何高招或者高见，但是老天爷帮了他忙：当夜凌晨刮北风，气温骤降，还下起小雨，村民们吃不消，这才勉强听从劝告，相继撤离现场。

几天后，丁海洋离开本县，悄然消失。那时候有关丁海洋即将走人的消息已经传遍县内外。丁海洋在正式离开之前先玩了一次非正式消失，他去了北京，对外声称是“跑项目”，此刻该同志还能跑什么项目？谁都认为这是虚晃一枪。当时就有人猜测丁海洋可能是在跑自己的事情，他给拿下来了，“明确”掉了，不再是县长人选了。他已经表示服从，但是或许因为心里不服，也可能另有原因，他还另有打算。拿下他的决定是省里做的，或许丁海洋要从北京更高层次把事情再办回来？

果然，丁海洋去北京活动之后，一回来即刻反悔。他找到市委主要领导，表示自己不愿意离开本县，希望市里再做考虑。

“这件事已经定了。”领导说。

“县长人选明确了，我的安排并没有明确。”丁海洋说。

他强调说，上级决定不用他而提名他人当县长，他只能服从，但是并不一定不当县长就非得离开。他愿意留任原职，继续当他的常务副县长，哪怕只留任一段时间。

领导问：“你想留多久？”

“一年半载吧。”

“为什么？”

他提了一条理由：他是沿山高铁广场项目的副总指挥。这个项目是重点，上级非常重视，现在碰上问题了，处于停工状态，他认为自己有责任去解决那些问题。

丁海洋为自己找的这条理由不仅很难站住脚，且有疑点。以往丁海洋副总指挥自称“六指”，于该项目并没有太积极表现，为何此刻一反常态？王涛在这个项目中接受巨额贿赂，丁海洋本人也曾从承建商范秋贵手里收受过10万元，或许这里边还有事尾？或许丁海洋在该项目里并不像表面那么低调，除了已经暴露的范秋贵，还有李秋贵王秋贵？丁海洋一旦走人，事情就将破败？他需要留在原职，用一段时间厘清摆平后事，设法把尾巴藏起来？人们有理由怀疑。

由于丁海洋的努力，也因为若干具体情况，市里终于同意丁海洋暂留原职，主要任务是解决高铁广场项目出现的问题。这个项目眼下变成烂摊子，没有谁喜欢去收拾，丁海洋自告奋勇，何乐而不为？如丁海洋自己形容，该项目有一裤子屎，无论该屎是王总指挥所拉，或者是丁副总指挥所留，此刻需要有人去把它擦干净。

3

……。根据相关同志提供的线索，我们在调查中发现，一段时间里丁海洋曾出现一些失常状况，情绪时有异常波动，除了任职变化方面的因素，也有其个人原因，包括个人身体方面的一些问题。

——摘自《联合调查小组情况汇报》

事情起于一个星期六晚间，天下大雨，常佳在县医院住院部值班。大约零点时分，有一个电话打到值班室，来电话的是院医务部主任。

“常医生吗？”主任问，“今晚还有谁值班？”

常佳告诉他还有一位陈医生。病房里一位病人有些情况，陈医生刚过去处理，过一会儿应当会回到值班室。

主任沉吟片刻：“这样，还是你吧，劳驾你一下。”

主任让常佳放下手中的事情，马上去出一次诊，地点是县政府大楼。刚才县政府办公室来了一个电话，请医院派个医生过去。

“那是什么事？”常佳问，“哪个天大的官要死了？”

主任也不甚了解。常佳去了就知道。

常佳当即拒绝：“主任，这种事找其他人吧。”

主任连说：“拜托拜托。”

如果没有特殊情况，县政府那边不会这样突然电话相请，如果只是某个一般干部生急病，也不会这么叫医生，因此可以推测是某位领导突然有需要，却又没办法到医院来，所以请医院派人过去。县政府如此相请，医院不能不认真对待，但是不知道病人具体情况，医生很难派。此刻天下大雨，年纪大的不好出门，太年轻经验不足的也不敢派，常佳是从大医院出来的，水平不一般，经验也丰富，因此只好请她出马。

“我要是一不小心把那大官治死了怎么办？”常佳问。

主任说：“你尽力而为就可以。”

“死就死了，咱们不怕人闹是吗？”

“哎呀常医生，帮个忙行不？”

常佳说：“雨这么大，我得怎么去？”

主任告诉她，政府接医生的车已经到了，就在住院大楼门边等着。

几分钟后常佳上了那辆车，冒雨前往县政府。县政府大楼与医院其实就在同一条街上，只不过一个在北边，一个在南边，距离不到两公里，如果不下雨，那就是几分钟的车程。常佳穿了件白大褂，衣兜里塞了个听诊器，其他的都没带，一来因为不知情况，二来也懒得费心准备，去看看再说吧。

车到政府大楼，有一个年轻人守在大楼门厅里，常佳一下车，年轻人就迎上前，自称是政府办的小吴干事，请常佳跟他上楼去。

“是谁怎么了？”常佳问。

年轻人没吭声。

常佳闭上嘴，不再发问。两人坐着电梯上楼，电梯里静悄悄的，只听到钢索运行的嚓嚓声。上到 7 楼，小吴领常佳出电梯过走廊，常佳不由吃了一惊：时已半夜，这 7 楼却灯火通明，走廊尽头那间会议室里人影晃动，声响很多，像是在开会。

“会开了一半，先停下来。”小吴没头没脑说了一句。

他们背向会议室，朝走廊另一边去。走到中部一间办公室门口，小吴停下脚步，取钥匙开门，领着常佳进了房间。

有一个男子躺在办公室门边的长沙发上，身上裹着一条毯子。男子身子一阵阵发抖，却又满脸是汗，男子约 40 出头，瘦长体型，脸色苍白，穿白衬衫，戴副眼镜，镜片后边眼光发直，眼神恍惚。

这男子叫丁海洋，是本县的常务副县长。副县长在本县当然是个人物，却也实在算不了什么天大的官。

当天晚间，丁海洋在政府会议室主持开会，听取沿山高铁广场建设相关情况汇报。会议奉王涛之命召开，当时王涛是本县书记，项目总指挥，他在省城办事，打电话交代丁海洋把相关部门叫到一起汇总一下情况，催促一下进度，丁海洋如命于当晚开会。会间有人提到一笔工程款没有到位，询问是何原因？丁海洋表示自己不清楚，须待王涛书记回来后再了解。话说一半他突然不吭声了，抬身从座位上站起来，径直朝大门口走去，步子有些晃荡。坐在门边列席会议的小吴发觉情况不对，赶紧起身，尾随丁海洋穿过走廊回到办公室。丁海洋一进办公室就扑倒在沙发上，紧咬牙根，浑身发抖。小吴大惊失色，拿起电话准备打 120 叫急救车，即被丁海洋摆手制止。

小吴问："那么让县医院来个医生？"

丁海洋还是摇头。

小吴给丁海洋倒了杯水，丁海洋伸手，却接不住，水杯掉在地上摔成数片，开水流了一地。紧接着他自己哇一下呕吐，一时满地流淌。

小吴着急了。

"丁县长还是找个医生吧，他们不会乱声张的。"他请示。

丁海洋呻吟，没有明确表示反对。小吴即给医院打了电话，而后赶紧处理地板上的脏物，再跑到会议室假报消息，说丁海洋在办公室接到上级一个紧急电话，有件要紧事情必须先处理，待处理完毕再继续开会。于是那些与会者就在会议室里等候，抽烟喝茶，静候丁副县长。没有谁知道此刻丁海洋正在处理的要事就是在沙发上发抖呕吐，左翻右转，头痛欲裂。

常佳进屋后马上为丁海洋做检查，把一下脉，翻开眼睑检查瞳孔，再拿听诊器检查胸腔声音。检查中丁海洋紧闭双眼，咬紧牙关，冷汗不绝，一声不吭。

常佳收起听诊器，对小吴说："病人必须马上送医院检查。"

"他，他还要开会呢。"

"是吗？去开会吧。"

丁海洋突然一个翻身从沙发上坐起来，裹着毛毯发抖。

"小吴，吴。"

他哆嗦着说话，要小吴送医生回医院去，他没事。

"我说有事。"常佳即回应，"这里我是医生。"

"我没没。"

"你没事。但是你头痛，剧痛，是吗？"

丁海洋没吭声。

"感觉像有人拿大棒打你的头？"

丁海洋摇头。

"像一把锥子扎你？一抽一抽钻心疼？"

丁海洋还是没吭声，却下意识点了下头。

“你必须去医院检查。”

丁海洋回答：“今晚不行。”

这句话忽然表达得很清晰。常佳面露惊讶：“哟，看来有救。”

她让小吴倒一杯温开水，自己从大褂衣兜里掏出一个小药瓶，倒出两粒药片，让丁海洋就着温开水吞下去。

小吴问：“这是什么药？”

她回答：“处方药。”

“能行吗？”

她答得很干脆：“不行。”

但是居然有效。丁海洋喝水服药之后，症状逐渐减轻。常佳在丁海洋办公室继续观察，二十来分钟丁海洋从沙发上下来，常佳起身告辞。

小吴把常佳送下电梯。送常佳回医院的车已经停在楼下。

“常医生，今晚的情况请不要告诉任何人。”告别时小吴向常佳交代。

“这是你的意思，还是病人的意思？”常佳问。

小吴说：“是领导的交代。”

常佳说：“告诉他，我是个出了名的大嘴巴。”

小吴一时无言。

“让他赶紧上医院检查去，拖得越久他会越麻烦。”

常佳径自上车离去。

两天后，星期一上午，常佳上的是门诊部的班，那天上午病人特别多，一个接着一个看。这时医务处一个人跑过来，让常佳先停诊，到医务处去一下，有要事。

常佳问：“又是谁要死了？”

“快去，给你发红包呢。”那人也打趣。

常佳去了医务处，在主任办公室里领到了那个红包，却是前天晚上躺在政府大楼办公室沙发上发抖的病人，丁副县长，他亲自上门来了。常佳一进门，正在与丁聊天的院医务处主任即站起身，让他与常佳去谈。

“你们叙旧，我就不打扰了。”主任说。

丁海洋笑：“其实也就是探望探望。”

常佳感觉他们说得古怪，她没吭声，等着瞧。主任一离开，丁海洋就伸手从口袋里掏出一张名片递给常佳，让常佳可以验明正身以示郑重其事。

他开口解释，说今天是专程前来对常佳表示感谢。一来感谢她周六晚上的帮助，二来感谢她替他着想，不事声张。刚才他已经从主任那里了解到，常佳回院后没对任何人提起当晚情况，连主任都不清楚。他本人也没跟主任多说什么，只讲跟常医生是旧识，常医生在省立医院时，因一位朋友的病情，他曾经找过她。

常佳说："你已经去打探过了啊。"

丁海洋点头："我需要了解。"

"心里很不踏实是吗？"

"你总是这么直爽？"

"差不多。"常佳问，"你需要医生帮助什么？开处方药，还是安排检查？"

丁海洋摇头，称自己身体没有问题，那晚是突发意外，可能因为连日劳累心理压力过大。发作过了就好了。由于一些具体情况，他本人很不希望这一意外成为人们谈论的事情，他知道当天晚上常医生离开时，小吴曾经代他表达过这个意思，他觉得自己还应当当面向常医生表达一下为妥。

常佳问："你是特意来让我闭上大嘴巴？"

"医生为患者保密，这应当是医德，也是职业要求吧？"

"这是以病人，还是以县长身份要我闭嘴？"

"常医生也不愿意自己的隐私成为问题吧？例如那个手术事故？"

常佳平静道："那个事谁喜欢说尽管说去。"

"我只想提醒一下，请常医生多注意。"

"丁县长放心，我正想着怎么让全世界人都知道，像手术事故啊，闭嘴啊。"

"常医生不能这样。"

"我还在看门诊，该走了。"

常佳即起身离开。

当天晚间，常佳在医院宿舍接到丁海洋一个电话。常佳接电话时不由得吃惊，这个官怎么会有她的电话呢？回头一想也不奇怪，这种事于丁海洋这样的人当然不困难。

"找我什么事？"常佳问。

“对不起常医生，我想跟你谈一谈。”

“咱们没谈过吗？”

“我觉得上午谈得不对，冒犯了常医生，要表示道歉。”

“不敢当啊。丁县长想怎么谈？”

“像患者同医生那样谈。”

“丁县长承认自己有病？”

“我认为这个应当由医生判断。”

“丁县长像是挺焦虑？”

“常医生可以把它当作一个症状。”

丁海洋果然挺焦虑，他在电话里道歉，声称要做点解释。以他的身份，此刻频繁出入医院有所不便，他希望常医生能再到他的办公室来一趟，他已经叫小吴带着车去接常佳，此刻那辆车已经停在常佳所住医院宿舍楼楼下。

10分钟后，常佳到了丁海洋的办公室。

这一次丁海洋分外客气，见了面还是道歉，说自己在医务处办公室与常佳交谈时提到那个手术事故，只是想以之类比，并不是有意伤害常佳。后来想来也觉得不合适，要请常佳不要在意。

常佳平静道：“没啥。那个事全世界人都知道。”

“我知道常医生不可能这么轻松。”

常佳不作声了。

常佳做轻松状，其实确实不如表面坦然。常佳出生在省城一个医生世家，父亲当过省里一家大医院的院长，常佳本人女从父业，医学院毕业后进了省立医院当外科医生，拿手术刀给病人开膛破肚，找的丈夫也是医生，在同一家医院供职。一年多前，常佳给一位女患者做一起很普通的胃切除术时出了意外，患者术后大出血，没抢救过来，死于医院，其后死者亲属抬尸大闹，搞得院内院外沸沸扬扬。该意外被确定为医疗事故，主刀医生常佳须承担责任。调查人员认为常佳因个人生活问题情绪波动，手术中精力不集中，没有及时发现患者状况突变征兆。所谓“个人生活问题”指的是常佳的父亲过世，而她本人刚刚离婚，因为发现丈夫外遇。这个医疗事故让医院赔了一大笔钱，也让常佳无法继续待在省立医院，由于生活和工作不顺，她连省城也不想待。常佳的母亲是本市人，在市区有房子，常佳携女儿，带着母亲回到本市定居。她联系市医院，想去那里工作，却因为手术事故影响，一直没能安排进去。本县医院院长是常佳父亲的学生，常佳母亲找了他，通过他把常佳收留到了县医院。常佳不愿意再拿手术刀，改当了内科医生。常医生长得相当惹眼，小地方来了这么一位人物，不可能不被注意，她的故事很快地广为人知。以她的个性，丁海洋提及那个事故，她当然会感觉受到刺激和冒犯，丁海洋为此道歉，无疑会让她感觉好一些。

丁海洋问："我是不是还在哪里得罪过常医生？"

"有吗？"

丁海洋感觉常佳似乎对自己有些成见，从那个周六晚间他倒在沙发上初次见面时就有这种感觉。医生可以有个性，可以认定靠医术吃饭无须去巴结谁，但是她也不需要随时随地流露反感，表现很不待见。

常佳说："有些人确实让我很不待见。"

原来她真有意见，从她自己的遭遇来说。她始终不认为那起手术事故原因在她，更与她本人的婚变没有任何关系，事件之发生有一些特殊因素，客观调查自有结论，但是却受到人为干预。由于医闹大闹，上边头头一个接一个下批示，下边具体负责官员担心不能尽快平息事态，会影响自身仕途，因此先入为主，草率认定，她成了牺牲品。从那以后她最不待见的就是这些人，特别是那些比芝麻大点的官们。

丁海洋说："原来如此。"

他对常佳表示理解，但是如果换成他可能也一样，在高位上他也会那样批示，作为具体官员他也会那样来办。通常情况下大家都会这么做，当然也会有特殊情况。

"你倒是挺直爽。"常佳有点惊讶。

丁海洋称自己其实并不直爽。例如眼下时常有人让他发表"高见"，他一张嘴可以讲出一套又一套，其实都是些废话，相当于什么都没说。因为说也没用，就好像某个人手掌的第六个指头，不管长得多长都属畸形。但是面对医生不需要玩那种"高见"，还是应当尽量坦诚，这对自己有利。

常佳问："丁县长表现得这么坦诚，目的还是要我闭嘴？"

丁海洋说："是想与医生有一点正常沟通，仅此而已。"

他向常佳解释了所谓的"很焦虑"，说眼下他身边有些特殊情况，他得特别注意各种影响。常佳是医生，知道医生那些事，却不一定通晓官员这个行当那些情况，对其中道道也许难以理解。他可以打个比方：常医生大学毕业到了医院，需要从实习医生干起，然后是住院医生，主治医生，副主任医生，主任医生等，上了下边这个台阶，才能上上边那个台阶，类似于从芝麻到花生米再到西瓜。假设眼下常医生要从副主任医生升为主任医生，但是职数只有一个，竞争者却有好多，这个时候如果有人议论，说常医生胳膊坏了，拿不动手术刀了，那一定对她很不利。

常佳即评论："丁县长当医生的话，肯定不是个好医生。"

"为什么？"

常佳称自己当医生这么些年，兴趣只在治病。那些个什么台阶她从不放在眼里，管他主任副主任，不管芝麻还是西瓜，爱给不给随便。

丁海洋说："幸好常医生当年去读医学院，没想往我们这座大楼来。"

他知道常佳是个好医生，但是好医生也不都是常佳这个样子。一个人生于此时此地，注定他必须按此时此地的通常方式生活，当然也有例外，常医生也许可以算一个。这个问题日后可以探讨，眼下彼此还不熟悉，多说反而混乱，不利沟通。他今晚请常医生来，表达歉意，略做解释，最后就想表示一个意思：他认为该表明的已经都表明了，之后无论常医生向全世界的人说些什么，一概由常医生自己决定，他不会干预，的确也无法干预。

常佳问："真的吗？"

"是这样。"

"丁县长现在说的不是废话？"

"不是。"

"把医生找来，说了这么一大通，却不问病？为什么？"

丁海洋还说自己心里有数。身体没大事，哪怕有也还可以拖。

"有什么事情比身体更重要？芝麻西瓜？主任医师？"

丁海洋笑笑："那是个比方。"

"丁县长不担心拖不起吗？"

"常医生断定我一定拖不起？"

常佳承认："需要进一步检查才能断定。"

丁海洋对常佳表示感谢，说常医生确实是个好医生，对病人非常负责任。他认准常医生了，如果有需要，他不会找别人，只会求助常医生，请常医生安排进一步检查以及医治。在此之前请常医生对他多一点理解，无论待见不待见。

他们没再多谈，丁海洋不再强调闭嘴，常佳不做任何承诺，谈话就此了结。但是显然丁海洋放心了，常医生有个性，有来历，一个副县长在她眼里不算什么，哪怕丁海洋在这里管天管地，实也管不到她。坦承一点，客气一些，也许反有助于互相理解。

此后相安无事，丁海洋没再叨扰，常佳也没向全世界宣布些啥，她实无兴趣。

有一天常佳看门诊，一个年轻人拿着份病历卡走进来，放在常佳的桌子上。常佳一看眼熟，想一想，这不是那个小吴吗？县政府办公室干部，丁海洋身边工作人员。

“身体怎么啦？”常佳问。

小吴把胳膊放在桌上，让常佳把脉。这个动作是伪装：不是他有病求医，是来为他的“领导”取点药。他没说是哪位领导，但是他们都明白那是谁。

“他什么情况？”常佳问。

“他没什么。只是需要点药。”

“什么药？”

这个药丁海洋不知道，小吴也不知道，只有常佳清楚。前些时候有个星期六晚间，丁海洋在政府办公室里发病，常佳给他服了两粒药片。当时小吴曾问是什么药，常佳回答是“处方药”。此刻丁海洋想念该处方药了，只能让小吴求到常佳这里。

“又发病了？”常佳问。

小吴连说：“没什么没什么。”

常佳厉声道：“说实话。”

小吴不再隐瞒，他点点头，承认丁海洋又发病了，症状于上次相当。

“已经不止一次，是吗？”

小吴又点头。前些时候有一回比较严重，丁海洋头痛欲裂，摔倒在办公室地上人事不省，后来又自行缓解。今天他感觉不太好，赶紧命小吴找常佳取药。

“我不能这样开药。”常佳说，“让他到医院来。”

这时常佳的手机响了，来电人竟是丁海洋，时间掐得非常准确。

他在电话里喘气，说话有些吃力。他向常佳道歉，称有一个会议在等着他，实在无法脱身，不得已才派小吴到医院替他取药。他请常佳包涵，一旦可以脱身，他会亲自上门找常医生。眼下还请常医生帮助，让他挺过这一关。

常佳问:“你感觉怎么样?”

他在电话那头喘气，好一会儿:“感觉很不好。”

“这样不行。”

“我知道。帮我一下。”

这句话显得非常无助，常佳给打动了。

放下电话，她问了小吴一句:“他为什么呢?”

小吴吞吞吐吐，提到本县王涛书记升副市长了，丁副县长有可能转正。这种时候他得特别注意各种影响。等等。

常佳没给小吴开药。同上回一样，她取过自己的小包，掏出一个小瓶，把小半瓶药倒进一个小纸袋，交给小吴。

“一次两片，四小时后再服一次。”她交代，“如果不行，马上送他过来。”

小吴什么都没问，匆匆离去。

几个月后小吴再次前来，这一次没绕圈子，直截了当请常佳再开点药。

“又发作了?”常佳问，“清晨还是晚间?”

“都有。”

“呕吐?”

“有时会。”

“为什么到今天才找我?”

小吴提到这几个月发生了很多事情。眼下领导脱不开身，也需要格外注意，因为事情还需要省上“明确”。

“‘明确’什么?”

小吴解释：一旦“明确”，领导就转正当县长了。

“接下来该想什么?市长?省长?有完没完?”

小吴表示那还远，现在先得等“明确”。那需要一儿点时间。

“他以为自己还有时间？”

“这种事不会拖太久。”

常佳摇头：“你去告诉他，再拖下去可能麻烦大了。”

小吴称一定百分之百转告。但是现在还是请常医生先给点药。

“给什么药？”

小吴脱口道：“不是阿斯匹林吗？”

常佳顿时满腹狐疑：“什么阿斯匹林？”

小吴承认，按照丁海洋的安排，他悄悄把上次常佳给的药片拿去药检站鉴定过，发现是普通的阿斯匹林。丁海洋考虑不再麻烦常佳，自己弄点药就可以，但是无论是药房买的，还是请别的医生开的阿斯匹林都没有用，只有从常佳口袋那个瓶子倒出来的药片才有效果。因此没有办法，还得找常佳。

“他完了。”常佳摇头。

“领导说，无论如何请常医生再帮一次，等事情定了，他会来找您的。”

常佳无语，再掏出药瓶。瓶里确实是普通的阿斯匹林药片，自省立医院那次医疗事故发生后，她不时感觉头痛身体不适，不得不借助它。

她对小吴说：“告诉你的领导，事不过三，以后没有阿斯匹林，也没有常医生了。”

那瓶药剩下小半瓶，小吴悉数带走。小吴刚离开，常佳就翻抽屉，找出了数月前丁海洋在医务处办公室给她的那张名片。

常佳往丁海洋家挂了一个电话。电话那头传来一个成年女子的声音，这应当就是常佳要找的人。

“请问是丁副县长的太太吗？”常佳问。

对方不回应，话音很警惕：“你是谁？”

常佳也不说明，只问：“你丈夫的身体状况你清楚吗？”

“你到底是谁！”

“如果不清楚，赶紧让他去医院检查。不放心的话可以到外地大医院去。”

不等对方回应，常佳把电话挂了。

隔天晚上，丁海洋打来电话，在电话里非常生气。

“你怎么能这样！搞误会了！”他抱怨。

常佳不动声色："请问您找谁？"

"你不是常医生吗？"

"常医生是谁？"

"什么？"

常佳把电话一丢了事。

从此没有阿斯匹林，没有常医生了。这件事该谁谁认吧。

常佳说到做到，绝不通融。其后不到一星期，小吴于一个晚间再次跑到医院找常佳求助，请求常佳再给点药。他告诉常佳，领导刚刚当众倒在地上，在县政府大门口，轿车边。领导点名叫他去医院，那意思只有他明白，是让他赶紧求医问药。

常佳说："让他到医院来。"

小吴称此刻事急，沿山村民闹事，把公路堵了。领导要带人前去应急处置，没有空过来。这一段时间领导确实没心情看病，因为本来马上要"明确"的事情忽然有问题了。

常佳不管丁海洋有没有心情，坚决拒绝再提供药品。所谓"事不过三"，不会再有第四次了。小吴求医未果，最后把医院院长带到了沿山公路站。那时丁海洋正与村民代表谈判，他已经缓过劲，脸上贴了几张创口贴。

然后一个衣着华丽，收拾得整齐得体的女子找到了常佳。

"我是丁海洋的妻子。"她向常佳自我介绍，"咱们通过电话。"

丁妻是做足功课才来的。她告诉常佳，那一天接到常佳电话，她大吃一惊，起初误以为是丁海洋偷偷出轨，找了个小三，小三不安分，找正夫人搅局。为这事她跟丁海洋大闹一场，丁没有轻易松口，闹得没办法了才跟她提到常佳，发誓自己跟该女医生根本没什么事。起初她不信，后来多方了解，才觉得丈夫说的可能还真是实话，因此便着急起来。此前丁海洋曾跟她提起过头痛，称工作很忙，心情不好，时有头痛，她没太在意，要丁海洋去医院看看，丁海洋总是推，要等事情定了再说。丁海洋的那件事不太顺，先是王涛作梗，后是范秋贵折腾，现在打水漂，已经给替换，当不了县长了。丁妻觉得官当不上去，那就看病去吧。丁海洋还不死心，不想让更多人知道他的情况，因此她不找别人，只找常医生咨询。

常佳给了丁妻一个医院地址和一个医生的电话，医院和医生都在北京。常佳说，以她直觉，丁海洋身体问题可能出在脑颅，北京这家医院比较专业，这位医生是常佳父亲的学生，可以去找他。

丁海洋去了一趟北京，对外谎称“跑项目”。北京归来后他反悔了，以身为沿山高铁广场项目副总指挥，负有责任为由提出要求，终经市里同意暂留于本县。

常佳得到了一份礼物，是一只北京烤鸭，据称出自全聚德，由小吴带到医院。

常佳问：“这是为什么？”

“领导和他夫人说，感谢常医生。”

常佳还问为什么？小吴告诉她，领导从北京回来后像是变了一个人。感觉好多了，情绪也放松多了。

常佳摇头：“我不知道你说些啥。”

她坚决退还那只烤鸭，以示到此为止。

4

……。据我们了解，由于一些特殊情况，丁海洋任职过程中发生了一些变化，丁海洋总体表现基本正常，表示过愿意正确对待，服从上级决定的态度，但是在一些场合也曾表示出不满和不服。在上级决定让他再次主持工作并再次决定提名后，这种情绪依然有所表现，工作中也有一些表现比较反常。

——摘自《联合调查小组情况汇报》

丁海洋亲自出马“打捞”范秋贵，其行为确属反常。

那时候丁海洋被暂留于本县，主要任务是推进高铁广场项目。本县新任县长已经到位，该领导叫黄捷，原为市发改委副主任，年纪与丁海洋相仿，资历略逊于丁。按照法律规定，黄捷经县人大常委会选举为副县长，同时决定为代理县长，要待来年初县人民代表大会召开时再选为县长。黄捷迅速到位表明丁海洋彻底没戏，但是没妨碍丁海洋继续坚守他那一亩三分地，即高铁广场项目。他是该项目的副总指挥，因为过去和眼下的种种情况，本县书记、县长两位主官没急着接管该项目，总指挥一直暂缺，理论上还可以追溯到王涛那里，尽管该旧日一号已经坐在牢中。丁海洋以副总指挥身份全面负责高铁广场项目，昔日“六指”只会说：“一号什么意见？”现在他本人似乎一跃成为一号了，人们却都清楚那只是名义上的，而且也是暂时的。丁海洋已经出局，他费尽心思如此这般留下来，其动机有些可疑，令人费解。

丁海洋动作很快，一经允许暂不离开，他即找到市委负责领导，提请有关方面迅速研究，解脱范秋贵。理由是范秋贵是高铁广场项目主体工程承建商，因牵涉王涛案被查，致使工程陷于停顿。高铁广场项目是重点项目，需要尽快重开建设，不能因王涛案而一直停顿，县里曾考虑重新招标更换承建商，却因为情况复杂不易操作，可能带来巨大成本增加，并可能致工程更期拖延。根据这一情况，最佳方案还是督促原承建商继续完成该工程。据了解王涛一案的调查已经基本结束，范秋贵该说的也都说了，他是私企老板，不是政府官员，他在王涛腐败案中只是配合调查，不是被调查案犯，如果已经大体了解清楚，建议让范秋贵解脱，回来做工程。

领导说：“这老板本身也不是没有问题。”

丁海洋说：“即使要追究他，也可以先放出来，一边做工程一边追究。”

“他要是跑了怎么办？”

丁海洋担保范秋贵不会跑，如果错了，他愿意就此承担责任。

丁海洋言之凿凿，态度很鲜明，理由很充分。时下官员腐败案中总是少不了范秋贵一类人物参与进来“配合调查”，这些企业老板贿赂权力官员，也属触犯刑律。具体办案中，为了促使他们提供证据以突破案件，通常会以“坦白从宽”、“立功受奖”原则处置。因此范秋贵只要交代得足够多，出来后依然还是范老板一个，不像王涛副市长从此一去不复返。既然如此，让范老板把王涛及若干官员丢官送牢之后，放他出来继续把工程做完，不失为一个现实的，也是合适的选择。放范秋贵出来做工程确实不妨碍继续让他“配合调查”或追究，而且还不需要担心他跑路消失，因为他涉案后已经跑过一次，无奈忍受不了逃窜之累，自己又跑出来投案自首了。有此前科，无须过于担心他再来一次。

不过丁海洋亲自出面“打捞”范秋贵，则非常令人奇怪。丁与范是什么交情？两人间曾有一笔“001”资料来去，价值5万美金，这笔资料被丁海洋上交给纪委办案部门，导致范秋贵拔腿跑路。后来范秋贵回来自首，该老板很够意思，很讲交情，给了丁海洋一份巨额回报，交代出更早前的一笔10万元人民币。这笔钱虽然没有把丁海洋最终放倒，却也产生直接后果，让丁海洋等待中的“明确”化为泡影，当不成县长了。两人间的往事如此亲密，丁海洋怎么会亲自出马替范老板说话求情？难道该官员与该老板间的交情远不止两笔，还有其他更亲密的且尚未暴露的巨大往事？如果是这样，丁海洋确实需要尽快把范老板弄出来，以防更大麻烦，这或许就是他执意要赖在本县官位上的原因？但是他公然跳出来担保范老板不会跑，把自己与该老板的特殊关联直接暴露，岂不是此地无银三百两？这不像是一个“院士”水平官员会去干的事。

无论动机多么可疑，丁海洋打捞有效，范秋贵给放了。或者应当说丁海洋之打捞只是助了一臂之力，人家范老板已经坦白足够了，也该给放出来了。范老板出来后，第一件事当然要登门道谢。他打了电话，去了丁海洋办公室，众目睽睽之下两手空空，什么都没带，连个老板包也没拿。

丁海洋问：“范老板见了我，害怕吗？”

范秋贵承认心里很不踏实。

“丁副县长什么时候让你怕过？”

范秋贵承认以前从未有过。现在不一样了。

丁海洋说：“范老板放心，丁副县长有仇必报，肯定让你屁滚尿流。”

范秋贵感慨：“丁副县长好像忽然变成另一个人了。”

丁海洋冷笑问：“现在谁是一号？谁是六指？”

而后丁海洋全力督促，范秋贵屁滚尿流收拾局面，工地施工迅速恢复。

那一段时间丁海洋其他事不干，眼睛只盯着一个范老板不放。堂堂常务副县长似乎把自己当成了工地监理，一天到晚在工地上跑来跑去，下狠劲督促，进度要问，质量要追，动不动发脾气骂娘，搞得人人避之唯恐不及。没有谁不觉得丁副县长变成另一个人，当年那个要么不哼不哈，要么都是“王书记高屋建瓴”的丁海洋忽然消失不见了，没有消失的似乎只有他那标志性眼镜以及身上的白衬衫。

工地施工因之进展神速。

有人开始猜测，丁海洋或许另有缘故？高铁广场或许被他视为一步棋，他不惜放老对头范秋贵一马，是因为让范重出确实是推动项目进展的最佳方案。他一改“院士”旧貌，摇身一变变成另一个人，痛下狠劲，是要抓住机会，利用备受关注的重点项目孤注一掷，让自己来一个绝地翻身？

高铁广场项目之重要不在本县，它在全市以至全省建设盘子里都有地位。这个广场其实就是一个站前广场，该站及广场位于本县沿山镇，沿山离县城远而离市区近，建的是市一级的高铁站，为其前后近百公里高铁线路中最大的一个站，本市市区和附近数县客流将通过这个站吞吐。该高铁站起初是按一个一般站点设计，为在建中的贯穿本省南北的高铁线上的普通站点，后来形势发展，一条新的东西向高铁项目被推上日程，设计方案确定两线于沿山交会，这个高铁站成为铁路枢纽，重要性被一再提升，设计和建设方案因之屡经变动，站内设施、站台以及站前广场都比最初方案成倍扩展，铁路和地方经多次互动，最后确定的具体建设格局为：铁路建设单位负责线路和车站等主体设施，而站前广场及配套交通、生活服务、绿化等项目由地方负责。所谓“沿山高铁广场”项目指的就是地方上管建的这一块，其资金由省、市、县三级筹措，具体建设交由本县组织实施。目前在建中的南北向高铁工程是国家以及省的一大重点项目，作为其中一个站点，沿山高铁广场项目事关全线按时建成通车大局，因而备受重视。当初王涛亲任总指挥，把这个项目作为“书记工程”，因为该项目确实比较重要，而现在丁海洋能说动上级，让他们同意他暂时留下，主要原因也在这里。

显然，如果丁海洋在主抓高铁广场项目上成效突出，确实可以成为一大政绩，或许对他有利。但是他不遗余力推动进展之际又伴有反常，行事有如为自己掘墓挖坑。

高铁广场快速施工之际，省长来了。省长带领省里几个部门要员到本市视察，在建中的高铁是本次视察重点，沿山高铁站被列入视察内容。市里提前将省长视察重点及要求传达给本县，命迅速做好相关准备。本县自书记、县长以下，各相关人物及部门均全力以赴参与准备，丁海洋具体负责该项目，自然格外吃重。对他来说该视察无疑是个表现机会，机会难得，必须抓住。

由于视察内容众多，省长在沿山待的时间很短，前后不到一个小时。其间包括在工程指挥部听汇报，以及现场考察。汇报当然须由当地主官，也就是本县县委书记亲自承担，按照事前准备的材料汇报。书记汇报时丁海洋坐在后排，他的官小，这种时候只用得着耳朵，无须劳驾喉咙。但是他超规则行事，拉长喉咙叫唤了一声。

那时候省长听完汇报了，把手中的材料丢到一边。

“还有什么情况要让我们知道？”省长问，“材料上有的就不要说了。”

场上一时鸦雀无声。

这是常规程序。上级领导下来调研，听完汇报后都有此问，以表示本次调研广泛听取意见。但是通常都不应当有回应，这时候如果有谁跳出来说三道四，那相当于影射刚才汇报的领导以及所准备的材料不完整，有欠缺，甚至有问题。

省长刚打算接下来发表指示，丁海洋从后排举起了一只手臂。

“这是谁？”省长发现了。

丁海洋站起身，报称自己是本县常务副县长，兼本项目副总指挥。

“你有补充？”省长问。

丁海洋称刚才县委书记汇报提纲挈领，内容完整，汇报得很好，对汇报提到的那些问题他没有更多补充。

这是标准的“院士”高见。省长一听眉头发皱：“这些话不说。”

“我另外想提个意见，希望引起领导重视。”丁海洋说。

丁海洋提的意见直指省、市两级政府主管部门。他说，按照高铁广场建设方案，资金筹措由省、市、县三级承担。县里在征地、配套方面的投入基本到位，而应由省、市两级下拨的资金因一些人为障碍，一再拖延拖欠，造成工程款不能如期支付，给工程进展造成不利影响。这个问题他曾去省上和市里协调多次，一直未能顺利解决。县里很希望省长能够关心过问，又担心牵涉到省、市主管部门的责怪，因此书记没有直接汇报。他作为现场负责人，非常盼望问题能迅速得到解决，确保施工进度不受影响，省长视察机会难得，所以自作主张提一下意见。

省长扭头看身边跟随的大员：“情况是这样吗？”

场上一片寂静。

省长敲了一下桌子：“这个问题回去立刻核实，直接向我报告。”

丁海洋所提意见实为捅娄子，无疑将得罪上边两级相关部门及负责领导。这种意见通常不能直接提，至少不能在那种场合公开提。但是丁海洋就那么跳出来叫唤。这哪里是“院士”丁海洋的固有风格？他要么是利令智昏急于表现不惜冒险一搏，要么就是脑子进水了忽然变成另一个人。

那天听完汇报，省长一行在市、县领导陪同下到施工现场视察。丁海洋官小，这种时候只能跟在后边，没机会往前凑。今天情况忽然不同，省长在一台水泥搅拌机前站住脚不走，扭头往后看。

“那个负责人呢？”他问，“叫他过来。”

省长问的是丁海洋。丁提意见时自称是“现场负责人”，省长记住了。

丁海洋被叫到前排，站在省长身边。省长指着搅拌机和一旁正在施工的工地，让丁海洋说明一下这里都在干些什么。丁海洋报告说，这一块区域正在返工。承建单位施工时质量有问题，被发现了，他要求承建单位敲掉重来。

“承建单位是谁？具体是什么问题？怎么发现的？”

丁海洋报告，承建商是范秋贵，具体施工单位是范秋贵公司的第二工段第三班，问题主要是沙和水泥的配比不当，是在一次突击检查中发现的。为了确保工程进度和质量，现场这里除常规检查外，经常组织突击检查。每一次常规检查和突击检查，他本人都亲自带队，有时通宵达旦。

省长没吭声，掉头走开。

省长视察完工地，动身离开。临行前与当地官员握手，按照常规也就是与县委书记、县长握一握。这时他又问了一句“那个人呢？”

丁海洋再次被叫了过来。他从后排往前走，忽然脚步给自己绊住了，“扑通”一下扑倒于地，在省长和众多领导面前摔了个狗啃泥，眼镜都摔飞了。场上顿时有人发笑，离得近的几个人赶紧去把丁海洋拉起来，不料他软乎乎的，竟拉不起来。

省长立刻赶上前查看：“怎么回事？”

丁海洋被硬拽起来，由两个人架着，跟省长握手道别。

省长问：“身体怎么啦？”

丁海洋嘴唇哆嗦，好一阵才说感谢领导。他没什么，好好的。

“去睡一觉。”省长下令。

本次视察以一个略带喜剧效果的结尾圆满结束。

对沿山高铁广场建设，这次视察至关重要，省长亲自过问让该项目面临的各项问题，特别是资金问题顺利解决，施工加紧进行。丁海洋本人则因为这次视察被人们广泛谈论，除了“这家伙怎么变成这样？”，也有人认为其动机可疑，更多的人为他捏了一把汗。丁海洋如此告大状，日后还能有他的好果子吃吗？

他说："管他妈的。"

他拿"黔驴技穷"自嘲，说古时候贵州那只驴碰上老虎了，彼此都陌生，驴大叫一声，把老虎吓了一跳。所以关键时刻会不会叫唤至关重要，事涉生死。问题是这头驴后来伸腿踢脚想驱赶老虎，老虎一看原来就这本事，一张嘴把驴咬死吃掉了。这就是说胡乱踢很危险，一头驴要是胡乱踢，那就是快完蛋了。

丁海洋在省长视察汇报会上跳出来提意见，那算是叫唤一声，或者也是胡乱踢人一脚？丁海洋未加以细致解读。他只认定这样做管用，能把事情弄起来就行。

有朋友问他："这个项目对你本人有那么重要吗？"

丁海洋说，丁"院士"被指称为"能力平庸，没有政绩"，看来未必吧？以高铁广场项目而言，丁海洋其实还是有能力办成点事的。

这时发生了一个意外：黄捷屁股刚刚坐热，职务中的那个"代"字刚刚拿掉不久，忽然就调走了。黄捷原是省发改委一个副处长，交流到本市任职，人家在上层有关系，恰逢一个外派香港任职机会，比在下边当县长有前途，因此匆匆撤退。黄捷突然离去，位子又现空缺。按照常规，在上级没有作出新人选决定之前，由政府的第二把手主持工作，该第二把手眼下依然还是丁海洋。

于是丁海洋梅开二度。

丁海洋从沿山工地跑到县政府大楼主持县长办公会，他自嘲说，看来老天爷还关照，觉得他没干过瘾，又给了一次机会。机会来之不易，一定要紧紧抓住，除了干成些事，也得恢复一点名誉。

他所谓的"恢复名誉"就是讨官要官。重新主持县政府工作后，他即提出调整沿山高铁广场项目领导机构，让他名正言顺当总指挥。这个头衔其实是虚的，不牵涉级别工资，恰好本县现任县委书记不想跟在王涛屁股后边挂这个名，因此就给丁海洋谋到自己头上。丁海洋得手之后再接再厉，乘胜前进，直奔重点，目标就是当初与他失之交臂的"明确"。

丁海洋的做法却相当反常：他吩咐复印一份举报信，分发给县长办公会学习讨论，与会人员人手一份。这份举报信举报的正是丁海洋本人，内容包括“此人只会穿白衬衫戴眼镜，能力平庸，除了投合领导，一心向上爬，工作没有政绩，乏善可陈”，以及“利用其主管高铁站广场项目之机，从建筑商范秋贵手里收受巨额贿赂”，等等。

这份举报信当时刚从北京层层转下来，市里相关部门从中摘出几个要点，请丁海洋本人做一个书面说明，以便向上级反馈。这份举报信却不是新作品，早在丁海洋上一次主持县政府工作时就曾广为流传，丁海洋本人也曾收到一份，握有全文。当初该举报件发生时，有关部门曾对里边的具体指控调查过，有过一个说法，所控几项未予认定，对丁海洋任职却有不利影响。类似举报件总是广为散发，范围涵盖中央、省、市、县各级，时间上不尽一致，上级不同部门处理程序各有不同，因此尽管已经调查过了，同一份举报件经常还会陆续自上而下转来，有如老年患者尿失禁。

丁海洋对这份举报信有情绪可以理解，抓住它做文章甚至复印全文供县长办公会学习讨论，这就显得反常。相关事项丁海洋早就有过一份情况说明，悄悄将该说明重抄一遍寄送反馈，这才是通常应对办法，丁海洋偏要反其道而行。除了在县长办公会组织学习，他还跑到市里要求上级学习该举报信，他写了一份书面报告，请求上级领导再次组织深入调查，核实举报内容，如有问题他愿受党纪国法处置，否则应给予恢复名誉。丁海洋还嫌如此闹腾不够劲，居然直接给省长写了一封申诉信，以沿山高铁广场“现场负责人”身份陈情，请求省长给予关心。

事情闹大了，这哪里是“院士”丁海洋会干的事？可真的他就这么干了。末了真的来了一个调查组，按照上级领导的批示，应丁海洋本人的请求，对该举报件反映的各个问题再做一番深入调查。这次调查基本维持上次调查的结论。这个结果不出意料，一来因为丁海洋似已越过谷底，胜比当初，而范秋贵与丁海洋之间关联更不似从前，如人们所笑，如今范秋贵咬遍全人类也咬不到丁海洋那里，无论两人间以往的五万十万，或者还另有百万千万。

这一轮调查对丁海洋发生的影响与上回完全不同：他给再次确定为继任县长人选。

据说是省长说了话。省长对“现场负责人”印象很深，认为该同志敢直言，工作落实，情况熟悉，与现今那些庸庸碌碌，没想干事只想提拔的官员很不一样。

事情至此，丁海洋“恢复名誉”目的基本达到。

但是他又突现反常。

丁海洋被确定提名，时为初夏。按照通常做法，丁海洋将如其前任黄捷一样，先经人大常委会确定为代县长，负责县政府工作，直至来年初县人民代表大会例会再选为县长。市里考虑这一段时间过长，总是以代县长身份负责工作有所不便，因而考虑采用另一种做法，通过相关法律程序，于年中增开一次县人民代表大会，这个大会当然也需要有政府工作报告等常规内容，其核心议题却只有一项，就是选举县长。市里这个意见是对丁海洋的有力支持，免得他夜长梦多。代县长毕竟不是正经县长，代理时间过长容易有变数，特别是丁海洋几经波折，基本出局才又侥幸转回来，已经经不起更多折腾，赶紧尘埃落定为妙。

但是丁海洋却跑到市里反映，建议不要增开一次人民代表大会，代县长就代县长，没什么大问题，等明年初人大会再选不迟。

领导诧异：“为什么呢？”

“行政成本太高。”

丁海洋拿钱说事，为他一个人的任职专门花这个钱开这个会实无必要。

“这与你个人无关。”领导说。

丁海洋的意见未被采纳。因为那一次除本县外，还有另一个县有县长变动，也需要开人民代表大会选举。这种情况下必须协调一致，不能一个县开会，另一个县不开。市里从有利工作考虑，决定两县都开。

丁海洋感叹：“当初差点给撵走，现在倒变成赶鸭子上架。”

丁海洋千方百计为自己恢复名誉，大功告成之际却害怕了，竟想把自己曾经求之不得的事情往后拖，这显然反常。他为什么呢？

鸭子终究未被赶上架，丁海洋在县人大常委会召开前夕溺水身亡，让他代理县长以及召开县人民代表大会选举他当县长的两项决定无疾而终，事情止于无法改变之前。

5

……。据反映，丁海洋溺水身亡当天有一些异常迹象。我们就此做了深入了解，其相关举动多事出有因。同时亦有一些具体情况，表明丁海洋依然在考虑日后工作，与上述迹象形成矛盾。丁本人没有留下任何说明或遗嘱，也使其死因认定更显困难。

——摘自《联合调查小组情况汇报》

丁海洋出事当天上午，在沿山观看了高铁广场落成典礼彩排，该典礼事实上已经被取消，丁海洋心里明白，却还在那里像煞有介事，把一出戏唱完。这一举动虽显反常，设身处地替丁海洋考虑，他确实非常希望有一个隆重庆典，让他这个很不容易的“现场负责人”兼即将上位的新县长得以一时风光。典礼取消了，应该容他拿彩排过把瘾，因此也算事出有因。当天上午 10 时许，丁海洋坐着范秋贵的奔驰车离开沿山，而后于当天傍晚在风雨亭被人发现，其间这段时间他在哪里？他干了些啥？有何反常表现？这无疑是解开其死亡原因的关键点。

情况其实很简单：那天中午他去了老农土菜馆，“院士团”在那里再次相聚。早先那一回，丁海洋被叫到市里谈话，通知他县长提名被取消，要求他正确对待，而后“院士团”相会老农为丁海洋排解。此刻丁海洋咸鱼翻身，他提议大家再聚老农喝两杯，让他一表感谢。丁海洋如此回报理由充分，但是时间点显然不对：如果丁海洋要让大家同贺高铁广场竣工，酒应放在落成仪式之后喝。如果丁海洋要与大家分享从芝麻到花生米的快乐，应在他真的当上之时才办，即使等不及人民代表大会召开，至少也该等人大常委会确定他代理县长之后。但是他等不及了，匆匆要在那天中午相聚老农，似乎是有意识地为自己安排一顿告别午餐。

可是当时还有若干矛盾表现，表明他还在考虑未来事宜。出事那天，跟随他工作的小吴从沿山回到县城后，在办公室里忙了一个下午，晚上也加班到深夜。小吴是奉丁海洋之命，为他赶做一份发言稿，准备在星期一上午人大常委会上用。这是惯例，人大常委会通过任职决定前，拟被任人员需要有一个述说表态性发言。丁海洋命小吴为他起个初稿，要求言简意赅，切合他的具体情况，他口述了四个要点，让小吴记录下来，作为发言的大纲。按照他的要求，小吴要在星期一一早他到办公室时把稿子交给他，他要先看一看，9 点整再前去人大会议室参加会议。如果丁海洋既定于周六晚从人间消失，他何必做此安排？显然说不通。

不过那天中午在老农土菜馆，丁海洋确实又表现可疑。

那天他喝了不少酒，他很少那么喝过。他们喝的是洋酒，由丁海洋自带。那酒其实是范秋贵的，放在奔驰车的后备厢里，供丁海洋使用。丁海洋使用那酒毫不手软，声称本次宴请非公款，他个人已经提前结清账目，所以尽管喝，无须担心，也不需要更多理由。今天别人喝多喝少他不干涉，他自己必须得喝，以此表达对大家关心支持的感谢之情，并庆贺高铁广场顺利完工，预祝自己顺利当选。当天果然他来者不拒，一杯接着一杯，虽然没把自己当场放倒，但也好不到哪儿去。

有朋友说："丁海洋像是变成另一个人了。"

丁海洋说："碰上那些破事，自然大彻大悟。"

他还拿"黔驴技穷"说事，称以往解读该成语，重点总在嘲笑古时候那头驴"技穷"，碰上老虎除了叫唤，就是胡乱踢。不踢老虎还犯疑，一踢就把老虎逗乐了：原来就这本事，扑上去一口咬死。现在他发觉这样理解不够完整。事实上古时候这头驴很了不起，面对老虎不惜奋力一踢，这一踢露出了马脚，把自己一条命给葬送了，叫作"一踢千古"，但是它也把自己一脚踢进成语，从此流传千古，可称之为"千古一踢"。

有人打趣："丁海洋，你那个高铁广场是一踢千古，还是千古一踢？"

丁海洋谦虚："咱们这些事最多让人说上一两年，哪里比得上人家那头驴。"

席间，丁海洋上卫生间，有一位朋友跟着一块儿去，两人站成一排解手，一边畅排一边闲聊。朋友出于关心，要丁海洋悠着点，别喝得太猛。丁海洋说心里高兴，忍不住就多喝了点。朋友看丁海洋的脸，指着额头问："那是怎么啦？"

丁海洋伸手摸摸，额上的青印是早上沿山彩排现场那一跤摔的。丁海洋告诉老友如此当众表演已经不是第一次，上回老农菜馆聚会，回到县里一跤倒地，而后省长视察时再演一回。反复出现，都出于同样的缘故，没有办法，不留神间眼前一黑就摔。摔不是问题，当众出丑却是问题。

朋友关切："身体有什么事吗？"

丁海洋指着自己的头："这里有事，头痛欲裂。"

朋友大惊："是吗！"

丁海洋告诉朋友，他的脑袋里长了个东西，情况很严重。他到北京问过医生，医生判了死刑，缓期一年半载吧。也可以做手术，把脑壳锯开，把里边的东西割掉。手术的最坏后果是当场报销于手术台上，一般情况是瘫在床上大小便失禁，最佳后果是哆哆嗦嗦延续几年生命，这还要看运气。医生说他的运气不好，脑子里这个东西位置长得不对，很难割干净，像他这种情况的患者往往割过一次，几个月后又长出来，还得开颅再割一次。他现场去参观一位住院病号，是第三次开脑袋，情况惨不忍睹。以他感觉，实在是生不如死，与其那样不如算了。

“怎么从没听你说过！”朋友叫唤。

丁海洋笑：“因为没喝啊。今天喝得差不多了。”

“得想个办法！总会有办法的。”

丁海洋已经想过办法了，他的办法就是弄点药控制，同时封锁消息，连老婆都设法瞒住。起初感觉特别懊丧，人生一世这么过去，什么都没留下，心有不甘。所以他才反悔，留在县里不走，拼死拼活把沿山高铁广场弄起来，也算给自己立座碑，留点东西供人想念，让大家知道丁“院士”不只会叫唤“运筹帷幄，高屋建瓴”。黄捷忽然走人，老天爷又给他送来机会，这时候当然得抓住不放，争取恢复名誉。现在居然成事了，心里忽然很矛盾。一方面心有不甘，情不自禁想要继续干下去，回头想来又觉得玩笑好像开大了，恐怕不好继续开下去，应该严肃一点。

朋友正色道：“丁海洋你不是开玩笑吧？说的不是玩笑话？”

丁海洋笑：“说的都是醉话。不算数的。”

如上回一样，当天中午的“院士”聚餐匆匆结束。上回是因为丁海洋突接电话，赶回县里处理沿山村民堵路上访，这回则是他一高兴喝多了，力不能支，被扶到老农土菜馆的客房里休息。丁海洋在那个客房里睡了五六个小时，醒来即动身离去。范秋贵的那辆奔驰车一直守在菜馆外边听候调遣。

丁海洋绕开市区，从老农土菜馆径直回县城。起初很安静，他把眼镜摘下来丢在座位边，自己缩在后排位子上继续打盹儿，似乎尚未完全酒醒。后来他开始用脑袋敲打车门和车座，敲得“砰砰”有声，越敲越响。司机听了害怕，问他哪里不舒服，要不要停车？他不吭声。车到风雨亭，他忽然起身问了一句：“风雨亭到了？”

司机说：“是。”

“停车。”

丁海洋下了车，命司机把奔驰车开回去找范老板报到，不用管他了。

司机叫:“这行吗?”

“我另外叫车来接。没事。”丁海洋说。

于是他独自留在风雨亭边。丁海洋在这里停留似乎出于心血来潮，也可能与他头部的剧烈疼痛有关，或许他是痛得受不了了，要在这时略做喘息，放松一下，而后再叫车离开?他在自己地盘上叫个车确实易如反掌。风雨亭比别处也就多个亭子，该亭子并无特殊来历和背景，只是一个标志：它位于本县与市区的交接处，亭子以下地界属市区，以上地界属本县，为丁海洋的地盘。丁海洋即将成为这里的县长。

丁海洋下车那时天色还亮，从下车直到被人发现，时间有两三个小时之久。这一段时间里他既没有离开，也没有下河“洗澡”，没有谁知道他待在那个山间小旮旯儿里都干了些什么。或许如他所说，是在那里借酒“矛盾”?思忖自己是叫车来接，返回县城，准备提提衬衫继续往县长位子上走，或者因为头痛欲裂，决定不开玩笑，趁着还来得及，赶紧拜拜，别让上边领导有意见，百十万真金白银打水漂?

这时候需要有一个人帮助他拿主意。鬼使神差，这个人果然来了，却是女医生常佳。医生有时候代表天使，有时候代表死神，常医生也不例外。她开着辆丰田车经过风雨亭，远远的居然一眼认出了丁海洋的公文包、眼镜和白衬衫。

常佳从省城归来后定居于市区，与母亲和孩子一起生活。她在县医院上班，每双休日回家都是自己开车。那个星期六她值班，傍晚才驱车从县城返回市区，不料再次踏进丁海洋的故事里。常医生有个性，起初她没想理会该患者，因为她早就宣布：没有阿斯匹林，没有常医生。她一踩油门跑了过去。毕竟是个好医生，跑过之后她又感觉不忍，于是把车掉头返回，停车呼唤，想把患者找回来，此刻该患者在这里晃荡，肯定有问题，让她觉得放心不下。但是这一次丁海洋拒绝相见，他把自己藏了起来。或许恰就是常医生的出场，让丁海洋格外痛切地意识到自己是一个病人，时日无多了，一时格外头痛欲裂，于是他脑子里的矛盾摆轮“忽”的一下子就摆了过去?

总之那个丁海洋不复存在。